想牵着你的手，在青山绿水间

沈从文 著

中国友谊出版公司

图书在版编目（CIP）数据

想牵着你的手，在青山绿水间 / 沈从文著. -- 北京 : 中国友谊出版公司, 2017.4

ISBN 978-7-5057-4024-2

Ⅰ. ①想… Ⅱ. ①沈… Ⅲ. ①散文集 – 中国 – 现代 Ⅳ. ①I266

中国版本图书馆CIP数据核字（2017）第081853号

书名　想牵着你的手，在青山绿水间
著者　沈从文
出版　中国友谊出版公司
发行　中国友谊出版公司
经销　北京时代华语国际传媒股份有限公司　010-83670231
印刷　三河市宏图印务有限公司
规格　787×1092 毫米　32 开
　　　10 印张　200 千字
版次　2017 年 6 月第 1 版
印次　2017 年 6 月第 1 次印刷
书号　ISBN 978-7-5057-4024-2
定价　39.80 元
地址　北京市朝阳区西坝河南里 17-1 号楼
邮编　100028
电话　（010）64668676

不折不从，亦慈亦让；

星斗其文，赤子其人。

谨以此书致敬凤凰城水边的老先生

C O N T E N T S

目　录

01　湘行散记

02 偶然的凑巧，宿命的必然

03 走过无数的桥，看过无数的云

04　我明白你会来，所以我等

01 湘行散记

石滩上走着脊梁略弯的拉船人。这些东西于历史似乎毫无关系，百年前或百年后皆仿佛同目前一样。他们那么忠实庄严的生活，担负了自己那份命运，为自己，为儿女，继续在这世界中活下去。不问所过的是如何贫贱艰难的日子，却从不逃避为了求生而应有的一切努力。

一个戴水獭皮帽子的朋友

我由武陵（常德）过桃源时，坐在一辆新式黄色公共汽车上。车从很平坦的沿河大堤公路上奔驰而去，我身边还坐定了一个懂人情有趣味的老朋友，这老友正特意从武陵县伴我过桃源县。他也可以说是一个“渔人”，因为他的头上，戴的是一顶价值四十八元的水獭皮帽子，这顶帽子经过沿路地方时，却很能引起一些年青娘儿们注意的。这老友是武陵地域中心春申君墓旁杰云旅馆的主人。常德、河洑、周溪、桃源，沿河近百里路以内“吃四方饭”的标致娘儿们，他都特别熟习；许多娘儿们也就特别熟习他那顶水獭皮帽子。但照他自己说，使他迷路的那点年龄业已过去了，如今一切已满不在乎，白脸长眉毛的女孩子再不使他心跳，水獭皮帽子，也并不需要娘儿们眼睛放光了。他今年还只三十五岁。十年前，在这一带地方凡有他撒野机会时，他从不放过那点机会。现在既已规规矩矩作了一个大旅馆的大老板，童心业已失去，就再也不胡闹了。当他二十五岁左右时，大约就有过一百个女人净白的胸膛被他亲近过。我坐在这样一个朋友的身边，想起国内无数中学生，在国文班上很认真的读陶靖节《桃花源记》情形，真觉得十分好笑。同这样一个朋友坐了汽车到桃源去，似乎太幽默了。

朋友还是个爱玩字画也爱说野话的人。从汽车眺望平堤远处，薄雾里错落有致的平田、房子、树木，全如敷了一层蓝灰，一切极爽心悦目。汽车在大堤上跑去，又极平稳舒服。

朋友口中糅合了雅兴与俗趣，带点儿惊讶嚷道："这野杂种的景致，简直是画！"

"自然是画！可是是谁的画？"我说，"牯子大哥，你以为是谁的画？"我意思正想考问一下，看看我那朋友对于中国画一方面的知识。

他笑了。"沈石田这狗养的，强盗一样好大胆的手笔！"说时还用手比划着,"这里一笔,那边一扫,再来磨磨蹭蹭,十来下,成了。"

我自然不能同意这种赞美，因为朋友家中正收藏了一个沈周手卷，姓名真，画笔并不佳，出处是极可怀疑的。说句老实话，当前从窗口入目的一切，潇洒秀丽中带点雄浑苍莽气概，还得另外找寻一句恰当的比拟，方能相称啊。我在沉默中的意见，似乎被他看明白了，他就说："看，牯子老弟你看，这点山头，这点树，那一片林梢，那一抹轻雾，真只有王麓台那野狗干的画得出。因为他自己活到八九十岁，就真像只老狗。"

这一下可被他“猜”中了。我说：“这一下可被你说中了。我正以为目前远远近近风物极和王麓台卷子相近，你有他的扇面，一定看得出。因为它很巧妙的混合了秀气与沉郁，又典雅，又恬静，又不做作。不过有时笔不免脏脏的。”

“好，有的是你这文章魁首的形容！人老了，不大肯洗脸洗手，怎么不脏？”接着他就使用了一大串野蛮字眼儿，把我喊作小公牛，且把他自己水獭皮帽子向上翻起的封耳，拉下来遮盖了那两只冻得通红的耳朵，于是大笑起来了。仿佛第一次所说的话，本不过是为了引起我对于窗外景致注意而说，如今见我业已注意，充满兴趣的看车窗外离奇景色，他便很快乐的笑了。

他掣着我的肩膊很猛烈的摇了两下，我明白那是他极高兴的表示。我说：“牯子大哥，你怎么不学画呢？你一动手，就会弄得很高明的！”

“我讲，牯子老弟，别丢我吧。我也像是一个仇十洲，但是只会画妇人的肚皮，真像你说，‘弄得很高明’的！你难道不知道我是个什么人吗？鼻子一抹灰，能冒充绣衣哥吗？”

“你是个妙人。绝顶的妙人。”

“绣衣哥，得了，什么庙人，寺人，谁来割我的 ×× ？我还预备割掉许多男人的 ×× ，省得他们装模作样，在妇人面前露脸！我讨厌他们那种样子！”

“你不讨厌的。”

“牯子老弟，有的是你这绣衣哥说的。不看你面上，我一定要……”这个朋友言语行为皆粗中有细，且带点儿妩媚，可算得是个妙人！

这个人脸上不疤不麻，身个儿比平常人略长一点，肩膊宽宽的，且有两只体面干净的大手，初初一看，可以知道他是个军队中吃粮子上饭跑四方人物，但也可以说他是一个准绅士。从五岁起就欢喜同人打架，为一点儿小事，不管对面的一个大过他多少，也一面辱骂一面挥拳打去。不是打得人鼻青脸肿，就是被人打得满脸血污。但人长大到二十岁后，虽在男子面前还常常挥拳比武，在女人面前，却变得异常温柔起来，样子显得很懂事怕事。到了三十岁，处世便更谦和了，生平书读得虽不多，却善于用书，在一种近于奇迹的情形中，这人无师自通，写信办公事时，笔下都很可观。为人性情又随和又不马虎，一切看人来，在他认为是好朋友的，掏出心子不算回事；可是遇着另外一种老想占他一点儿便宜的人呢，就完全不同了。——也就因此在一般人中他的毁誉是平分的；有人称他为豪杰，也有人叫他做坏蛋。但不妨事，把两种性格两个人格拼合拢来，这人才真是一个活鲜鲜的人！

十三年前我同他在一只装军服的船上，向沅水上游开去，船当天从常德开头，泊到周溪时，天已快要夜了。那时空中正落着雪子，天气很冷，船顶船舷都结了冰。他为的是惦念到岸上一个长眉毛白脸庞小女人，便穿了崭新绛色缎子的猞猁皮马褂，从那为冰雪冻结了的大小木筏上慢慢的爬过去，一不小心便落了水。一面大声嚷“牯子老弟，这下我可完了”，一面还是笑着挣扎。待到努力从水中挣扎上船时，全身早已为冰冷的水弄湿了。但他换了一件新棉军服外套后，却依然很高兴的从木筏上爬拢岸边，到他心中惦念那个女人身边去了。三年前，我因送一个朋友的孤雏转回湘西时，就在他的旅馆中，看了他的藏画一整天。他告我，有幅文徵明的山水，好得很，终于被一个小婊子婆娘攫走，十分可惜。到后一问，才知道原来他把那画卖了三百块钱，为一个小娼妇点蜡烛挂了一次衣。现在我又让那个接客的把行李搬到这旅馆中来了。

见面时我喊他：“牯子大哥，我又来了，不认识我了吧。”

他正站在旅馆天井中分派用人抹玻璃，自己却用手抹着那顶绒头极厚的水獭皮帽子，一见到我就赶过来用两只手同我握手，握得我手指酸痛，大声说道：“咳，咳，你这个小骚牯子又来了，什么风吹来的？妙极了，使人正想死你！”

“什么话，近来心里闲得想到北京城老朋友头上来了吗？”

“什么画，壁上挂，——当天赌咒，天知道，我正如何念你！”

这自然是一句真话，粮子上出身的人物，对好朋友说谎，原看成为一种罪恶。他想念我，只因为他新近花了四十块钱，买得一本倪元璐所摹写的武侯前后《出师表》。他既不知道这东西是从岳飞石刻《出师表》临来的，末尾那两颗巴掌大的朱红印记，把他更弄糊涂了。照外行人说来，字既然写得极其“飞舞”，四百也不觉得太贵，他可不明白那个东西应有的价值，又不明出处。花了那一笔钱，从一个川军退伍军官处把它弄到手，因此想着我来了。于是我们一面说点十年前的有趣野话，一面就到他的房中欣赏宝物去了。

这朋友年青时，是个绿营中正标守兵名分的巡防军，派过中营衙门办事，在花园中栽花养金鱼。后来改作了军营里的庶务，又作过两次军需，又作过一次参谋。时间使一些英雄美人成尘成土，把一些傻瓜坏蛋变得又富又阔；同样的，到这样一个地方，我这个朋友，在一堆倏然而来悠然而逝的日子中，也就做了武陵县一家最清洁安静的旅馆主人，且同时成为爱好古玩字画的“风雅”人了。他既收买了数量可观的字画，还有好些铜器与瓷器，收藏的物件泥沙杂下，并不如何稀罕。但在那么一个小小地方，在他那种经济情形下，能力却可以说尽够人敬服了。若有什么风雅人由北方或由福建广东，想过桃源去看看，从武陵过身时，能泰然坦然把行李搬进他那个旅馆去，到了那个地方，看看过厅上的芦雁屏条，同长案上一切陈设，便会明白宾主之间实有同好，这一来，凡事皆好说了。

还有那向湘西上行过川黔考察方言歌谣的先生们，到武陵时最好就是到这个旅馆来下榻。我还不曾遇见过什么学者，比这个朋友更能明白中国格言谚语的用处。他说话全是活的，即便是诨话野话，也莫不各有出处，言之成章。而且妙趣百出，庄谐杂陈。他那言语比喻丰富处，真像是大河流水，永无穷尽。在那旅馆中住下，一面听他詈骂用人，一面使我就想起在北京城圈里编国语大辞典的诸先生，为一句话一个字的用处，把《水浒》《金瓶梅》《红楼梦》……以及其他所有元明清杂剧小说翻来翻去，剪破了多少书籍！若果他们能够来到这旅馆里，故意在天井中撒一泡尿，或装作无心的样子，把些瓜果皮壳脏东西从窗口随意抛出去，或索性当着这旅馆老板面前，作点不守规矩缺少理性的行为。好，等着你就听听那作老板的骂出稀奇古怪字眼儿，你会觉得原来这里还搁下了一本活生生大辞典！倘若有个社会经济调查团，想从湘西弄到点材料，这旅馆也是最好下榻的处所。因为辰河沿岸码头的税收、烟价、妓女，以及桐油、朱砂的出处行价，各个码头上管事的头目姓名脾气，他知道的也似乎比县衙门里“包打听”还更清楚。——他事情懂得多哩！

只因我已十多年不再到这条河上，一切皆极生疏了，他便特别热心，答应伴送我过桃源，为我租雇小船，照料一切。

十二点钟我们从武陵动身，一点半钟左右，汽车就到了桃源县停车站。我们下了车，预备去看船时，几件行李成为极麻烦的问题了。老朋友说，若把行李带去，到码头边叫小划子时，那些吃水上饭的人，会“以逸待劳”，把价钱放在一个高点上，使我们无法对付。若把行李寄放到另外一个地方，空手去看船，我们便又“以逸待劳”了。我信任了老朋友的主张，照他的意思，一到桃源站，我们就把行李送到一个卖酒曲的人家去。到了那酒曲铺子，拿烟的是个四十岁左右的中年胖妇人，他的干亲家。倒茶的是个十五六岁的白脸长身头发黑亮亮的女孩子，腰身小，嘴唇小，眼目清明如两粒水晶球儿，见人只是转个不停。论辈数，说是干女儿呢。坐了一阵，两人方离开那人家洒着手下河边去。在河街上一个旧书铺里，一帧无名氏的山水小景牵引了他的眼睛，二十块钱把画买定了，再到河边去看船。船上人知道我是那个大老板的熟人，价钱倒很容易说妥了。来回去让船总写保单，取行李，一切安排就绪，时间已快到半夜了。我那小船明天一早方能开头，我就邀他在船上住一夜。他却说酒曲铺子那个十五年前老伴的女儿，正炖了一只母鸡等着他去消夜。点了一段废缆子，很快乐的跳上岸摇着晃着匆匆走去了。

他上岸从一些吊脚楼柱下转入河街时，我还听到河街一哨兵喊口号，他大声答着“百姓”，表明他的身分。第二天天刚发白，我还没醒，小船就已向上游开动了。大约已经走了三里路，却听得岸上有个人喊我的名字，沿岸追来，原来是他从热被里脱出赶来送我的行的。船傍了岸。天落着雪。他站在船头一面抖去肩上雪片，一面质问弄船人，为什么船开得那么早。

我说：“牯子大哥，你怎么的，天气冷得很，大清早还赶来送我！”

他钻进舱里笑着轻轻的向我说：“牯子老弟，我们看好了的那幅画，我不想买了。我昨晚上还看过更好的一本册页！”

“什么人画的？”

“当然仇十洲。我怕仇十洲那杂种也画不出。牯子老弟，好得很……”话不说完他就大笑起来。我明白他话中所指了。

“你又迷路了吗？你不是说自己年已老了吗？”

“到了桃源还不迷路吗？自己虽老别人可年青？牯子老弟，你好好的上船吧，不要胡思乱想我的事情，回来时仍住到我的旅馆里，让我再照料你上车吧。”

“一路复兴，一路复兴。”那么嚷着，于是他同豹子一样，一纵又上了岸，船就开了。

作于 1934 年

桃源与沅州

全中国的读书人，大概从唐朝以来，命运中注定了应读一篇《桃花源记》，因此把桃源当成一个洞天福地。人人皆知道那地方是武陵渔人发现的，有桃花夹岸，芳草鲜美。远客来到，乡下人就杀鸡温酒，表示欢迎。乡下人都是避秦隐居的遗民，不知有汉朝，更无论魏晋了。千余年来读书人对于桃源的印象，既不怎么改变，所以每当国体衰弱发生变乱时，想做遗民的必多，这文章也就增加了许多人的幻想，增加了许多人的酒量。至于住在那儿的人呢，却无人自以为是遗民或神仙，也从不曾有人遇着遗民或神仙。

桃源洞离桃源县二十五里。从桃源县坐小船沿沅水上行，船到白马渡时，上南岸走去，忘路之远近乱走一阵，桃花源就在眼前了。那地方桃花虽不如何动人，竹林却很有意思。如椽如柱的大竹子，随处皆可发现前人用小刀刻划留下的诗歌。新派学生不甘自弃，也多刻下英文字母的题名。竹林里间或潜伏一二蒴径壮士，待机会霍地从路旁跃出，仿照《水浒传》上英雄好汉行为，向游客发个利市，使人措手不及，不免吃点小惊。桃源县城则与长江中部各小县城差不多，一入城门最触目的是推行印花税与某种公债的布告。城中有棺材铺，官药铺，有茶馆酒馆，有米行脚行，有和尚道士，有经纪媒婆，庙宇祠堂多数为军队驻防，门外必有个武装同志站岗。土栈烟馆既照章纳税，就受当地军警保护。代表本地的出产，边街上有几十家玉器作坊，用珉石染红着绿，琢成酒杯笔架等物，货物品质平平常常，价钱却不轻贱。另外还有个名为“后江”的地方，住下无数公私不分的妓女，很认真经营她们的职业。有些人家在一个菜园平房里，有些却又住在空船上，地方虽脏一点倒富有诗意。这些妇女使用她们的下体，安慰军政各界，且征服了往还沅水流域的烟贩、木商、船主以及种种因公出差过路人。挖空了每个顾客的钱包，维持许多人生活，促进地方的繁荣。一县之长照例是个读书人，从史籍上早知道这是人类一种最古的职业，没有郡县以前就有了它，取缔既与“风俗”不合，且影响到若干人生活，因此就很正当的定下一些规章制度，向这些人来抽收一种捐税（并采取了个美丽名词叫作“花捐”），把这笔款项用来补充地方行政、保安，或城乡教育经费。

桃源既是个有名地方，每年自然有许多“风雅”人，心慕古桃源之名，二三月里携了《陶靖节集》与《诗韵集成》等参考资料和文房四宝，来到桃源县访幽探胜。这些人往桃源洞赋诗前后，必尚有机会过后江走走，由朋友或专家引导，这家那家坐坐，烧盒烟，喝杯茶。看中意某一个女人时，问问行市，花个三元五元，便在那龌龊不堪万人用过的花板床上，压着那可怜妇人胸膛放荡一夜。于是纪游诗上多了几首无题艳遇诗，把“巫峡神女”“汉皋解佩”“刘阮天台”等等典故，一律被引用到诗上去。看过了桃源洞，这人平常若是很谨慎的，自会觉得应当即早过医生处走走，于是匆匆的回家了。至于接待过这种外路“风雅”人的神女呢，前一夜也许陆续接待过了三个麻阳船水手，后一夜又得陪伴两个贵州省牛皮商人。这些妇人照例说不定还被一个散兵游勇，一个县公署执达吏，一个公安局书记，或一个当地小流氓长时期包定占有，客来时那人往烟馆过夜，客去后再回到妇人身边来烧烟。

妓女的数目占城中人口比例数不小。因此仿佛有各种原因，她们的年龄都比其他大都市更无限制。有些人年在五十以上，还不甘自弃，同十六七岁孙女辈前来参加这种生活斗争，每日轮流接待水手同军营中火夫。也有年纪不过十四五岁，乳臭尚未脱尽，便在那儿服侍客人过夜的。

她们的技艺是烧烧鸦片烟，唱点流行小曲，若来客是粮子上跑四方人物，还得唱唱军歌党歌，和时下电影明星的新歌，应酬应酬，增加兴趣。她们的收入有些一次可得洋钱二十三十，有些一整夜又只得一块八毛。这些人有病本不算一回事。实在病重了，不能作生意挣饭吃，间或就上街到西药房去打针，六零六三零三扎那么几下，或请走方郎中配副药，朱砂茯苓乱吃一阵，只要支持得下去，总不会坐下来吃白饭。直到病倒了，毫无希望可言了，就叫毛伙用门板抬到那类住在空船中孤身过日子的老妇人身边去，尽她咽最后那一口气。死去时亲人呼天抢地哭一阵，罄所有请和尚安魂念经，再托人赊购副四合头棺木，或借“大加一”买副薄薄板片，土里一埋也就完事了。

桃源地方已有公路，直达号称湘西咽喉的武陵（常德），每日都有八辆十辆新式载客汽车，按照一定时刻在公路上奔驰。距常德约九十里，车票价钱一元零。这公路从常德且直达湖南省会长沙，汽车路程约四小时，车票价约六元。公路通车时，有人说这条公路在湘省经济上具有极大意义，意思是对于黔省出口“特货”运输可方便不少。这人似乎不知道特货过境每次必三百担五百担，公路上一天不过十几辆汽车来回，若非特货再加以精制，每天能运输多少？关于特货的精制，在各省严厉禁烟宣传中，平民谁还有胆量来作这种非法勾当。假若在桃源县某种铺子里，居然有人能够设法购买一点黄色粉末药物，作为谈天口气，随便问问，就会明白那货物的来源是有来头的。信不信由你，大股东中大头脑有什么“龄”字辈“子”字辈，还有沿江之督办，上海之闻人。且明白出产并不是桃源县城。沿江上行六十里，有二十部机器日夜加工，运输出口时或用轮船直往汉口，却不需借公路汽车转运长沙。

真可称为桃源名产值得引人注意的，是家鸡同鸡卵。街头巷尾无处不可以发现这种冠赤如火庞大庄严的生物，经常有重达一二十斤的。凡过路人初见这地方鸡卵，必以为鸭卵或鹅卵。其次，桃源有一种小划子，轻捷，稳当，干净，在沅水中可称首屈一指。一个外省旅行者，若想从湘西的永绥、乾城、凤凰研究湘边苗族的分布状况，或想从湘西往四川的酉阳、秀山调查桐油的生产，往贵州的铜仁调查朱砂水银的生产，往玉屏调查竹料种类，注意造箫制纸的手工业生产情况，皆可在桃源县魁星阁下边，雇妥那么一只小船，沿沅水溯流而上，直达目的地，到地时取行李上岸落店，毫无何等困难。

一只桃源小划子上只能装载一二客人。照例要个舵手，管理后梢，调动船只左右。张挂风帆，松紧帆索，捕捉河面山谷中的微风。放缆拉船，量度河面宽窄与河流水势，伸缩竹缆。另外还要个拦头工人，上滩下滩时看水认容口，出事前提醒舵手躲避石头、恶浪与洑流，出事后点篙子需要准确稳重。这种人还要有胆量，有气力，有经验。张帆落帆都得很敏捷的即时拉桅下绳索。走风船行如箭时，便蹲坐在船头上叫喝呼啸，嘲笑同行落后的船只。自己船只落后被人嘲骂时，还要回骂，人家唱歌也得用歌声作答。两船相碰说理时，不让别人占便宜。动手打架时，先把篙子抽出拿在手上。船只逼入急流乱石中，不问冬夏，都得敏捷而勇敢的脱光衣裤，向急流中跑去，在水里尽肩背之力使船只离开险境。掌舵的因事故不尽职，就从船顶爬过船尾去，作个临时舵手。船上若有小水手，还应事事照料小水手，指点小水手。更有一份不可推却的职务，便是在一切过失上，应与掌舵的各据小船一头，相互辱宗骂祖，继续使船前进，小船除此两人以外，尚需要个小水手居于杂务地位，淘米、烧饭、切菜、洗碗，无事不作。行船时应荡桨就帮同荡桨，应点篙就帮同持篙。这种小水手大都在学习期间，应处处留心，取得经验同本领。除了学习看水，看风，记石头，使用篙桨以外，也学习挨打挨骂。尽各种古怪稀奇字眼儿成天在耳边反复响着，好好的保留在记忆里，将来长大时再用它来辱骂旁人。上行无风吹，一个人还负了纤板，曳着一段竹缆，在荒凉河岸小路上拉船前进。小船停泊码头边时，又得规规矩矩守船。关于他们经济情势，舵手多为船家长年雇工，平均算来合八分到一角钱一天。拦头工有长年雇定的，人若年富力强多经验，待遇同掌舵的差不多。若只是短期包来回，上行平均每天可得一毛或一毛五分钱，下行则尽义务吃白饭而已。至于小水手，学习期限看年龄同本事来，有些人每天可得两分钱作零用，有些人在船上三年五载吃白饭。上滩时一个不小心，闪不知被自己手中竹篙弹入乱石激流中，泅水技术又不在行，在水中淹死了，船主方面写得有字据，生死家长不能过问。掌舵的把死者剩余的一点衣服交给亲长说明白落水情形后，烧几百钱纸，手续便清楚了。

一只桃源划子，有了这样三个水手，再加上一个需要赶路，有耐心，不嫌孤独，能花个二十三十的乘客，这船便在一条清明透澈的沅水上下游移动起来了。在这条河里在这种小船上作乘客，最先见于记载的一人，应当是那疯疯癫癫的楚逐臣屈原。在他自己的文章里，他就说道："朝发枉渚兮，夕宿辰阳。"若果他那文章还值得称引，我们尚可以就"沅有芷兮澧有兰"与"乘舲上沅"这些话，估想他当年或许就坐了这种小船，溯流而上，到过出产香草香花的沅州。沅州上游不远有个白燕溪，小溪谷里生长芷草，到如今还随处可见。这种兰科植物生根在悬崖罅隙间，或蔓延到松树枝桠上，长叶飘拂，花朵下垂成一长串，风致楚楚。花叶形体较建兰柔和，香味较建兰淡远。游白燕溪的可坐小船去，船上人若伸手可及，多随意伸手摘花，顷刻就成一束。若崖石过高，还可以用竹篙将花打下，尽它堕入清溪洄流里，再从溪里把花捞起。除了兰芷以外，还有不少香草香花，在溪边崖下繁殖。那种黛色无际的崖石，那种一丛丛幽香眩目的奇葩，那种小小回旋的溪流，合成一个如何不可言说迷人心目的圣境！若没有这种地方，屈原便再疯一点，据我想来，他文章未必就能写得那么美丽。

什么人看了我这个记载，若神往于香草香花的沅州，居然从桃源包了小船过沅州去，希望实地研究解决《楚辞》上几个草木问题。到了沅州南门城边，也许无意中会一眼瞥见城门上有一片触目黑色，因好奇想明白它，一时可无从向谁去询问。他所见到的只是一片新的血迹，并非什么古迹。大约在清党前后，有个晃州姓唐的青年，北京农科大学毕业生，在沅州晃州两县，用党务特派员资格，率领了两万以上四乡农民和一群青年学生，肩持各种农具，上城请愿。

守城兵先已得到长官命令，不许请愿群众进城。于是双方自然发生了冲突。一面是旗帜、木棒、呼喊与愤怒，一面是居高临下，一尊机关枪同十支步枪。街道既那么窄，结果站在最前线上的特派员同四十多个青年学生与农民，便全在城门边牺牲了。其余农民一看情形不对，抛下农具四散跑了。那个特派员的尸体，于是被兵士用刺刀钉在城门木板上示众三天。三天过后，便连同其他牺牲者，一齐抛入屈原所称赞的清流里喂鱼吃了。几年来本地人在内战反复中被派捐拉夫，在应付差役中把日子混过去，大致把这件事也慢慢的忘掉了。

桃源小船载到沅州府，舵手把客人行李扛上岸，讨得酒钱回船时，这些水手必乘兴过南门外皮匠街走走。那地方同桃源的后江差不多，住下不少经营最古职业的人物，地方既非商埠，价钱可公道一些。花五角钱关一次门，上船时还可以得一包黄油油的上净烟丝，那是十年前的规矩。照目前百物昂贵情形想来，一切当然已不同了，出钱的花费也许得多一点，收钱的待客也许早已改用“美丽牌”代替“上净丝”了。或有人在皮匠街蓦然间遇见水手，对水手发问：“弄船的，‘肥水不落外人田’，家里有的你让别人用，用别人的你还得花钱，这上算吗？”

那水手一定会拍着腰间麂皮抱兜，笑眯眯的回答说：“大爷，‘羊毛出在羊身上’，这钱不是我桃源人的钱，上算的。”

他回答的只是后半截，前半截却不必提。本人正在沅州，离桃源远过六七百里，桃源那一个他管不着。

便因为这点哲学，水手们的生活，比起“风雅人”来似乎洒脱多了。若说话不犯忌讳，无人疑心我“袒护无产阶级”，我还想说，他们的行为，比起那些读了些“子曰”，带了五百家香艳诗去桃源寻幽访胜，过后江讨经验的“风雅人”来，也实在还道德的多。

作于1935年3月北平

鸭窠围的夜

天快黄昏时落了一阵雪子，不久就停了。天气真冷，在寒气中一切都仿佛结了冰。便是空气，也像快要冻结的样子。我包定的那一只小船，在天空大把撒着雪子时已泊了岸，从桃源县沿河而上这已是第五个夜晚。看情形晚上还会有风有雪，故船泊岸边时便从各处挑选好地方。沿岸除了某一处有片沙嘴宜于泊船以外，其余地方全是黛色如屋的大岩石。石头既然那么大，船又那么小，我们都希望寻觅得到一个能作小船风雪屏障，同时要上岸又还方便的处所。凡是可以泊船的地方早已被当地渔船占去了。小船上的水手，把船上下各处撑去，钢钻头敲打着沿岸大石头，发出好听的声音，结果这只小船，还是不能不同许多大小船只一样，在正当泊船处插了篙子，把当作锚头用的石碇抛到沙上去，尽那行将来到的风雪，摊派到这只船上。

这地方是个长潭的转折处，两岸是高大壁立千丈的山，山头上长着小小竹子，长年翠色逼人。这时节两山只剩余一抹深黑，赖天空微明为画出一个轮廓。但在黄昏里看来如一种奇迹的，却是两岸高处去水已三十丈上下的吊脚楼。这些房子莫不俨然悬挂在半空中，借着黄昏的金光，还可以把这些稀奇的楼房形体，看得出个大略。这些房子同沿河一切房子有个共通相似处，便是从结构上说来，处处显出对于木材的浪费。房屋既在半山上，不用那么多木料，便不能成为房子吗？半山上也用吊脚楼形式，这形式是必须的吗？然而这条河水的大宗出口是木料，木材比石块还不值价。因此，即或是河水永远长不到处，吊脚楼房子依然存在，似乎也不应当有何惹眼惊奇了。但沿河因为有了这些楼房，长年与流水斗争的水手，寄身船中枯闷成疾的旅行者，以及其他过路人，却有了落脚处了。这些人的疲劳与寂寞是从这些房子中可以一律解除的。地方既好看，也好玩。

河面大小船只泊定后，莫不点了小小的油灯，拉了篷。各个船上皆在后舱烧了火，用铁鼎罐煮红米饭。饭焖熟后，又换锅子熬油，哗的把菜蔬倒进热锅里去。一切齐全了，各人蹲在舱板上三碗五碗把腹中填满后，天已夜了。水手们怕冷怕动的。收拾碗盏后，就莫不在舱板上摊开了被盖，把身体钻进那个预先卷成一筒又冷又湿的硬棉被里去休息。至于那些想喝一杯的，发了烟瘾得靠靠灯，船上烟灰又翻尽了的，或一无所为，只是不甘寂寞，好事好玩想到岸上去烤烤火谈谈天的，便莫不提了桅灯，或燃一段废缆子，摇晃着从船头跳上了岸，从一堆石头间的小路径，爬到半山上吊脚楼房子那边去，找寻自己的熟人，找寻自己的熟地。陌生人自然也有来到这条河中来到这种吊脚楼房子里的时节，但一到地，在火堆旁小板凳上一坐，便是陌生人，即刻也就可以称为熟人乡亲了。

这河边两岸除了停泊有上下行的大小船只三十左右以外，还有无数在日前趁融雪涨水放下形体大小不一的木筏。较小的木筏，上面供给人住宿过夜的棚子也不见，一到了码头，便各自上岸找住处去了。大一些的木筏呢，则有房屋，有船只，有小小菜园与养猪养鸡栅栏，还有女眷和小孩子。

黑夜占领了全个河面时，还可以看到木筏上的火光，吊脚楼窗口的灯光，以及上岸下船在河岸大石间飘忽动人的火炬红光。这时节岸上船上都有人说话，吊脚楼上且有妇人在黯淡灯光下唱小曲的声音，每次唱完一支小曲时，就有人笑嚷。什么人家吊脚楼下有匹小羊叫，固执而且柔和的声音，使人听来觉得忧郁。我心中想着，“这一定是从别一处牵来的，另外一个地方，那小畜生的母亲，一定也那么固执的鸣着吧。”算算日子，再过十一天便过年了。“小畜生明不明白只能在这个世界上活过十天八天？”明白也罢，不明白也罢，这小畜生是为了过年而赶来，应在这个地方死去的。此后固执而又柔和的声音，将在我耳边永远不会消失。我觉得忧郁起来了。我仿佛触着了这世界上一点东西，看明白了这世界上一点东西，心里软和得很。

但我不能这样子打发这个长夜。我把我的想象，追随了一个唱曲时清中夹沙的妇女声音，到她的身边去了。于是仿佛看到了一个床铺，下面是草荐，上面摊了一床用旧帆布或别的旧货做成脏而又硬的棉被，搁在床正中被单上面的是一个长方木托盘，盘中有一把小茶盏，一个小烟盒，一支烟枪，一块小石头，一盏灯。盘边躺着一个人在烧烟。唱曲子的妇人，或是袖了手捏着自己的膀子站在吃烟者的面前，或是靠在男子对面的床头，为客人烧烟。房子分两进，前面临街，地是土地，后面临河，便是所谓吊脚楼了。这些人房子窗口既一面临河，可以凭了窗口呼喊河下船中人，当船上人过了瘾，胡闹已够，下船时，或者尚有些事情嘱托，或有其他原因，一个晃着火炬停顿在大石间，一个便凭立在窗口，“大老你记着，船下行时又来。”“好，我来的，我记着的。”“你见了顺顺就说：会呢，完了；孩子大牛呢，脚膝骨好了。细粉带三斤，冰糖或片糖带三斤。”“记得到，记得到，大娘你放心，我见了顺顺大爷就说：会呢，完了。大牛呢，好了。细粉来三斤，冰糖来三斤。”“杨氏，杨氏，一共四吊七，莫错账！”“是的，放心呵，你说四吊七就四吊七，年三十夜莫会要你多的！你自己记着就是了！”这样那样的说着，我一一都可听到，而且一面还可以听着在黑暗中某一处咩咩的羊鸣。

我明白这些回船的人是上岸吃过“荤烟”了的。

我还估计得出，这些人不吃“荤烟”，上岸时只去烤烤火的，到了那些屋子里时，便多数只在临街那一面铺子里。这时节天气太冷，大门必已上好了，屋里一隅或点了小小油灯，屋中土地上必就地掘了浅凹火炉膛，烧了些树根柴块。火光煜煜，且时时刻刻爆炸着一种难于形容的声音。火旁矮板凳上坐有船上人，木筏上人，有对河住家的熟人。且有虽为天所厌弃还不自弃年过七十的老妇人，闭着眼睛蜷成一团蹲在火边，悄悄的从大袖筒里取出一片薯干或一枚红枣，塞到嘴里去咀嚼。有穿着肮脏身体瘦弱的孩子，手擦着眼睛傍着火旁的母亲打盹。屋主人有为退伍的老军人，有翻船背运的老水手，有单身寡妇，借着火光灯光，可以看得出这屋中的大略情形，三堵木板壁上，一面必有个供奉祖宗的神龛，神龛下空处或另一面，必贴了一些大小不一的红白名片。这些名片倘若有那些好事者加以注意，用小油灯照着，去仔细检查检查，便可以发现许多动人的名衔，军队上的连附，上士，一等兵，商号中的管事，当地的团总，保正，催租吏，以及照例姓滕的船主，洪江的木筏商人，与其他各行各业人物，无所不有。这是近一二十年来经过此地若干人中一小部分的题名录。这些人各用一种不同的生活，来到这个地方，且同样的来到这些屋子里，坐在火边或靠近床边，逗留过若干时间。这些人离开了此地后，在另一世界里还是继续活下去，但除了同自己的生活圈子中人发生关系以外，与一同在这个世界上其他的人，却仿佛便毫无关系可言了。他们如今也许早已死掉了；水淹死的，枪打死的，被外妻用砒霜谋杀的，然而这些名片却依然将好好的保留下去。也许有些人已成了富人名人，成了当地的小军阀，这些名片却仍然写着催租人、上士等等的衔头。……除了这些名片，那屋子里是不是还有比它更引人注意的东西呢？锯子，小捞兜，香烟大画片，装干栗子的口袋……

提起这些问题时使人心中很激动。我到船头上去眺望了一阵。河面静静的，木筏上火光小了，船上的灯光已很少了，远近一切只能借着水面微光看出个大略情形。另外一处的吊脚楼上，又有了妇人唱小曲的声音，灯光摇摇不定，且有猜拳声音。我估计那些灯光同声音所在处，不是木筏上的簰头在取乐，就是水手们小商人在喝酒。妇人手指上说不定还戴了水手特别为从常德府捎带来的镀金戒指，一面唱曲一面把那只手理着鬓角，多动人的一幅画图！我认识他们的哀乐，这一切我也有份。看他们在那里把每个日子打发下去，也是眼泪也是笑，离我虽那么远，同时又与我那么相近。这正是同读一篇描写西伯利亚的农人生活动人作品一样，使人掩卷引起无言的哀戚。我如今只用想象去领味这些人生活的表面姿态，却用过去一份经验，接触着了这种人的灵魂。

羊还固执的鸣着。远处不知什么地方有锣鼓声音，那一定是某个人家禳土酬神还愿巫师的锣鼓。声音所在处必有火燎与九品蜡照耀争辉。眩目火光下必有头包红布的老巫师独立作旋风舞，门上架上有黄钱，平地有装满了谷米的平斗。有新宰的猪羊伏在木架上，头上插着小小五色纸旗。有行将为巫师用口把头咬下的活生公鸡，缚了双脚与翼翅，在土坛边无可奈何的躺卧。主人锅灶边则热了满锅猪血稀粥，灶中正火光熊熊。

邻近一只大船上，水手们已静静的睡下了，只剩余一个人吸着烟，且时时刻刻把烟管敲着船舷。也像听着吊脚楼的声音，为那点声音所激动，引起种种联想，忽然按捺自己不住了，只听到他轻轻的骂着野话，擦了支自来火，点上一段废缆，跳上岸往吊脚楼那里去了。他在岸上大石间走动时，火光便从船篷空处漏进我的船中。也是同样的情形吧，在一只装载棉军服向上行驶的船上，泊到同样的岸边，躺在成束成捆的军服上面，夜既太长，水手们爱玩牌的各蹲坐在舱板上小油灯光下玩天九，睡既不成，便胡乱穿了两套棉军服，空手上岸，借着石块间还未融尽残雪返照的微光，一直向高岸上有灯光处走去。到了街上，除了从人家门罅里露出的灯光成一条长线横卧着，此外一无所有。在计算中以为应可见到的小摊上成堆的花生，用哈德门长烟盒装着干瘪瘪的小橘子，切成小方块的片糖，以及在灯光下看守摊子把眉毛扯得极细的妇人（这些妇人无事可作时还会在灯光下做点针线的），如今什么也没有。既不敢冒昧闯进一个人家里面去，便只好又回转河边船上了。但上山时向灯光凝聚处走去，方向不会错误。下河时可糟了。糊糊涂涂在大石小石间走了许久，且大声喊着，才走近自己所坐的一只船。上船时，两脚全是泥，刚攀上船舷还不及脱鞋落舱，就有人在棉被中大喊：“伙计哥子们，脱鞋呀！”把鞋脱了还不即睡，便镶到水手身旁去看牌，一直看到半夜。——十五年前自己的事，在这样地方温习起来，使人对于命运感到十分惊异。我懂得那个忽然独自跑上岸去的人，为什么上去的理由！

等了一会，邻船上那人还不回到他自己的船上来，我明白他所得的必比我多了一些。我想听听他回来时，是不是也像别的船上人，有一个妇人在吊脚楼窗口喊叫他。许多人都陆续回到船上了，这人却没有下船。我记起“柏子”。但是，同样是水上人，一个那么快乐的赶到岸上去，一个却是那么寂寞的跟着别人后面走上岸去，到了那些地方，情形不会同柏子一样，也是很显然的事了。

为了我想听听那个人上船时那点推篷声音，我打算着，在一切声音全已安静时，我仍然不能睡觉。我等待那点声音。大约到午夜十二点，水面上却起了另外一种声音。仿佛鼓声，也仿佛汽油船马达转动声，声音慢慢的近了，可是慢慢的又远了。像是一个有魔力的歌唱，单纯到不可比方，也便是那种固执的单调，以及单调的延长，使一个身临其境的人，想用一组文字去捕捉那点声音，以及捕捉在那长潭深夜一个人为那声音所迷惑时节的心情，实近于一种徒劳无功的努力。那点声音使我不得不再从那个业已用被单塞好空罅的舱门，到船头去搜索它的来源。河面一片红光，古怪声音也就从红光一面掠水而来。原来日里隐藏在大岩下的一些小渔船，在半夜前早已静悄悄的下了拦江网。到了半夜，把一个从船头伸在水面的铁兜，盛上燃着熊熊烈火的油柴，一面用木棒槌有节奏的敲着船舷各处漂去。身在水中见了火光而来与受了柝声吃惊四窜的鱼类，便在这种情形中触了网，成为渔人的俘虏。当地人把这种捕鱼方法叫“赶白”。

一切光，一切声音，到这时节已为黑夜所抚慰而安静了，只有水面上那一分红光与那一派声音。那种声音与光明，正为着水中的鱼和水面的渔人生存的搏战，已在这河面上存在了若干年，且将在接连而来的每个夜晚依然继续存在。我弄明白了，回到舱中以后，依然默听着那个单调的声音。我所看到的仿佛是一种原始人与自然战争的情景。那声音，那火光，都近于原始人类的战争，把我带回到四五千年那个“过去”时间里去。

不知在什么时候开始落了很大的雪，听船上人细语着，我心想，第二天我一定可以看到邻船上那个人上船时节，在岸边雪地上留下那一行足迹。那寂寞的足迹，事实上我却不曾见到，因为第二天到我醒来时，小船已离开那个泊船处很远了。

作于 1934 年

一九三四年一月十八日

我仿佛被一个极熟的人喊了又喊，人清醒后那个声音还在耳朵边。原来我的小船已开行了许久，这时节正在一个长潭中顺风滑行，河水从船舷轻轻擦过，把我弄醒了。

我的小船今天应当停泊到一个大码头，想起这件事，我就有点儿慌张起来了。小船应停泊的地方，照史籍上所说，出丹砂，出辰州符。事实上却只出胖人，出肥猪，出鞭炮，出雨伞。一条长长的河街，在那里可以见到无数水手柏子与无数柏子的情妇。长街尽头飘扬着用红黑二色写上扁方体字税关的幡信，税关前停泊了无数上下行验关的船只。长街尽头油坊围墙如城垣，长年有油可打。打油匠摇荡悬空油槌，訇的向前抛去时，莫不伴以摇曳长歌，由日到夜，不知休止。河中长年有大木筏停泊，每一木筏浮江而下时，同时四方角隅至少有三十个人举桡激水。沿河吊脚楼下泊定了大而明黄的船只，船尾高张，常到两丈左右，小船从下面过身时，仰头看去恰如一间大屋。（那上面必用金漆写得有福字同顺字！）这个地方就是我一提及它时充满了感情的辰州。

小船去辰州还约三十里，两岸山头已较小，不再壁立拔峰，渐渐成为一堆堆黛色与浅绿相间的邱阜，山势既较和平，河水也温和多了。两岸人家渐渐越来越多，随处可以见到毛竹林。山头已无雪，虽尚不出太阳，气候干冷，天空倒明明朗朗。小船顺风张帆向上流走去时，似乎异常稳定。

但小船今天至少还得上三个滩与一个长长的急流。

大约九点钟时，小船到了第一个长滩脚下了，白浪从船旁跑过快如奔马，在惊心眩目情形中小船居然上了滩。小船上滩照例并不如何困难，大船可不同一点。滩头上就有四只大船斜卧在白浪中大石上，毫无出险的希望。其中一只货船，大致还是昨天才坏事的，只见许多水手在石滩上搭了棚子住下，且摊晒了许多被水浸湿的货物。正当我那只小船上完第一滩时，却见一只大船，正搁浅在滩头激流里。只见一个水手赤裸着全身向水中跳去，想在水中用肩背之力使船只活动，可是人一下水后，就即刻为激流带走了。在浪声哮吼里尚听到岸上人沿岸追喊着，水中那一个大约也回答着一些遗嘱之类，过一会儿，人便不见了。这个滩共有九段。这件事从船上人看来，可太平常了。

小船上第二段时，河流已随山势曲折，再不能张帆取风，我担心到这小小船只的安全问题，就向掌舵水手提议，增加一个临时纤手，钱由我出。得到了他的同意，一个老头子，牙齿已脱，白须满腮，却如古罗马战士那么健壮，光着手脚蹲在河边那个大青石上讲生意来了。两方面都大声嚷着而且辱骂着，一个要一千，一个却只出九百，相差那一百钱折合银洋约一分一厘。那方面既坚持非一千文不出卖这点气力，这一方面却以为小船根本不必多出这笔钱给一个老头子。我即或答应了不拘多少钱统由我出，船上三个水手，一面与那老头子对骂，一面把船开到急流里去了。见小船已开出后，老头子方不再坚持那一分钱，却赶忙从大石上一跃而下，自动把背后纤板上短绳，缚定了小船的竹缆，躬着腰向前走去了。

待到小船业已完全上滩后，那老头就赶到船边来取钱，互相又是一阵辱骂。得了钱，坐在水边大石上一五一十数着。我问他有多少年纪，他说七十七。那样子，简直是一个托尔斯泰！眉毛那么长，鼻子那么大，胡子那么多，一切都同画相上的托尔斯泰相去不远。看他那数钱神气，人快到八十了，对于生存还那么努力执着，这人给我的印象真太深了。但这个人在他们弄船人看来，一个又老又狡猾的东西罢了。

小船上尽长滩后，到了一个小小水村边，有母鸡生蛋的声音，有人隔河喊人的声音，两山不高而翠色迎人。许多等待修理的小船，一字排开斜卧在岸上，有人在一只船边敲敲打打，我知道他们正用麻头与桐油石灰嵌进船缝里去。一个木筏上面还搁了一只小船，在平潭中溜着。忽然村中有炮仗声音，有唢呐声音，且有锣声；原来村中人正接媳妇。锣声一起，修船的，放木筏的，划船的，无不停止了工作，向锣声起处望去。——多美丽的一幅画图，一首诗！但除了一个从城市中因事挤出的人觉得惊讶，难道还有谁看到这些光景矍然神往。

下午二时左右，我坐的那只小船，已经把辰河由桃源到沅陵一段路程主要滩水上完，到了一个平静长潭里。天气转晴，日头初出，两岸小山作浅绿色，山水秀雅明丽如西湖。船离辰州只差十里，我估计过不久，船到了白塔下再上个小滩，转过山嘴，就可以见到税关上飘扬的长幡信了。

想起再过两点钟，小船泊到泥滩上后，我就会如同我小说写到的那个柏子一样，从跳板一端摇摇荡荡的上了岸，直向有吊脚楼人家的河街走去，再也不能蜷伏在船里了。

我坐到后舱口日光下，向着河流清算我对于这条河水这个地方的一切旧帐。原来我离开这地方已十六年。十六年的日子实在过得太快了一点。想起从这堆日子中所有人事的变迁，我轻轻的叹息了好些次。这地方是我第二个故乡。我第一次离乡背井，随了那一群肩扛刀枪向外发展的武士为生存而战斗，就停顿到这个码头上。这地方每一条街每一处衙署，每一间商店，每一个城洞里作小生意的小担子，还如何在我睡梦里占据一个位置！这个河码头在十六年前教育我，给我明白了多少人事，帮助我作过多少幻想，如今却又轮到它来为我温习那个业已消逝的童年梦境来了。

望着汤汤的流水，我心中好像忽然彻悟了一点人生，同时又好像从这条河上，新得到了一点智慧。的的确确，这河水过去给我的是“知识”，如今给我的却是“智慧”。山头一抹淡淡的午后阳光感动我，水底各色圆如棋子的石头也感动我。我心中似乎毫无渣滓，透明烛照，对万汇百物，对拉船人与小小船只，一切都那么爱着，十分温暖的爱着！我的感情早已融入这第二故乡一切光景声色里了。我仿佛很渺小很谦卑，对一切有生无生似乎都在伸手，且微笑的轻轻的说：“我来了，是的，我仍然同从前一样的来了。我们全是原来的样子，真令人高兴。你，充满了牛粪桐油气味的小小河街，虽稍稍不同了一点，我这张脸，大约也不同了一点。可是，很可喜的是我们还互相认识，只因为我们过去实在太熟习了！”

看到日夜不断千古长流的河水里石头和砂子，以及水面腐烂的草木，破碎的船板，使我触着了一个使人感觉惆怅的名词。我想起“历史”。一套用文字写成的历史，除了告给我们一些另一时代另一群人在这地面上相斫相杀的故事以外，我们决不会再多知道一些要知道的事情。但这条河流，却告给了我若干年来若干人类的哀乐！小小灰色的渔船，船舷船顶站满了黑色沉默的鱼鹰，向下游缓缓划去了。石滩上走着脊梁略弯的拉船人。这些东西于历史似乎毫无关系，百年前或百年后皆仿佛同目前一样。他们那么忠实庄严的生活，担负了自己那份命运，为自己，为儿女，继续在这世界中活下去。不问所过的是如何贫贱艰难的日子，却从不逃避为了求生而应有的一切努力。在他们生活爱憎得失里，也依然摊派了哭，笑，吃，喝。对于寒暑的来临，他们便更比其他世界上人感到四时交替的严肃。历史对于他们俨然毫无意义，然而提到他们这点千年不变无可记载的历史，却使人引起无言的哀戚。

我有点担心，地方一切虽没有什么变动，我或者变得太多了一点。

船到了税关前趸船旁泊定时，我想象那些税关办事人，因为见我是个陌生旅客，一定上船来盘问我，麻烦我。我于是便假定恰如数年前作的一篇文章上我那个样子，故意不大理会，希望引起那个公务人员的愤怒，直到把我带局里为止。我正想要那么一个人引路到局上去，好去见他们的局长！还很希望他们带到当地驻军旅部去，因为若果能够这样，就使我进衙门去找熟人时，省得许多琐碎的手续了。

可是验关的来了，一个宽脸大身材的青年苗人。见到他头上那个盘成一饼的青布包头，引动了我一点乡情。我上岸的计划不得不变更了。他还来不及开口我就说："同年，你来查关！这是我坐的一只空船，你尽管看。我想问你，你局长姓什么！"

那苗人已上了小船在我面前站定，看看舱里一无所有，且听我喊他为"同年"，从乡音中得到了点快乐。便用着小孩子似的口音问我："你到哪里去？你从哪里来呀？"

"我从常德来——就到这地方。你不是梨林人吗？我是……我要会你局长！"

那关吏说："我是凤凰县人！你问局长，我们局长姓陈！"

第一个碰到的原来就是自己的乡亲，我觉得十分激动，赶忙请他进舱来坐坐。可是这个人看看我的衣服行李，大约以为我是个什么代表，一种身分的自觉，不敢进舱里来了。就告我若要找陈局长，可以把船泊到中南门去。一面说着一面且把手中的粉笔，在船篷上画了个放行的记号，却回到大船上去："你们走！"他挥手要水手开船，且告水手应当把船停到中南门，上岸方便。

船开上去一点，又到了一个复查处。仍然来了一个头裹青布帕的乡亲，从舱口看看船中的我。我想这一次应当故意不理会这个公务人，使他生气方可到局里去。可是这个复查员看看我不作声的神气，一问水手，水手说了两句话，又挥挥手把我们放走了。

我心想：这不成，他们那么和气，把我想象中安排的计划全给毁了，若到中南门起岸，水手在身后扛了行李，到城门边检查时，只需水手一句话又无条件通过，很无意思。我多久不见到故乡的军队了，我得看看他们对于职务上的兴味与责任，过去和现在有什么不同处。我便变更了计划，要小船在东门下傍码头停停，我一个人先上岸去，上了岸后小船仍然开到中南门，等等我再派人来取行李。我于是上了岸，不一会就到河街上了。当我打从那河街上过身时，做炮仗的，卖油盐杂货的，收买发卖船上一切零件的，所有小铺子皆牵引了我的眼睛，因此我走得特别慢些。但到进城时却使我很失望，城门口并无一个兵。原来地方既不戒严，兵移到乡下去驻防，城市中已用不着守城兵了。长街路上虽有穿着整齐军服的年青人，我却不便如何故意向他们生点事。看看一切皆如十六年前的样子，只是兵不同了一点。

我既从东门从从容容的进了城，不生问题，不能被带过旅部去，心想时间还早，不如到我弟弟哥哥共同在这地方新建筑的“芸庐”新家里看看，那新房子全在山上。到了那个外观十分体面的房子大门前，问问工人谁在监工，才知道我哥哥来此刚三天。这就太妙了，若不来此问问，我以为我家中人还依然全在凤凰县城里！我进了门一直向楼边走去时，还有使我更惊异而快乐的，是我第一个见着的人，原来就正是五年来行踪不明的“虎雏”。这人五年前在上海从我住处逃亡后，一直就无他的消息，我还以为他早已腐了烂了。他把我引导到我哥哥住的房中，告给我哥哥已出门，过三点钟方能回来。在这三点钟之内，他在我很惊讶盘问之下，却告给了我他的全部历史。原来八岁时他就因为用石块砸死了人逃出家乡，做过玩龙头宝的助手，做过土匪，做过采茶人，当过兵。到上海发生了那件事情后，这六年中又是从一想象不到的生活里，转到我军官兄弟手边来作一名“副爷”。

见到哥哥时，我第一句话说的是“家中虎雏真是个了不起的人物”，我哥哥却回答得妙：“了不起的人吗？这里比他了不起的人多着哪。”

到了晚上，我哥哥说的话，便被我所见到的几个青年军官证实了。

1934年1月18日作

一个多情水手与一个多情妇人

我的小表到了七点四十分时，天光还不很亮。停船地方两山过高，故住在河上的人，睡眠仿佛也就可以多些了。小船上水手昨晚上吃了我五斤河鱼，吃过了鱼，大约还记得着那吃鱼的原因，不好意思再睡，这时节业已起身，卷了铺盖，在烧水扫雪了。两个水手一面工作一面用野话编成韵语骂着玩着，对于恶劣天气与那些昨晚上能晃着火炬到有吊脚楼人家去同宽脸大奶子妇人纠缠的水手，含着无可奈何的妒忌。

大木筏都得天明时漂滩，正预备开头，寄宿在岸上的人已陆续下了河，与宿在筏上的水手们，共同开始从各处移动木料。筏上有斧斤声与大摇槌彭彭敲打木桩声音。许多在吊脚楼寄宿的人，从妇人热被里脱身，皆在河滩大石间踉跄走着，回归船上。妇人们恩情所结，也多和衣靠着窗边，与河下人遥遥传述那种种“后会有期各自珍重”的话语。很显然的事，便是这些人从昨夜那点露水恩情上，已经各在那里支付分上一把眼泪与一把埋怨。想到这眼泪与埋怨，如何揉进这些人的生活中，成为生活之一部分时，使人心中柔和得很！

第一个大木筏开始移动时，约在八点左右。木筏四隅数十支大桡，泼水而前，筏上且起了有节奏的“唉”声。接着又移动了第二个。……木筏上的桡手，各在微明中画出一个黑色的轮廓。木筏上某一处必扬着一片红红的火光，火堆旁必有人正蹲下用钢罐煮水。

我的小船到这时节一切业已安排就绪，也行将离岸，向长潭上游溯江而上了。

只听到河下小船邻近不远某一只船上，有个水手哑着嗓子喊人：

“牛保，牛保，不早了，开船了呀！”

许久没有回答，于是又听那个人喊道：“牛保，牛保，你不来当真船开动了！”

再过一阵，催促的转而成为辱骂，不好听的话已上口了：“牛保，牛保，狗 × 的，你个狗就见不得河街女人的 × ！”

吊脚楼上那一个，到此方仿佛初从好梦中惊醒，从热被里妇人手臂中逃出，光身跑到窗边来答着：“宋宋，宋宋，你喊什么？天气还早咧。”

“早你的娘，人家木筏全开了，你 × 了一夜还尽不够！”

“好兄弟，忙什么？今天到白鹿潭好好的喝一杯！天气早得很！”

“早得很，哼，早你的娘！”

“就算是早我的娘吧。”

最后一句话，不过是我想象的。因为河岸水面那一个，虽尚呶呶不已，楼上那一个却业已沉默了。大约这时节那个妇人还卧在床上，也开了口：“牛保，牛保，你别理他，冷得很！”因此即刻又回到床上热被里去了。

只听到河边那个水手喃喃的骂着各种野话，且有意识把船上家伙撞磕得很响。我心想：这是个什么样子的人，我倒应该看看他。且很希望认识岸上那一个。我知道他们那只船也正预备上行，就告给我小船上水手，不忙开头，等等同那只船一块儿开。

不多久，许多木筏离岸了，许多下行船也拔了锚，推开篷，着手荡桨摇橹了。我卧在船舱中，就只听到水面人语声，以及橹桨激水声，与橹桨本身被扳动时咿咿哑哑声。河岸吊脚楼上妇人在晓气迷蒙中锐声的喊人，正如同音乐中的笙管一样，超越众声而上。河面杂声的综合，交织了庄严与流动，一切真是一个圣境。

我出到舱外去站了一会。天已亮了，雪已止了，河面寒气逼人。眼看这些船筏各戴上白雪浮江而下，这里那里扬着红红的火焰同白烟，两岸高山则直矗而上，如对立巨魔，颜色淡白，无雪处皆作一片墨绿。奇景当前，有不可形容的瑰丽。

一会儿，河面安静了。只剩下几只小船同两片小木筏，还无开头意思。

河岸上有个蓝布短衣青年水手，正从半山高处人家下来到一只小船上去。因为必须从我小船边过身，故我把这人看得清清楚楚。大眼，宽脸，鼻子短，宽阔肩膊下挂着两只大手（手上还提了一个棕衣口袋，里面填得满满的），走路时肩背微微向前弯曲，看来处处皆证明这个人是一个能干得力的水手！我就冒昧的喊他，同他说话："牛保，牛保，你玩得好！"

谁知那水手当真就是牛保。

那家伙回过头来看看是我叫他，就笑了。我们的小船好几天以来，皆一同停泊，一同启碇，我虽不认识他，他原来早就认识了我的。经我一问，他有点害羞起来了。他把那口袋举起带笑说道：

"先生，冷呀！你不怕冷吗？我这里有核桃，你要不要吃核桃？"

我以为他想卖给我些核桃，不愿意扫他的兴，就说我要，等等我一定向他买些。

他刚走到他自己那只小船边，就快乐的唱起来了。忽然税关复查处比邻吊脚楼人家窗口，露出一个年青妇人鬓发散乱的头颅，向河下人锐声叫将起来："牛保，牛保，我同你说的话，你记着吗？"

年青水手向吊脚楼一方把手挥动着。

"唉，唉，我记得到！……冷！你是怎么的啊！快上床去！"

大约他知道妇人起身到窗边时，是还不穿衣服的。

妇人似乎因为一番好意不能使水手领会，有点不高兴的神气。

"我等你十天，你有良心，你就来——"说着，彭的一声把格子窗放下了。这时节眼睛一定已红了。

那一个还向吊脚楼喃喃说着什么，随即也上了船。我看看，那是一只深棕色的小货船。

我的小船行将开头时，那个青年水手牛保却跑来送了一包核桃。我以为他是拿来卖给我的，赶快取了一张值五角的票子递给他。这人见了钱只是笑。他把钱交还，把那包核桃从我手中抢了回去。

“先生，先生，你买我的核桃，我不卖！我不是做生意人。（他把手向吊脚楼指了一下，话说得轻了些。）那婊子同我要好，她送我的。送了我那么多，还有栗子，干鱼。还说了许多痴话，等我回来过年咧。……”

慷慨原是辰河水手一种通常的性格。既不要我的钱，皮箱上正搁了一包烟台苹果，我随手取了四个大苹果送给他，且问他：

“你回不回来过年？”

他只笑嘻嘻的把头点点，就带了那四个苹果飞奔而去。我要水手开了船。小船已开到长潭中心时，忽然又听到河边那个哑嗓子在喊嚷：

“牛保，牛保，你是怎么的？我 × 你的妈，还不下河，我翻你的三代，还……”

一会儿，一切皆沉静了，就只听到我小船船头分水的声音。

听到水手的辱骂，我方明白那个快乐多情的水手，原来得了苹果后，并不即返船，仍然又到吊脚楼人家去了。他一定把苹果献给那个妇人，且告给妇人这苹果的来源，说来说去，到后自然又轮着来听妇人说的痴话，所以把下河的时间完全忘掉了。

小船已到了辰河多滩的一段路程，长潭尽后就是无数大滩小滩。河水半月来已落下六尺，雪后又照例无风，较小船只即或可以不从大漕上行，沿着河边浅水处走去也依然十分费事。水太冷了，天气又实在太冷了点。我伏在舱口看水手们一面骂野话，一面把长篙向急流乱石间掷去，心中却念及那个多情水手，船上滩时浪头俨然只想把船上人攫走。水流太急，故常常眼看业已到了滩头，过了最紧要处，但在抽篙换篙之际，忽然又会为急流冲下。河水又大又深，大浪头拍岸时常如一个小山，但它总使人觉得十分温和。河水可同一股火，太热情了一点，时时刻刻皆想把人攫走，且仿佛完全只凭自己意见作去。但古怪的是这些弄船人，他们逃避激流同漩水的方法十分巧妙。他们得靠水为生，明白水，比一般人更明白水的可怕处；但他们为了求生，却在每个日子里每一时间皆有向水中跳去的准备。小船一上滩时，就不能不向白浪里钻去，可是他们却又必有方法从白浪里找到出路。

在一个小滩上，因为河面太宽，小漕河水过浅，小船缆绳不够长不能拉纤，必需尽手足之力用篙撑上，我的小船一连上了五次皆被急流冲下。船头全是水。到后想把船从对河另一处大漕走去，漂流过河时，从白浪中钻出钻进，篷上也沾了水。在大漕中又上了两次，还花钱加了个临时水手，方把这只小船弄上滩。上过滩后问水手是什么滩，方知道这滩名“骂娘滩”（说野话的滩！）。即或是父子弄船，一面弄船也一面得互骂各种野话，方可以把船弄上滩口。

一整天小船尽是上滩，我一面欣赏那些从船舷驰过急于奔马的白浪，一面便用船上的小斧头，剥那个风流水手见赠的核桃吃。我估想这些硬壳果，说不定每一颗还都是那吊脚楼妇人亲手从树上摘下，用鞋底揉去一层苦皮，再一一加以选择，放到棕衣口袋里来的。望着那些棕色碎壳，那妇人说的“你有良心你就赶快来”一句话，也就尽在我耳边响着。那水手虽然这时节或许正在急水滩头趴伏到石头上拉船，或正脱了裤子涉水过溪，一定却记忆着吊脚楼妇人的一切，心中感觉十分温暖。每一个日子的过去，便使他与那妇人接近一点点。十天完了，过年了，那吊脚楼上，照例门楣上全贴了红喜钱，被捉的雄鸡啊呵呵呵的叫着。雄鸡宰杀后，把它向门角落抛去，只听到翅膀扑地的声音。锅中蒸了一笼糯米，热气腾腾的倒入大石臼中，两人就开始在大石臼里捣将起来。一切事都是两个人共力合作，一切工作中都掺合有笑谑与善意的诅咒。于是当真过年了。又是叮咛与眼泪，在一份长长的日子里有所期待，留在船上另一个放声的辱骂催促着，方下了船，又是核桃与栗子，干鲤鱼与……

到了午后，天气太冷，无从赶路。时间还只三点左右，我的小船便停泊了。停泊地方名为杨家岨，依然有吊脚楼，飞楼高阁悬在半山中，结构美丽悦目。小船傍在大石边，只须一跳就可以上岸。岸上吊脚楼前枯树边，正有两个妇人，穿了毛蓝布衣裳，不知商量些什么，幽幽的说着话。这里雪已极少，山头皆裸露作深棕色，远山则为深紫色。地方静得很，河边无一只船，无一个人，无一堆柴。不知河边哪一块大石后面有人正在捶捣衣服，一下一下的捣。对河也有人说话，却看不清楚人在何处。

小船停泊到这些小地方，我真有点担心。船上那个壮年水手，是一个在军营中开过小差作过种种非凡事情的人物，成天在船上只唱着“过了一天又一天，心中好似滚油煎”，若误会了我箱中那些带回湘西送人的信笺信封，以为是值钱的东西，在唱过了埋怨生活的戏文以后，转念头来玩个新花样，说不定我还不及被询问“吃板刀面或吃云吞”以前，就被他解决了。这些事我倒不怎么害怕，凡是蠢人作出的事我不知道什么叫吓怕的。只是有点儿担心，因为若果这个人做出了这种蠢事，我完了，他跑了，这地方可糟了。地方既属于我那些同乡军官大老管辖，就会把他们可忙坏了。

我盼望牛保那只小船赶来，也停泊到这个地方，一面可以不用担心，一面还可以同这个有人性的多情水手谈谈。直等到黄昏，方来了一只邮船，靠着小船下了锚。过不久，邮船那一面有个年青水手嚷着要支点钱上岸去吃“荤烟”，另一个管事的却不允许，两人便争吵起来了。只听到年青的那一个呶呶絮语，声音神气简直同大清早上那个牛保一个样子。到后来，这个水手负气，似乎空着个荷包，也仍然上岸过吊脚楼人家去了。过了一会还不见他回船，我很想知道一下他到了那里作些什么事情，就要一个水手为我点上一段废缆，晃着那小小火把，引导我离了船，爬了一段小小山路，到了所谓河街。

五分钟后，我与这个穿绿衣的邮船水手，一同坐到一个人家正屋里火堆旁，默默的在烤火了。面前一个大油松树根株，正伴同一饼油渣，熊熊的燃着快乐的火焰。间或有人用脚或树枝拨了那么一下，便有好看的火星四散惊起。主人是一个中年妇人，另外还有两个老妇人，不断向水手提出种种问题，且把关于下河的油价、木价、米价、盐价，一件一件来询问他，他却很散漫的回答，只低下头望着火堆。从那个颈项同肩膊，我认得这个人性格同灵魂，竟完全同早上那个牛保一样。我明白他沉默的理由，一定是船上管事的不给他钱，到岸上来赊烟不到手。他那闷闷不乐的神气，可以说是很妩媚。我心想请他一次客，又不便说出口。到后机会却来了。门开处进来了一个年事极轻的妇人，头上裹着大格子花布首巾，身穿葱绿色土布袄子，系一条蓝色围裙，胸前还绣了一朵小小白花。那年轻妇人把两只手插在围裙里，轻脚轻手进了屋，就站在中年妇人身后。说真话，这个女人真使我有点儿惊讶。我似乎在什么地方另一时节见着这样一个人，眼目鼻子皆仿佛十分熟习。若不是当真在某一处见过，那就必定是在梦里了。公道一点说来，这妇人是个美丽得很的生物！

最先我以为这小妇人是无意中撞来玩玩，听听从下河来的客人谈谈下面事情，安慰安慰自己寂寞的。可是一瞬间，我却明白她是为另一件事而来的了。屋主人要她坐下，她却不肯坐下，只把一双放光的眼睛尽瞅着我，待到我抬起头去望她时，那眼睛却又赶快逃避了。她在一个水手面前一定没有这种羞怯，为这点羞怯我心中有点儿惆怅，引起了点儿怜悯。这怜悯一半给了这个小妇人，却留下一半给我自己。

那邮船水手眼睛为小妇人放了光，很快乐的说：“夭夭，夭夭，你打扮得真像个观音！”

那女人抿嘴笑着不理会，表示这点阿谀并不稀罕，一会儿方轻轻的说：“我问你，白师傅的大船到了桃源不到？”

邮船水手回答了，妇人又轻轻的问：“杨金保的船？”

邮船水手又回答了，妇人又继续问着这个那个。我一面向火一面听他们说话，却在心中计算一件事情。小妇人虽同邮船水手谈到岁暮年末水面上的情形，但一颗心却一定在另外一件事情上驰骋。我几乎本能的就感到了这个小妇人是正在对我感到特别兴趣。不用惊奇，这不是稀奇事情。我们若稍懂人情，就会明白一张为都市所折磨而成的白脸，同一件称身软料细毛衣服，在一个小家碧玉心中所能引起的是一种如何幻想，对目前的事也便不用多提了。

对于身边这个小妇人，也正如先前一时对于身边那个邮船水手一样，我想不出用个什么方法，就可以使这个有了点儿野心与幻想的人，得到她所要得到的东西。其实我在两件事上皆不能再吝啬了，因为我对于他们皆十分同情。但试想想看，倘若这个小妇人所希望的是我本身，我这点同情，会不会引起五千里外另一个人的苦痛？

我笑了。

……假若我给这水手一笔钱，让这小妇人同他谈一个整夜？

我正那么计算着，且安排如何来给那个邮船水手的钱，使他不至于感觉难为情。忽然听那年轻妇人问道："牛保那只船？"

那邮船水手吐了一口气："牛保的船吗，我们一同上骂娘滩，溜了四次。末后船已上了滩，那拦头的伙计还同他在互骂，且不知为什么互相用篙子乱打乱转起来，船又溜下滩去了。看那样子不是有一个人落水，就得两个人同时落水。"有谁发问："为什么？"

邮船水手感慨似的说："还不是为那一张 ×！"

几人听着这件事，皆大笑不已。那年轻小妇人，却长长的吁了一口气。

忽然河街上有个老年人嘶声的喊人："夭夭小婊子，小婊子婆，卖 × 的，你是怎么的，夹着那两片小 ×，一眨眼又跑到哪里去了！你来！……"

小妇人听门外街口有人叫她，把小嘴收敛做出一个爱娇的姿势，带着不高兴的神气自言自语说："叫骡子又叫了。你就叫吧。夭夭小婊子偷人去了！投河吊颈去了！"咬着下唇很有情致的盯了我一眼，拉开门，放进了一阵寒风，人却冲出去，消失到黑暗中不见了。

那邮船水手望了望小妇人去处那扇大门，自言自语的说："小婊子偏偏嫁老烟鬼，天晓得！"

于是大家便来谈说刚才走去那个小妇人的一切。屋主中年妇人，告给我那小妇人年纪还只十九岁，却为一个年过五十的老兵所占有。老兵原是一个烟鬼，虽占有了她，只要谁有土有财就让床让位。至于小妇人呢，人太年轻了点，对于钱毫无用处，却似乎常常想得很远很远。屋主人且为我解释很远很远那句话的意思，给我证明了先前一时我所感觉到的一件事情的真实。原来这小妇人虽生在不能爱好的环境里，却天生有种爱好的性格。老烟鬼用名分缚着了她的身体，然而那颗心却无从拘束。一只船无意中在码头边停靠了，这只船又恰恰有那么一个年青男子，一切派头都和水手不同，于是那颗心，将如何为这偶然而来的人跳跃！屋主人所说的话，增加了我对于这个年轻妇人的关心。我还想多知道一点，请求她告给我，我居然又知道了些不应当写在纸上的事情。到后来，谈起命运，那屋主人沉默了，众人也沉默了。各人眼望着熊熊的柴火，心中玩味着"命运"这个字的意义，而且皆俨然有一点儿痛苦。我呢，在沉默中体会到一点"人生"的苦味。我不能给那个小妇人什么，也再不作给那水手一点点钱的打算了。我觉得他们的欲望同悲哀都十分神圣，我不配用钱或别的方法渗进他们命运里去，扰乱他们生活上那一份应有的哀乐。下船时，在河边我听到一个人唱《十想郎》小曲，曲调卑陋声音却清圆悦耳。我知道那是由谁口中唱出且为谁唱的。我站在河边寒风中痴了许久。

作于1934年

辰河小船上的水手

我自从离开了那个水獭皮帽子的朋友以后，独自坐到这只小船上，已闷闷的过了十天。小船前后舱面既十分窄狭，三个水手白日皆各有所事：或者正在吵骂，或者是正在荡桨撑篙，使用手臂之力，使这只小船在结了冰的寒气中前进。有时两个年轻水手即或上岸拉船去了，船前船后又有湿淋淋的缆索牵牵绊绊，打量出去站站，也无时不显得碍手碍脚，很不方便。因此我就只有蜷伏在船舱里，静听水声与船上水手辱骂声，打发了每个日子。

照原定计划，这次旅行来回二十八天的路程，就应当安排二十二个日子到这只小船上。如半途中这小船发生了什么意外障碍，或者就多得四天五天。起先我尽记着水獭皮帽子的朋友“行船莫算，打架莫看”的格言，对于这只小船每日应走多少路，已走多少路，还需要走多少路，从不发言过问。

他们说“应当开头了”，船就开了，他们说“这鬼天气不成，得歇憩烤火”，我自然又听他们歇憩烤火。天气也实在太冷了一点，篙上桨上莫不结了一层薄冰。我的衣袋中，虽还收藏了一张桃源县管理小划子的船总亲手所写“十日包到”的保单，但天气既那么坏，还好意思把这张保单拿出来向掌舵水手说话吗？

我口中虽不说什么，心里却计算到所剩余的日子，真有点儿着急。

三个水手中的一人，似乎已看准了我的弱点，且在另外一件事情上，又看准了我另外一项弱点，想出了个两得其利的办法来了。那水手向我说道：“先生，你着急，是不是？不必为天气发愁。如今落的是雪子，不是刀子。我们弄船人，命里派定了划船，天上纵落刀子也得做事！”

我的坐位正对着船尾，掌舵水手这时正分张两腿，两手握定舵把，一个人字形的姿势对我站定。想起昨天这只小船搁入石罅里，尽三人手足之力还无可奈何时，这人一面对天气咒骂各种野话，一面卸下了裤子向水中跳去的情形，我不由得微哂了一下。我说：“天气真坏！”

他见我眉毛聚着，便笑了：“天气坏不碍事，只看你先生是不是要我们赶路，想赶快一些，我同伙计们有的是办法！”

我带了点埋怨神气说：“不赶路，谁愿意在这个日子里来在河上受活罪？你说有办法，告我看是什么办法！”

“天气冷，我们手脚也硬了。你请我们晚上喝点酒，活活血脉，这船就可以在水面上飞！”

我觉得这个提议很正当，便不追问先划船后喝酒，如何活动血脉的理由，即刻就答应了。我说：“好得很，让我们的船飞去吧，欢喜吃什么买什么。”

于是这小船在三个划船人手上，当真俨然一直向辰河上游飞去。经过钓船时就喊买鱼，一拢码头时就用长柄大葫芦满满的装上一葫芦烧酒。沿河两岸连山皆深碧一色，山头常戴了点白雪，河水则清明如玉。在这样一条河水里旅行，望着水光出色，体会水手们在工作上与饮食上的勇敢处，使我在寂寞里不由得不常作微笑！

船停时，真静。一切声音皆为大雪以前的寒气凝结了。只有船底的水声，轻轻的轻轻的流过去，——使人感觉到它的声音，几乎不是耳朵却只是想象。三个水手把晚饭吃过后，围在后舱钢灶边烤火烘衣。

时间还只五点二十五分，先前一时在长潭中摇橹唱歌的一只大货船，这时也赶到快要靠岸停泊了。只听到许多篙子钉在浅水石头上的声音，且有人大嚷大骂。他们并不是吵架，不过在那里“说话”罢了。这些人说话照例永远得使用几个粗野字眼儿，也正同我们使用标点符号一样，倘若忘了加上去，意思也就很容易模糊不清楚了。这样粗野字眼儿的使用，即在父子兄弟间也少不了。可是这些粗人野人，在那吃酸菜臭牛肉说野话的口中，高兴唱起歌来时，所唱的又正是如何美丽动人的歌！

大船靠定岸边后，只听到有一个人在船上大声喊叫："金贵，金贵，上岸 ×× 去！"

那个名为金贵的水手，似乎正在那只货船舱里鱿鱼海带间，嘶着个嗓子回答说："你 ×× 去我不来。你娘 ×××× 正等着你！"

我那小船上三个默默的烤火烘衣的水手，听到这个对白，便一同笑将起来了。其中之一学着邻船人语气说："×× 去，× 你娘的 ×。大白天像狗一样在滩上爬，晚上好快乐！"

另一个水手就说："七老，你要上岸去，你向先生借两角钱也可以上岸去！"

几个人把话继续说下去，便讨论到各个小码头上吃四方饭娘儿们的人材与轶事来了。说及其中一些野妇人悲喜的场面时，真使我十分感动。我再也不能孤独的在舱中坐下了，就爬到那个钢灶边去，同他们坐在一处去烤火。

我搀入那个团体时，询问那个年纪较大的水手："掌舵的，我十五块钱包你这只船，一次你可以捞多少！"

"我可以捞多少，先生！我不是这只船的主人，我是个每年二百四十吊钱雇定的舵手，算起来一个月我有两块三角钱，你看看这一次我捞多少！"

我说："那么，大伙计，你拦头有多少！全船皆得你，难道也是二百四十吊一年吗？"

那一个名为七老的说："我弄船上行，两块六角钱一次，下行吃白饭！”

“那么，小伙计，你呢？我看你手脚还生疏得很！你昨天差点儿淹坏了，得多吃多喝，把骨头长结实一点点！”

小子听我批评到他的能力就只干笑。掌舵的代他说话：“先生要你多吃多喝，你不听到吗？这小子看他虽长得同一块发糕一样，其实就只能吃能喝，撇篙子拉纤全不在行！”

“多少钱一月？”我说，“一块钱一月，是不是？”

那个小水手自己笑着开了口：“多少钱一月？十个铜子一天。我还不满师，哪会给我关饷？——× 他的娘。天气多坏！”

我在心中打了一下算盘，掌舵的八分钱一天，拦头的一角三分一天，小伙计一分二厘一天。在这个数目下，不问天气如何，这些人莫不皆得从天明起始到天黑为止，做他应分做的事情。遇应当下水时，便即刻跳下水中去。遇应当到滩石上爬行时，也毫不推辞即刻前去。在能用气力时，这些人就毫不吝惜气力打发了每个日子，人老了，或大六月发痧下痢，躺在空船里或太阳下死掉了，一生也就算完事了。这条河中至少有十万个这样过日子的人。想起了这件事情，我轻轻的吁了一口气。

“掌舵的，你在这条河里划了几年船？”

“我今年五十三，十六岁就到了船上。”

三十七年的经验，七百里路的河道，水涨水落河道的变迁，多少滩，多少潭，多少码头，多少石头——是的，凡是那些较大的知名的石头，这个人就无一不能够很清楚的举出它们的名称和故事！划了三十七年的船，还只是孤身一人，把经验与气力每天作八分钱出卖，来在这水上漂泊，这个古怪的人！

“拦头的大伙计，你呢？你划了几年船？”

“我照老法子算今年三十一岁，在船上五年，在军队里也五年。我是个逃兵，七月里才从贵州开小差回来的！”

这水手结实硬朗处，倒真配作一个兵。那份粗野爽朗处也很像个兵。掌舵的水手人老了，眼睛发花，已不能如年青人那么手脚灵便，小水手年龄又太小了一点，一切事皆不在行，全船最重要的人物就是他。昨天小船上滩，小水手换篙较慢，被篙子弹入急流里去时，他却一手支持篙子，还能一手把那个小水手捞住，援助上船。上了船后那小子又惊又气，全身湿淋淋的，抱定桅子荷荷大哭。他一面笑骂着种种野话，一面却赶快脱了棉衣单裤给小水手替换。在这小船上他一个人脾气似乎特别大，但可爱处也就似乎特别多。

想起小水手掉到水中被援起以后的样子，以及那个年纪大一点的脱下了裤子给他掉换，光着个下身在空气里弄船的神气，我心中充满了不可言说的感情。我向小水手带笑说：“小伙计，你呢？”

那个拦头的水手就笑着说：“他吗？只会吃只会哭，做错了事骂两句，还会说点蠢话：‘你欺侮我，我用刀子同你拼命！’拿你刀子来切我的 ××，老子还不见过刀子，怕你！”

小水手说：“老子哭你也管不着！”

拦头的水手说："不管你你还会有命！落了水爬起来，有什么可哭？我不脱下衣来，先生不把你毯子，不冷死你！十五六岁了的人，命好早 × 出了孩子，动不动就哭，不害羞！"

正说着，邻船上有水手很快乐的用女人窄嗓子唱起曲子，晃着一个火把，上了岸，往半山吊脚楼取乐去了。

我说："大伙计，你是不是也想上岸去玩玩？要去就去，我这里有的是零钱。要几角钱？你太累了，我请客！"

掌舵的老水手听说我请客，赶忙在旁打边鼓儿说："七老，你去，先生请客你就去，两吊钱先生出得起！"

他妩媚的咕咕笑着。我知道那是什么意思，就取了值四吊钱的五角钞票递给他。小水手笑乐着为他把作火炬的废绳燃好。于是推开了篷，这个人就被两个水手推上了岸，也摇晃着个火把，爬上高坎到吊脚楼地方取乐去了。

人走去后，掌舵的水手方把这个人的身世为我详细说出来。原来这个人的履历上，还有十一个月土匪的经验应当添注上去。这个人大白天一面弄船一面吼着说："老子要死了，老子要做土匪去了。"种种独白的理由，我方完全明白了。

我心中以为这个人既到了河街吊脚楼，若不是同那些宽脸大奶子女人在床上去胡闹，必又坐到火炉边，夹杂在一群划船人中间向火，嚼花生或剥酸柚子吃。那河街照例有屠户，有油盐店，有烟馆，有小客店，还有许多妇人提起竹篾织就的圆烘笼烤手，一见到年青水手就做眉做眼，还有妇女年纪大些的，鼻梁根扯得通红，太阳穴贴上了膏药，做丑事毫不以为可羞。看中了某一个结实年青的水手时，只要那水手不讨厌她，还会提了家养母鸡送给水手！那些水手胡闹到半夜里回到船上，把缚着脚的母鸡，向舱里同伴热被上抛去，一些在睡梦里被惊醒的同伴，就会喃喃的骂着："溜子，溜子，你一条 ×× 换一只母鸡，老子明早天一亮用刀割了你！"于是各个臭被一角皆起了咕咕的笑声。……我还正在那个拦头水手行为上，思索到一个可笑的问题，不知道他那么上岸去，由他说来，究竟得到了些什么好处。可是他却出我意料以外，上岸不久又下了河，回到小船上来了。

小船上掌艄水手正点了个小油灯，薄薄灯光照着那水手的快乐脸孔。掌艄的向他说："七老，怎么的，你就回来了，不同婊子过夜！"

小水手也向他说了一句野话，那小子只把头摇着且微笑着，赶忙解下了他那根腰带。原来他棉袄里藏了一大堆橘子，腰带一解，橘子便在舱板上各处滚去。问他为什么得了那么多橘子，方知道他虽上了岸，却并不胡闹，只到河街上打了个转，在一个小铺子里坐了一会，见有橘子卖，知道我欢喜吃橘子，就把钱全买了橘子带回来了。

我见着他那很有意思的微笑，我知道他这时所作的事，对于他自己感觉如何愉快，我便笑将起来，不说什么了。四个人剥橘子吃时，我要他告给我十一个月作土匪的生活，有些什么可说的事情，让我听听。他就一直把他的故事说到十二点钟。我真像读了一本内容十分新奇的教科书。

天气如所希望的终于放晴了，我同这几个水手在这只小船上已经过了十二个日子。

天既放晴后，小船快要到目的地时，坐在船舱中一角，瞻望澄碧无尽的长流，使我发生无限感慨。十六年以前，河岸两旁黛色庞大石头上，依然是在这样晴朗冬天里，有野莺与画眉鸟从山谷中竹篁里飞出来，在石头上晒太阳，悠然自得的啭唱悦耳的曲子，直到有船近身时，又方始一齐向竹林中飞去。十六年来竹林里的鸟雀，那份从容处，犹如往日一个样子，水面划船人愚蠢朴质勇敢耐劳处，也还相去不远。但这个民族，在这一堆长长日子里，为内战、毒物、饥馑、水灾，如何向堕落与灭亡大路走去。一切人生活习惯，又如何在巨大压力下失去了它原来的纯朴型范，形成一种难于设想的模式！

小船到达我水行的终点浦市时，约在下午四点钟左右。这个经过昔日的繁荣而衰败了多年的码头，三十年前是这个地方繁荣达到顶点的时代。十五年前地方业已大大衰落，那时节沿河长街的油坊，尚常有三两千新油篓晒在太阳下，沿河七个用青石作成的码头，有一半还停泊了结实高大四橹五舱运油船。此外船只多从下游运来淮盐、布匹、花纱，以及川黔边区所需的洋广杂货。川黔边境由旱路运来的朱砂、水银、苎麻、五倍子，莫不在此交货转载。木材浮江而下时，常常半个河面皆是那种大木筏。本地市面则出炮仗，出印花布，出肥人，出肥猪。河面既异常宽平，码头又特别干净整齐，虽从那些大商号里，寺庙里，都可见出这个商埠在日趋于衰颓，然而一个旅行者来到此地时，一切规模总仍然可得到一个极其动人的印象！街市尽头河下游为一长潭，河上游为一小滩，每当黄昏薄暮，落日沉入大地，天上暮云为落日余晖所烘炙，剩余一片深紫时，大帮货船从上而下，摇船人泊船近岸，在充满了薄雾的河面，浮荡的催橹歌声，又正是一种如何壮丽稀有的歌声！

如今小船到了这个地方后，看看沿河各码头，早已破烂不堪。小船泊定的一个码头，一共有十二只船，除了有一只船载运了方柱形毛铁，一只船载辰溪烟煤，正在那里发签起货外，其他船只似乎已停泊了多日，无货可载。有七只船还在小桅上或竹篙上，悬了一个用竹缆编成的圆圈，作为“此船出卖”的标志。

小船上掌艄水手同拦头水手全上岸去了，只留下小水手守船，我想乘天气还不曾断黑，到长街上去看看这一切衰败了的地方，是不是商店中还能有个把肥胖子。一到街口却碰着了那两个水手，正同个骨瘦如柴的长人在一个商店门前相骂。问问旁人是什么事情，方知道这长子原来是个屠户，争吵的原因只是对于所买的货物分量轻重有所争持。看到他们那么气急败坏大声吵骂无个了结，我就不再走过去了。

下船时，我一个人坐在那小小船只空舱里让黄昏来临，心中只想着一件古怪事情："浦市地方屠户也那么瘦了，是谁的责任？希望到这个地面上，还有一群精悍结实的青年，来驾驭钢铁征服自然，这责任应当归谁？"一时自然不会得到任何结论。

作于1934年

箱子岩

十五年以前，我有机会独坐一只小篷船，沿辰河上行，停船在箱子岩脚下。一列青黛崭削的石壁，夹江高矗，被夕阳烘炙成为一个五彩屏障。石壁半腰约百米高的石缝中，有古代巢居者的遗迹，石罅隙间横横的悬撑起无数巨大横梁，暗红色长方形大木柜尚依然好好的搁在木梁上。岩壁断折缺口处，看得见人家茅棚同水码头，上岸喝酒下船过渡人也得从这缺口通过。那一天正是五月十五，河中人过大端阳节。

箱子岩洞窟中最美丽的三只龙船，早被乡下人拖出浮在水面上。船只狭而长，船舷描绘有朱红线条，全船坐满了青年桨手，头腰各缠红布。鼓声起处，船便如一支没羽箭，在平静无波的长潭中来去如飞。河身大约一里路宽，两岸皆有人看船，大声呐喊助兴。且有好事者，从后山爬到悬岩顶上去，把“铺地锦”百子鞭炮从高岩上抛下，尽鞭炮在半空中爆裂，形成一团团五彩碎纸云尘，彭彭彭彭的鞭炮声与水面船中锣鼓声相应和。引起人对于历史回溯发生一种幻想，一点感慨。

当时我心想：多古怪的一切！两千年前那个楚国逐臣屈原，若本身不被放逐，疯疯癫癫来到这种充满了奇异光彩的地方，目击身经这些惊心动魄的景物，两千年来的读书人，或许就没有福分读《九歌》那类文章，中国文学史也就不会如现在的样子了。在这一段长长岁月中，世界上多少民族皆堕落了，衰老了，灭亡了。即如号称东亚大国的一片土地，也已经有过多少次被来自西北方沙漠中的蛮族，骑了膘壮的马匹，手持强弓硬弩，长枪大戟，到处践踏蹂躏！（辛亥革命前夕，在这苗蛮杂处的一个边镇上，向土民最后一次大规模施行杀戮的统治者，就是一个北方清朝的宗室！辛亥以后，老袁梦想做皇帝时，又有两师北老在这里和滇军作战了大半年。）然而这地方的一切，虽在历史中照样发生不断的杀戮、争夺，以及一到改朝换代时，派人民担负种种不幸命运，死的因此死去，活的被逼迫留发、剪发，在生活上受新朝代种种限制与支配。然而细细一想，这些人根本上又似乎与历史毫无关系。从他们应付生存的方法与排泄感情的娱乐看上来，竟好像今古相同，不分彼此。这时节我所眼见的光景，或许就和两千年前屈原所见的完全一样。

那次我的小船停泊在箱子岩石壁下，附近还有十来只小渔船，大致打鱼人也有玩龙船竞渡的，所以渔船上妇女小孩们，无不十分兴奋，各站在尾梢上或船篷上锐声呼喊。其中有几个小孩子，我只担心他们太快乐兴奋，会把住家的小船跳沉。

日头落尽云影无光时，两岸渐渐消失在温柔暮色里。两岸看船人呼喝声越来越少，河面被一片紫雾笼罩，除了从锣鼓声中尚能辨别那些龙船方向，此外已别无所见。然而岩壁缺口处却人声嘈杂，且闻有小孩子哭声，有妇女们尖锐叫唤声，综合给人一种悠然不尽的感觉。天已经夜了，吃饭是正经事。我原先尚以为再等一会儿，那龙船一定就会傍近岩边来休息，被人拖进石窟里，在快乐呼喊中结束这个节日了。谁知过了许久，那种锣鼓声尚在河面飘扬着，表示一班人还不愿意离开小船，回转家中。待到我把晚饭吃过后，爬出舱外一望，呀，天上好一轮圆月。月光下石壁同河面，一切如镀了银，已完全变换了一种调子。岩壁缺口处水码头边，正有人用废竹缆或油柴燃着火燎，火光下只见许多穿白衣人的影子移动。问问船上水手，方知道那些人正把酒食搬移上船，预备分派给龙船上人。原来这些青年人白日里划了一整天船，看船的已慢慢散尽了，划船的还不尽兴，并且谁也不愿意扫兴示弱，先行上岸，因此三只长船还得在月光下玩个上半夜。

提起这件事，使我重新感到人类文字语言的贫俭。那一派声音，那一种情调，真不是用文字语言可以形容的事情。要一个长年身在城市里住下，以读读《楚辞》就“神往意移”的人，来描绘那月下竞舟的一切，更近于徒然的努力。我可以说的，只是自从我把这次水上所领略的印象保留到心上后，一切书本上的动人记载，全看得平平常常，不至于发生任何惊讶了。这正像我另外一时，看过人类许多不同花样的愚蠢杀戮，对于其余书上叙述到这件事情时，同样不能再给我如何感动。

十五年后我又有了机会乘坐小船沿辰河上行，应当经过箱子岩。我想温习温习那地方给我的印象，就要管船的不问迟早，把小船在箱子岩下停泊。这一天是十二月七号，快要过年的光景。没有太阳的阴沉酿雪天，气候异常寒冷。停船时还只下午三点钟左右，岩壁上藤萝草木叶子多已萎落，显得那一带斑驳岩壁十分瘦削。悬岩高处红木柜，只剩下三四具，其余早不知到哪儿去了。小船最先泊在岩壁下洞窟边，冬天水落得太多，洞口已离水面两三丈以上。我从石壁裂罅爬上洞口，到搁龙船处看了一下，旧船已不知坏了还是早被水冲去了，只见有四只新船搁在石梁上，船头还贴有鸡血同鸡毛，一望就明白是今年方下水的。出得洞口时，见岩下左边泊定五只渔船，有几个老渔婆缩颈敛手在船头寒风中修补渔网。上船后觉得这样子太冷落了，可不是个办法，就又要船上水手为我把小船撑到岩壁断折处有人家地方去，就便上岸，看看乡下人过年以前是什么光景。

四点钟左右，黄昏已逐渐腐蚀了山峦与树石轮廓，占领了屋角隅。我独自坐在一家小饭铺柴火边烤火。我默默的望着那个火光煜煜的枯树根，在我脚边很快乐的燃着，爆炸出轻微的声音。铺子里人来来往往，有些说两句话又走了，有些就来镶在我身边长凳上，坐下吸他的旱烟。有些来烘烘脚，把穿着湿草鞋的脚去热灰里乱搅。看看每一个人的脸子，我都发生一种奇异的乡情。这里是一群会寻快乐的正直善良乡下人，有捕鱼的，打猎的，有船上水手和编制竹缆工人。若我的估计不错，那个坐在我身旁，伸出两只手向火，中指节有个放光顶针的，肯定还是一位乡村里的成衣人。这些人每到大端阳时节，都得下河去玩一整天的龙船。平常日子特别是隆冬严寒天气，却在这个地方，按照一种分定，很简单的把日子过下去。每日看过往船只摇橹扬帆来去，看落日同水鸟。虽然也同样有人事上的得失，到恩怨纠纷成一团时，就陆续发生庆贺或仇杀。然而从整个说来，这些人生活却仿佛同“自然”已相融合，很从容的各在那里尽其性命之理，与其他无生命物质一样，惟在日月升降寒暑交替中放射，分解。

而且在这种过程中，人是如何渺小的东西，这些人比起世界上任何哲人，也似乎还更知道的多一些。

听他们谈了许久，我心中有点忧郁起来了。这些不辜负自然的人，与自然妥协，对历史毫无担负，活在这无人知道的地方。另外尚有一批人，与自然毫不妥协，想出种种方法来支配自然，违反自然的习惯，同样也那么尽寒暑交替，看日月升降。然而后者却在慢慢改变历史，创造历史。一份新的日月，行将消灭旧的一切。我们用什么方法，就可以使这些人心中感觉一种对“明天”的“惶恐”，且放弃过去对自然和平的态度，重新来一股劲儿，用划龙船的精神活下去？这些人在娱乐上的狂热，就证明这种狂热能换个方向，就可使他们还配在世界上占据一片土地，活得更愉快更长久一些。不过有什么办法，可以改造这些人的狂热到一件新的竞争方面去，可是个费思索的问题。

一个跛脚青年人，手中提了一个老虎牌新桅灯，灯罩光光的，洒着摇着从外面走进屋子。许多人见了他都同声叫唤起来："什长，你发财回来了！好个灯！"

那跛子年纪虽很轻，脸上却刻划了一种兵油子的油气与骄气，在乡下人中仿佛身分特高一层。把灯搁在木桌上，大洋洋的坐近火边来，拉开两腿摊出两只大手烘火，满不高兴的说："碰鬼，运气坏，什么都完了。"

"船上老八说你发了财，瞒我们。怕我们开借。"

"发了财，哼。用得着瞒你们？本钱去七角，桃源行市只一块零，除了上下开销，二百两货有什么捞头，我问你。"

这个人接着且连骂带唱的说起桃源后江娘儿们种种有趣的情形，使得一般人活泼兴奋起来。话说得正有兴味时，一个人来找他，说"什长，猪蹄膀炖好了，酒已热好了"，他搓搓手，说声"有偏各位"，提起那个新桅灯就走了。

原来这个青年汉子，是个打鱼人的独生子。三年前被省城里募兵委员看中了招去，训练了三个月，就开到江西边境去同共产党打仗。打了半年仗，一班兄弟中只剩下他一个人好好的活着，奉令调回后防招募新军补充时，他因此升了班长。第二次又训练三个月，再开到前线去打仗。于是碎了一只腿，抬回省中军医院诊治，照规矩这只腿得用锯子锯去。一群同乡都以为从辰州地方出来的家乡人，“辰州符”比截割高明得多了，信他个洋办法像话吗？就把他从医院中抢出，在外边用老办法找人敷水药治疗。说也古怪，不到三个月，那只腿居然不必截割全好了。战争是个什么东西他也明白了。取得了本营证明，领得了些伤兵抚恤费后，于是回到家乡来，用什长名义受同乡恭维，又用伤兵名义作点特别生意。这生意也就正是有人可以赚钱，有人可以犯法，政府也设局收税，也制定法律禁止，又可以杀头又可以发财那种从各方面说来都似乎极有出息的生意。我想弄明白那什长的年龄，从那个当地唯一成衣人口中，方知道这什长今年还只二十一岁。那成衣人还说：“这小子看事有眼睛，做事有魄力，蹶了一只腿，还会一月一个来回下常德府，吃喝玩乐发财走好运。若两只腿全弄坏，那就更好了。”

有个水手插口说：“这是什么话。”

“什么画，壁上挂。穷人打光棍，一只腿打坏了不顶事。如两只腿全打坏了，他就不会卖烟土走私赚了钱，再到桃源县后江玩花姑娘了！”

成衣人末后一句打趣话，把大家都弄笑了。

回船时，我一个人坐在灌满冷气的小小船舱中，屈指计算那什长年龄，二十一岁减十五，得到个数目是六。我记起十五年前那个夜里一切光景，那落日返照，那狭长而描绘朱红线条的船只，那锣鼓与热情兴奋的呼喊……尤其是临近几只小渔船上欢乐跳掷的小孩子，其中一定就有一个今晚我所见到的跛脚什长。唉，历史，多么古怪的事物。生恶性痈疽的人，照旧式治疗方法，可用一星一点毒药敷上，尽它溃烂，到溃烂净尽时，再用药物使新的肌肉生长，人也就恢复健康了。这跛脚什长，我对他的印象虽异常恶劣，想起他就是一个可以溃烂这乡村居民灵魂的人物，不由人不寄托一种幻想……二十年前澧州镇守使王正雅部队一个平常马夫，姓贺名龙，兵乱时，一菜刀切下了一个散兵的头颅，二十年后就得惊动三省集中十万军队来解决这马夫。谁个人会注意这小小节目，谁个人想象得到人类历史是用什么写成的！

作于 1934 年

五个军官与一个煤矿工人

辰河弄船人有两句口号，旅行者无人不十分熟习。那口号是：“走尽天下路，难过辰溪渡。”事实上辰溪渡也并不怎样难过，不过弄船人所见不广，用纵横长约千里路一条辰河与七个支流小河作准，因此说出那么两句天真话罢了。地险人蛮却为一件事实。但那个地方，任何时节实在是一个令人神往倾心的美丽地方。

辰溪县的位置，恰在两条河流的交汇处，小小石头城临水倚山，建立在河口滩脚崖壁上。河水深到三丈尚清可见底。

河面长年来往着湘黔边境各种形体美丽的船只。山头为石灰岩，无论晴雨，总可见到烧石灰人窑上飘扬的青烟与白烟。房屋多黑瓦白墙，接瓦连椽紧密如精巧图案。对河与小山城成犄角，上游是一个三角形小阜，阜上有修船造船的干坞与宽坪。位在下游一点，则为一个三角形黑色山嘴，濒河拔峰，山脚一面接受了沅水激流的冲刷，一面被麻阳河长流的淘洗，岩石玲珑透剔。半山有个壮丽辉煌的庙宇，名“丹山寺”，庙宇外岩石间且有成千大小不一的浮雕石佛。太平无事的日子，每逢佳节良辰，当地驻防长官，县知事，小乡绅及商会主席，税局一头目，便乘小船过渡到那个庙宇里饮酒赋诗或玩牌下棋。在那个悬岩半空的庙里，可以眺望上行船的白帆，听下行船摇橹人唱歌。街市尽头下游便是一个长潭，名“斤丝潭”，历来传说，水深到放一斤丝线才能到底。两岸皆五色石壁，矗立如屏障一般。长潭中日夜必有成百只打鱼船，载满了黑色沉默的鱼鹰，浮在河面取鱼。小船挹流而渡，艰难处与美丽处实在可以平分。

地方又出煤炭，是湘西著名产煤区。似乎无处无煤，故山前山后随处可见到用土法开掘的煤井。沿河两岸常有运煤船停泊，码头间无时不有若干黑脸黑手脚汉子，把大块烟煤运送到船上，向船舱中抛去。若过一个取煤斜井边去，就可见到无数同样黑脸黑手脚人物，全身光裸，腰前围上一片破布，头上戴了一盏小灯，向那个俨若地狱的黑井爬进爬出。矿坑随时皆可以坍陷或被水灌入，坍了，淹了，这些到地狱讨生活的人自然也就完事了。

矿区同小山城各驻扎了相当军队。七年前，有一天晚上，一名哨兵扛了枪支，正从一个废弃了的煤井前面经过，忽然从黑暗里跃出了一个煤矿工人，一菜刀把那个哨兵头颅劈成两爿。这煤矿工人很敏捷的把枪支同子弹取下后，便就近埋藏在煤渣里。哨兵尸身被拖到那个浸了半井黑水的煤井边，冬的一声抛下去了。这个哨兵失了踪，军营里当初还以为人开了小差，照例下令各处通缉。直等到两个半月以后，尸身为人在无意中发现时，那个狡猾强悍的煤矿工人，在辰溪与芷江两县交界处的土匪队伍中称小舵把子，干打家劫舍捉肥羊的生涯已多日了。

三年后，这煤矿工人带领了约两千穷人，又在一种十分敏捷的手段下，占领了那个辰溪的小山城。防军受了相当损失，把其余部队集中在对河产煤区，准备反攻。一切船只不是逃往下游便是被防军扣留，河面一无所有，异常安静。上下行商船一律停顿到上下三五十里码头上，最美观的木筏也不能在河面见着了。煤矿全停顿了，烧石灰人也逃走了。白日里静悄悄的，只间或还可听到一两声哨兵放冷枪声音。每日黄昏里及天明前后，两方面都担心敌人渡河袭击，便各在河边燃了大大的火堆，且把机关枪毕毕剥剥的放了又放。当机关枪如拍簸箕那么反复作响时，一些逃亡在山坳里的平民，以及被约束在一个空油坊里的煤矿工人，便各在沉默里，从枪声方面估计两方的得失。多数人虽明白这战争不出一个月必可结束，落草为寇的仍然逃入深山，驻防的仍然收复了原有防地。但这战事一延长，两方面的牺牲，谁也就不能估计得到了。

每次机关枪的响声下，照例必有防军方面渡江奇袭的船只过河。照例是五个八个一伙伏在船舱里，把水湿棉絮同砂包垒积到船头与船旁，乘黄昏天晓薄雾平铺江面时挖流偷渡。

船只在沉默里行将到达岸边时，在强烈的手电筒搜索中被发现了，于是响了机关枪。船只仍然不顾一切在沉默中向岸边划去。再过一会，訇的一声，从船上掷出的手榴弹已抛到岸边哨兵防御工事边。接着两方面皆起了机关枪声音，手榴弹也继续爆炸着。再过一阵，枪声已停止，很显然的，渡河的在猛烈炮火下，地势不利失败了。这些人或连同船只沉到水中去了，或已拢岸却依然在悬崖下牺牲了。或被炮火所逼，船中人死亡将尽，剩余一个两个受了伤，尽船只向下游漂去，在五里外的长潭中，方有机会靠拢自己防地那一个岸边。

半月以内，防军在渡头上下三里前后牺牲了大约有三连实力，与三十七只大小船只。到后却有五个教导团的年轻学兵，在大雨中带了五支自动步枪，一堆手榴弹，三支连槽，用竹筏渡河，拢岸时，首先占领了土匪沿河一个重要码头，其余竹筏已陆续渡河，从占领处上了岸。在一场剧烈凶猛巷战中，那矿工统率的穷人队伍不能支持，在街头街尾一些公共建筑各处放了火，便带了残余部众，绑着县长同几个当地绅士，向东乡逃跑了。

三个月内，防军在继续追剿中，解决了那个队伍全部的实力，肉票也皆被夺回了。但那个矿工出身土匪首领的漏网，却成为地方当局忧虑不安的事情。到后来虽悬赏探听明白了他的踪迹，却无方法可以诱出逮捕。

五个青年教导团学兵，那时节业已毕业，升了各连的见习，尚未归连。就请求上司允许他们冒一次险，且向上司说明这冒险的计划。

七天以后，辰溪沅州两县边境名为“窑上”的地方，一个制砖人小饭铺里，就有五个人吃饭。五个人全作贵州商人装束，其中有四个各扛了小扁担，打了担贵州出产的松皮纸。

只一人挑了一担有盖箩筐。这制砖人年纪已开六十岁，早为防军侦探明白是那个矿工的通信联络人。年青人把饭吃过后，几人便互相商量到一件事情。所说的话自然就是故意想让那老头子从一旁听去的话。这时节几个人正装扮成为一群从黔省来投靠那矿工的零伙，箩筐里白米下放的是一支已拆散了的捷克式轻机关枪同若干发子弹。箩筐中真是那玩意儿！几人一面说，一面埋怨这次来到这里的冒昧处。一片谎话把那个老奸巨猾的心说动了后，那老的搭讪着问了些闲话，相信几人真是来卖身投靠的同道了，就说他会卜课。他为卜了一课，那卦上说，若找人，等等向西方走去，一定可以遇到他们所要见的人。等待几人离开了饭铺向西走去时，制砖人早把这个消息递给了另一方面。两方面都十分得意，以为对面的一个上了套。

因此几个人不久就同一个“管事”在街口会了面。稍稍一谈，把箩筐盖甩去一看，机关枪赫然在箩筐里。管事的再不能有何种疑虑了。就邀约五个人入山去见“龙头”，吃血酒发誓，此后便祸福与共，一同作梁山上弟兄。几个年青人却说“光棍心多，请莫见怪”，以为最好倒是约“龙头”来窑上吃血酒发誓，再共同入山。管事的走去后，几个人就依然住在窑上制砖人家里等候消息。

第二天，那个机智结实矿工，带领四个散伙弟兄来到了窑上，见面后，很亲热的一谈，见得十分投契，点了香烛，杀了鸡，把鸡血开始与烧酒调和，各人正预备喝下时，在非常敏捷行为中，五个年青人各从身边取出了手枪同小宝（解首刀）动起手来，几个从山中来的豹子，在措手不及情形中全被放翻了。那矿工最先手臂和大腿各中了一枪，早躺在地下血泊里，等到其他几个人倒下时，那矿工就冷冷的向那五个年青人笑着说："弟兄，弟兄，你们手脚真麻利！慢一会儿，就应归你们躺到这里了。我早就看穿了你们的诡计，明白你们是从哪儿来的卖客，好胆量！"

几个年青人不说什么，在沉默里把那些被放翻在地下的人首级一一割下。轮到矿工时，那矿工仍然十分沉静的说："弟兄，弟兄，不要尽做蠢事，留一个活口，你们好回去报功！"

五个年青人心想，真应该留一个活的，好去报功。就不说什么，把他捆绑起来。

一会儿，五个年青人便押了受伤的矿工，且勒迫那个制砖的老头子挑了四个人头，沉默的一列回辰溪县了。走到去辰溪不远的白羊河时，几人上了一只小船。

船到了辰溪上游约三里路，那个受伤的矿工又开了口："弟兄，弟兄，一切是命。你们运气好，手面子快，好牌被你们抓上手了。那河边煤井旁，我还埋了四支连槽，爽性助和你们，你们谁同我去拿来吧。"

那煤矿原来去山脚不远，来回有二十分钟就可以了事。五个年青人对于这提议毫不疑惑。矿工既已身受重伤，无法逃遁，四支连槽照市价值一千块钱，引起了几个年青人的幻想，商量派谁守船都不成，于是五个人就又押了那个受伤矿工与制砖老头子，一同上了岸。走近一个废坑边，那矿工却说，枪支就埋在坑前左边一堆煤渣里。正当几个人争着去翻动煤渣寻取枪支时，矿工一瘸一拐的走近了那个业已废弃多年的矿井边，声音朗朗的从容的说道："弟兄，弟兄，对不起，你们送了我那么多远路，有劳有偏了！"

话一说完，猛然向那深井里跃去。几个人赶忙抢到井边时，只听到冬的一声，那矿工便完事了。

五个青年人呆了许久，骂了许久，皆觉得被骗了一次，白忙了一阵。那废井深约四十米，有一半已灌了水。七年前那个哨兵，就是被矿工从这个井口抛下去的。

作于 1934 年

老伴

我平日想到泸溪县时，回忆中就浸透了摇船人催橹歌声，且被印象中一点儿小雨，仿佛把心也弄湿了。这地方在我生活史中占了一个位置，提起来真使我又痛苦又快乐。

泸溪县城界于辰州与浦市两地中间，上距浦市六十里，下达辰州也恰好六十里。四面是山，对河的高山逼近河边，壁立拔峰，河水在山峡中流去。县城位置在洞河与沅水汇流处，小河泊船贴近城边，大河泊船去城约三分之一里。（洞河通称小河，沅水通称大河。）洞河来源远在苗乡，河口长年停泊了五十只左右小小黑色洞河船。弄船者有短小精悍的花帕苗，头包格子花帕，腰围短短裙子。有白面秀气的所里人，说话时温文尔雅，一张口又善于唱歌，洞河既水急山高，河身转折极多，上行船到此已不适宜于借风使帆。凡入洞河的船只，到了此地，便把风帆约成一束，作上个特别记号，寄存于城中店铺里去，等待载货下行时，再来取用。由辰州开行的沅水商船，六十里为一大站，停靠泸溪为必然的事。浦市下行船若预定当天赶不到辰州，也多在此过夜。然而上下两个大码头把生意全已抢去，每天虽有若干船只到此停泊，小城中商业却清淡异常。沿大河一方面，一个稍稍像样的青石码头也没有。船只停靠都得在泥滩与泥堤下，落了小雨，上岸下船不知要滑倒多少人！

十七年前的七月里，我带了“投笔从戎”的味儿，在一个“龙头大哥”兼“保安司令”的带领下，随同八百乡亲，乘了从高村抓封得到的三十来只大小船舶，浮江而下，来到了这个地方。靠岸停泊时正当傍晚，紫绛山头为落日镀上一层金色，乳色薄雾在河面流动。船只拢岸时摇船人照例促橹长歌，那歌声糅合了庄严与瑰丽，在当前景象中，真是一曲不可形容的音乐。

第二天，大队船只全向下游开拔去了，抛下了三只小船不曾移动。两只小船装的是旧棉军服，另一只小船，却装了十三名补充兵，全船中人年龄最大的一个十九岁，极小的一个十三岁。

十三个人在船上实在太挤了！船既不开动，天气又正热，挤在船上也会中暑发痧。因此许多人白日里尽光身泡在长河清流中，到了夜里，便爬上泥堤去睡觉。一群小子身上全是空无所在，只从城边船户人家讨来一大捆稻草，各自扎了一个草枕，在泥堤上仰面躺了五个夜晚。

这件事对于我个人不是一个坏经验。躺在尚有些微余热的泥土上，身贴大地，仰面向天，看尾部闪放宝蓝色光辉的萤火虫匆匆促促飞过头顶。沿河是细碎人语声，蒲扇拍打声，与烟杆剥剥的敲着船舷声。半夜后天空有流星曳了长长的光明下坠。滩声长流，如对历史有所陈诉埋怨。这一种夜景，实是我终身不能忘掉的夜景！

到后落雨了，各人竞上了小船。白日太长，无济排遣，各自赤了双脚，冒着小雨，从烂泥里走进县城街上去观光。大街头江西人经营的布铺，铺柜中坐了白发皤然老妇人，庄严沉默如一尊古佛。大老板无事可作，只腆着个肚皮，叉着两手，把脚拉开成为八字，站在门限边对街上檐溜出神。窄巷里石板砌成的行人道上，小孩子扛了大而朴质的雨伞，响着寂寞的钉鞋声。待到回船时，各人身上业已湿透，就各自把衣服从身上脱下，站在船头相互帮忙拧去雨水。天夜了，便满船是呛人的油气与柴烟。

在十三个伙伴中我有两个极要好的朋友。其中一个是我的同宗兄弟，名叫沈万林。年纪顶大，与那个在常德府开旅馆头戴水獭皮帽子的朋友，原本同在一个中营游击衙门里服务当差，终日栽花养金鱼，事情倒也从容悠闲。只是和上面管事头目合不来，忽然对职务厌烦起来，把管他的头目痛打了一顿，自己也被打了一顿，因此就与我们作了同伴。其次是那个年纪顶轻的，名字就叫“开明”，一个赵姓成衣人的独生子，为人伶俐勇敢，稀有少见。家中虽盼望他能承继先人之业，他却梦想作个上尉副官，头戴金边帽子，斜斜佩上条红色值星带，站在副官处台阶上骂差弁，以为十分神气。因此同家中吵闹了一次，负气出了门。这小孩子年纪虽小，心可不小！

同我们到县城街上转了三次，就看中了一个绒线铺的和他年龄差不多的女孩子，问我借钱向那女孩子买了三次白棉线草鞋带子。他虽买了不少带子，那时节其实连一双多余的草鞋都没有，把带子买得同我们回转船上时，他且说："将来若作了副官，当天赌咒，一定要回来讨那女孩子做媳妇。"那女孩子名叫"××"，我写"边城"故事时，弄渡船的外孙女，明慧温柔的品性，就从那绒线铺小女孩印象而来。我们各人对于这女孩子印象似乎都极好，不过当时却只有他一个人特别勇敢天真，好意思把那一点糊涂希望说出口来。

日子过去了三年，我那十三个同伴，有三个人由驻防地的辰州请假回家去，走到泸溪县境驿路上，出了意外的事情，各被土匪砍了二十余刀，流一滩血倒在大路旁死掉了。死去的三人中，有一个就是我那同宗兄弟。我因此得到了暂时还家的机会。

那时节军队正预备从鄂西开过四川就食，部队中好些年轻人一律被遣送回籍。那保安司令官意思就在让各人的父母负点儿责：以为一切是命的，不妨打发小孩子再归营报到，担心小孩子生死的，自然就不必再来了。

我于是和那个伙伴并其他二十多个年轻人，一同挤在一只小船中，还了家乡。小船上行到泸溪县停泊时，虽已黑夜，两人还进城去拍打那人家的店门，从那个女孩手中买了一次白带子。

到家不久，这小子大约不忘却作副官的好处，借故说假期已满，同成衣人爸爸又大吵了一架，偷了些钱，独自走下辰州了。我因家中无事可作，不辞危险也坐船下了辰州。我到得辰州老参将衙门报到时，方知道本军部队四千人，业已于四天前全部开拔过四川，所有相熟伙伴完全走尽了。我们已不能过四川，改成为留守处人员。留守处只剩下一个上尉军需官，一个老年上校副官长，一个跛脚中校副官，以及两班新刷下来的老弱兵士。开明被派作勤务兵，我的职务为司书生，两人皆在留守处继续供职。两人既受那个副官长管辖，老军官见我们终日坐在衙门里梧桐树下唱山歌，以为我们应找点正经事做做，就想出个巧办法，派遣两人到附近城外荷塘里去为他钓蛤蟆。两人一面钓蛤蟆一面谈天，我方知道他下行时居然又到那绒线铺买了一次带子。我们把蛤蟆从水荡中钓来，剥了皮洗刷得干干净净后，用麻线捆着那东西小脚，成串提转衙门时，老军官就加上作料，把一半熏了下酒，剩下一半还托同乡带回家中去给老太太享受，我们这种工作一直延长到秋天，才换了另外一种。

过了约一年，有一天，川边来了个特急电报：部队集中驻扎在湖北边上来凤小县城里，正预备拉夫派捐回湘，忽然当地切齿发狂的平民，受当地神兵煽动，秘密约定由神兵带头打先锋，发生了民变，各自拿了菜刀、镰刀、撇麻砍柴刀，大清早分头猛扑各个驻军庙宇和祠堂来同军队作战。四千军队在措手不及情形中，一早上就放翻了三千左右。总部中除那个保安司令官同一个副官侥幸脱逃外，其余所有高级官佐职员全被民兵砍倒了。（事后闻平民死去约七千，半年内小城中随处还可以发现白骨。）这通电报在我命运上有了个转机，过不久，我就领了三个月遣散费，离开辰州，走到出产香草香花的芷江县，每天拿了个紫色木戳，过各屠桌边验猪羊税去了。所有八个伙伴已在川边死去，至于那个同买带子同钓蛤蟆的朋友呢，消息当然从此也就断绝了。

整整过去十七年后，我的小船又在落日黄昏中，到了这个地方停靠下来。冬天水落了些，河水去堤岸已显得很远，裸露出一大片干枯泥滩。长堤上有枯苇刷刷作响，阴背地方还可看到些白色残雪。

石头城恰当日落一方，雉堞与城楼皆为夕阳落处的黄天衬出明明朗朗的轮廓。每一个山头仍然镀上了金，满河是橹歌浮动，（就是那使我灵魂轻举永远赞美不尽的歌声！）我站在船头，思索到一件旧事，追忆及几个旧人。黄昏来临，开始占领了整个空间。远近船只全只剩下一些模糊轮廓，长堤上有一堆一堆人影子移动。邻近船上炒菜落锅声音与小孩哭声杂然并陈。忽然间，城门边响了一声卖糖人的小锣，铛……一双发光乌黑的眼珠，一条直直的鼻子，一张小口，从那一槌小锣声中重现出来。我忘了这份长长岁月在人事上所发生的变化，恰同小说书本上角色一样，怀了不可形容的童心，上了堤岸进了城。城中接瓦连椽的小小房子，以及住在这小房子里的人民，我似乎与他们都十分相熟。时间虽已过了十七年，我还能认识城中的道路，辨别城中的气味。

我居然没有错误，不久就走到了那绒线铺门前了。恰好有个船上人来买棉线，当他推门进去时，我紧跟着进了那个铺子。有这样稀奇的事情吗？我见到的不正是那个女孩吗？我真惊讶得说不出话来。十七年前那小女孩就成天站在铺柜里一垛棉纱边，两手反复交换动作挽她的棉线，目前我所见到的，还是那么一个样子。难道我如浮士德一样，当真回到了那个“过去”了吗？我认识那眼睛，鼻子，和薄薄的小嘴。我毫不含糊，敢肯定现在的这一个就是当年的那一个。

“要什么呀？”就是那声音，也似乎与我极其熟习。

我指定悬在钩上一束白色东西，“我要那个！”

如今真轮到我这老军务来购买系草鞋的白棉纱带子了！当那女孩子站在一个小凳子上，去为我取钩上货物时，铺柜里火盆中有茶壶沸水声音，某一处有人吸烟声音。女孩子辫发上缠的是一绺白绒线，我心想：“死了爸爸还是死了妈妈？”火盆边茶水沸了起来，小隔扇门后面有个男子哑声说话：“小翠，小翠，水开了，你怎么的？”女孩子虽已即刻很轻捷灵便的跳下凳子，把水罐挪开，那男子却仍然走出来了。

真没有再使我惊讶的事了，在黄晕晕的煤油灯光下，我原来又见到了那成衣人的独生子，这人简直可说是一个老人。很显然的，时间同鸦片烟已毁了他。但不管时间同鸦片烟在这男子脸上刻下了什么记号，我还是一眼就认定这人便是那一再来到这铺子里购买带子的赵开明。从他那点神气看来，却决猜不出面前的主顾，正是同他钓蛤蟆的老伴。这人虽作不成副官，另一糊涂希望可终究被他达到了。我憬然觉悟他与这一家人的关系，且明白那个似乎永远年青的女孩子是谁的儿女了。我被“时间”意识猛烈的掴了一巴掌，摩摩我的面颊，一句话不说，静静的站在那儿看两父女度量带子，验看点数我给他的钱。完事时，我想多停顿一会，又借故买点白糖。他们虽不卖白糖，老伴却十分热心出门为我向别一铺子把糖买来。他们那份安于现状的神气，使我觉得若用我身分惊动了他，就真是我的罪过。

我拿了那个小小包儿出城时，天已断黑，在泥堤上乱走。天上有一粒极大星子，闪耀着柔和悦目的光明。我瞅定这一粒星子，目不旁瞬。

“这星光从空间到地球据说就得三千年，阅历多些，它那么镇静有它的道理。我现在还只三十岁刚过头，能那么镇静吗？……”

我心中似乎极其混乱，我想我的混乱是不合理的。我的脚正踏到十七年前所躺卧的泥堤上，一颗心跳跃着，勉强按捺也不能约束自己。可是，过去的，有谁人能拦住不让它过去，又有谁能制止不许它再来？时间使我的心在各种变动人事上感受了点分量不同的压力，我得沉默，得忍受。再过十七年，安知道我不再到这小城中来？世界虽极广大，人可总像近于一种宿命，限制在一定范围内，经验到他的过去相熟的事情。

为了这再来的春天，我有点忧郁，有点寂寞。黑暗河面起了缥缈快乐的橹歌。河中心一只商船正想靠码头停泊，歌声在黑暗中流动，从歌声里我俨然彻悟了什么。我明白“我不应当翻阅历史，温习历史”。在历史前面，谁人能够不感惆怅？

但我这次回来为的是什么？自己询问自己，我笑了。我还愿意再活十七年，重来看看我能看到难于想象的一切。

作于 1934 年

虎雏再遇记

四年前我在上海时，曾经做过一次荒唐的打算，想把一个年龄只十四岁，生长在边陬僻壤，小豹子一般的乡下人，用最文明的方法试来造就他。虽事在当日，就经那小子的上司预言，以为我一切设计将等于白费，所有美好的设想，到头必不免落空，我却仍然不可动摇的按照计划作去。我把那小子放在身边，勒迫他读书，打量改造他的身体改造他的心，希望他在我教育下将来成个知识界伟人。谁知不到一个月，就出了意外事情，那理想中的伟人，在上海滩生事打坏了一个人，从此便失踪了。一切水得归到海里，小豹子也只宜于深山大泽方能发展他的生命。我明白闹出了乱子以后，他必有他的生路。对于这个人此后的消息，老实说，数年来我就不大再关心了。但每当我想及自己所作那件傻事时，总不免为自己的傻处发笑。

这次湘行到达辰州地方后，我第一个见到的就是那只小豹子。

除了手脚身个子长大了一些，眉眼还是那么有精神，有野性。见他时，我真是又惊又喜。当他把我从一间放满了兰草与茉莉的花房里引过，走进我哥哥住的一间大房里去，安置我在火盆边大柚木椅上坐下时，我一开口就说：“祖送，祖送，你还活在这儿，我以为你在上海早被人打死了！”

他有点害羞似的微笑了，一面为我倒茶一面却轻轻的说：“打不死的，日晒雨淋吃小米包谷长大的人，哪会轻易给人打死！”

我说：“我早知道你打不死，而且你还一定打死了人。我一切都知道。（说到这里时，我装成一切清清楚楚的神气。）你逃了，我明白你是什么诡计。你为的是不愿意跟在我身边好好读书，只想落草为王，故意生事逃走。可是你害得我们多难受！那教你算学的长胡子先生，自从你失踪后，他在上海各处托人打听你，奔跑了三天，为你差点儿不累倒！”

“那山羊胡子先生找我吗？”

“什么，‘山羊胡子先生’！”这字眼儿真用得不雅相，不斯文。被他那么一说，我预备要说的话也接不下去了。

可是我看看他那双大手以及右手腕上那个夹金表，就明白我如今正是同一个大兵说话，并不是同四年前那个“虎雏”说话了。我错了，得纠正自己。于是我模仿粗暴笑了一下，且学作军官们气魄向他说：“我问你，你为什么打死人？怎么又逃了回来？不许瞒我一字，全为我好好说出来！”

他仍然很害羞似的微笑着，告给我那件事情的一切经过。

旧事重提，显然在他这种人并不什么习惯，因此不多久，他就把话改到目前一切来了。他告我上一个月在铜仁方面的战事，本军死了多少人。且告我乡下种种情形，家中种种情形。

谈了大约一点钟，我那哥哥穿了他新作的宝蓝缎面银狐长袍，夹了一大卷京沪报纸，口中嘘嘘吹着奇异调门，从军官朋友家里谈论政治回来了，我们的谈话方始中断。

到我生长那个石头城苗乡里去，我的路程尚应当有四个日子，两天坐原来那只小船，两天还坐了小而简陋的山轿，走一段长长的山路。在船上虽一切陌生，我还可以用点钱使划船的人同我亲热起来。而且各个码头吊脚楼的风味，永远又使我感觉十分新鲜。至于这样严冬腊月，坐两整天的轿子，路上过关越卡，且得经过几处出过杀人流血案子的地方，第一个晚上，又必需在一个最坏的站头上歇脚，若没有熟人，可真有点儿麻烦了。吃晚饭时，我向我那个哥哥提议，借这个副爷送我一趟。因此第二天上路时，这小豹子就同我一起上了路。临行时哥哥别的不说，只嘱咐他“不许同人打架”。看那样子，就可知道“打架”还是这个年轻人的快乐行径。

在船上我得了同他对面谈话的方便，方知道他原来八岁里就用石头从高处砸坏了一个比他大过五岁的敌人。上海那件事发生时，在他面前倒下的，算算已是第三个了。近四年来因为跟随我那上校弟弟驻防溆浦，派归特务连服务，于是在正当决斗情形中，倒在他面前的敌人数目比从前又增加了一倍。他年纪到如今只十八岁，就亲手放翻了六个敌人，而且照他说来，敌人全超过了他一大把年龄。好一个漂亮战士！

这小子大致因为还有点怕我，所以在我面前还装得怪斯文，一句野话不说，一点蛮气不露，单从那样子看来，我就不很相信他能同什么人动手，而且一动手必占上风。

船上他一切在行，篙桨皆能使用，做事时灵便敏捷，似乎比那个小水手还得力。船搁了浅，弄船人无法可想，各跳入急水中去扛船时，他也就把上下衣服脱得光光的，跳到水中去帮忙。（我得提一句，这是十二月！）照风气，一个体面军官的随从，应有下列几样东西：一个奇异牌的手电灯，一枚金手表，一支盒子炮。且同上司一样，身上军服必异常整齐。手电灯用来照路，内地真少不了它。金手表则当军官发问："护兵，什么时候了？"就举起手看一看来回答。至于盒子炮，用处自然更多了。我那弟弟原是一个射击选手，每天出野外去，随时皆有目标拍的来那么一下。有时自己不动手，必命令勤务兵试试看。（他们每次出门至少得耗去半夹子弹。）但这小豹子既跟在我身边，带枪上路除了惹祸可以说毫无用处。我既不必防人刺杀，同时也无意打人一枪，故临行时我不让他佩枪，且要他把军服换上一套爱国呢中山服。解除了武装，看样子，他已完全不像个军人，只近于一个好弄喜事的中学生了。

我不曾经提到过，我这次回来，原是翻阅一本用人事组成的历史吗？当他跳下水去扛船时，我记起四年前他在上海与我同住的情形。当时我曾假想他过四年后能入大学一年级。

现在呢，这个人却正同船上水手一样，为了帮水手忙扛船不动，又湿淋淋的攀着船舷爬上了船，捏定篙子向急水中乱打，且笑嘻嘻的大声喊嚷。我在船舱里静静的望着他，我心想：幸好我那荒唐打算有了岔儿，既不曾把他的身体用学校锢定，也不曾把他的性灵用书本锢定。这人一定要这样发展才像个人！

他目前一切，比起住在城里大学校的大学生，开运动会时在场子中呐喊吆喝两声，饭后打打球，开学日集合好事同学通力合作折磨折磨新学生，派头可来得大多了。

等到船已挪动水手皆上了船时，我喊他："祖送，祖送，唉唉，你不冷吗？快穿起你的衣来！"

他一面舞动手中那支篙子，一面却说："冷呀，我们在辰州前些日子还邀人泅过大河！"

到应吃午饭时，水手无空闲，船上烧水煮饭的事完全由他作。

把饭吃过后，想起临行时哥哥嘱咐他的话，要他详详细细的来告给我那一点把对手放翻时的"经验"，以及事前事后的"感想"。"故事"上半天已说过了，我要明白的只是那些故事对于他本人的"意义"。我在他那种叙述上，我敢说我当真学了一门稀奇的功课。

他的坦白，他的口才，皆帮助我认识一个人一颗心在特殊环境下所有的式样。他虽一再犯罪却不应受何种惩罚。他并不比他的敌人强悍，只是能忍耐，知等待机会，且稍稍敏捷准确一点儿罢了。当他一个人被欺侮时，他并不即刻发动，他显得很老实，沉默，且常常和气的微笑。“大爷，你老哥要这样，还有什么话说吗？谁敢碰你老哥？请老哥海涵一点……”可是，一会儿，“小宝”飕的抽出来，或是一板凳一柴块打去，这“老哥”在措手不及情形中，哽了一声便被他弄翻了。完事后必需跑的自然就一跑，不管是税卡，是营上，或是修械厂，到一个新地方，住在棚里闲着，有什么就吃什么，不吃也饿得起，一见别人做事，就赶快帮忙去做，用勤快溜刷引起头目的注意。直到补了名字，因此把生活又放在一个新的境遇新的门路上当作赌注押去。这个人打去打来总不离开军队，一点生存勇气的来源却亏得他家祖父是个为国殉职的游击。“将门之子”的意识，使他到任何境遇里皆能支撑能忍受。他知道游击同团长名分差不多，他希望作团长。他记得一句格言：“万丈高楼平地起。”他因此永远能用起码名分在军队里混。

对于这个人的性格我不稀奇，因为这种性格从三厅屯垦军子弟中随处可以发现。我只稀奇他的命运。

小船到辰河著名的“箱子岩”上游一点，河面起了风，小船拉起一面风帆，在长潭中溜去。我正同他谈及那老游击在台湾与日本人作战殉职的遗事，且劝他此后凡事忍耐一点，应把生命押在将来对外战争上，不宜于仅为小小事情轻生决斗。

想要他明白私斗一则不算角色，二则妨碍事业。见他把头低下去，长长的叹了一口气，我以为所说的话有了点儿影响，心中觉得十分快乐。

经过一个江村时，有个跑差军人身穿军服斜背单刀正从一只方头渡船上过渡，一见我们的小船，装载极轻，走得很快，就喊我们停船，想搭便船上行。船上水手知道包船人的身分，就告给那军人，说不方便，不能停船。

赶差军人可不成，非要我们停船不可。说了些恐吓话，水手还是不理会。我正想告给水手要他收帆停船，让那个军人搭坐搭坐，谁知那军人性急火大，等不得停船，已大声辱骂起来了。小豹子原蹲在船舱里，这时方爬出去打招呼："弟兄，弟兄，对不起，请不要骂！我们船小，也得赶路。后面有船来，你搭后面那一只船吧。"

那一边看看船上是一个中学生样子人物，就说："什么对不起，赶快停停！掌舵的，你不停船我 × 你的娘，到码头时我要用刀杀你这狗杂种！"

那个掌梢人正因为风紧帆饱，一面把帆绳拉着，一面就轻轻的回骂："你杀我个鸡公，我怕你！"

小豹子却依然向那军人很和气的说："弟兄，弟兄，你不要骂人！全是出门人，不要开口就骂人！"

"我要骂人怎么样，我骂你，我就骂你，你个小狗崽子，你到码头等我！"

我担心这口舌，便喊叫他："祖送！"

小豹子被那军人折辱了，似乎记起我的劝告，一句话不说，摇摇头，默然钻进了船舱里。只自言自语的说：“开口就骂人，不停船就用刀吓人，真丢我们军人的丑。”

那时节跑差军人已从渡船上了岸，还沿河追着我们的小船大骂。

我说：“祖送，你同他说明白一下好些，他有公事我们有私事，同是队伍里的人，请他莫骂我们，莫追我们。”

“不讲道理让他去，不管他。他疑心这小船上有女人，以为我们怕他！”

小船挂帆走风，到底比岸上人快一些，一会儿，转过山嘴时，那个军人就落后了。

小船停到 ×× 时，水手全上岸买菜去了，小豹子也上岸买菜去了，各人去了许久方回来。把晚饭吃过后，三个水手又说得上岸有点事，想离开船，小豹子说：“你们怕那个横蛮兵士找来，怕什么？不要走，一切有我！这是大码头，有我们部队驻扎到这里，凡事得讲个道理！”

几个船上人虽分辩，仍然一同匆匆上岸去了。

到了半夜水手们还不回来睡觉，我有点儿担心，小豹子只是笑。我说：“几个人会被那横蛮军人打了，祖送，你上去找找看！”

他好像很有把握笑着说：“让他们去，莫理他们。他们上烟馆同大脚妇人吃荤烟去了，不会挨打。”

“我担心你同那兵士打架，惹了祸真麻烦我。”

他不说什么，只把手电灯照他手上的金表，大约因为表停了，轻轻的骂了两句野话。待到三个水手回转船上时，已半夜过了。

第二天一早，天还未大明，船还不开头，小豹子就在被中咕喽咕喽笑。我问他笑些什么，他说："我夜里做梦，居然被那横蛮军人打了一顿。"

我说："梦由心造，明明白白是你昨天日里想打他，所以做梦就挨打。"

那小豹子睡眼迷蒙的说："不是日里想打他，只是昨天煞黑时当真打了那家伙一顿！"

"当真吗？你不听我话，又闹乱子打架了吗？"

"哪里哪里，我不说同谁打什么架！"

"你自己承认的，我面前可说谎不得！你说谎我不要你跟我。"

他知道他露了口风，把话说走，就不再作声了，咕咕笑将起来。原来昨天上岸买菜时，他就在一个客店里找着了那军人，把那军人嘴巴打歪，并且差一点儿把那军人膀子也弄断了。我方明白他昨天上岸买菜去了许久的理由。

作于 1934 年

一个爱惜鼻子的朋友

民国十年，湘西统治者陈渠珍，受了点“五四”余波的影响，并对于联省自治抱了幻想，在保靖地方办了个湘西十三县联合中学校，教师全是由长沙聘请来的，经费由各县分摊，学生由各县选送。那学校位置在城外一个小小山丘上，清澈透明的酉水，在西边绕山脚流去，滩声入耳，使人神气壮旺。对河有一带长岭，名野猪坡，高约七八里，局势雄强。（翻岭有条官路可通永顺。）

岭上土地丛林与洞穴，为烧山种田人同野兽大蛇所割据。一到晚上，虎豹就傍近种山田的人家来吃小猪，从小猪锐声叫喊里，还可知道虎豹跑去的方向。

这大虫有时白天“昂”的一吼，夹河两岸山谷回声必响应许久。种田人也常常拿了刀叉火器，以及种种家伙，往树林山洞中去寻觅，用绳网捕捉大蛇，用毒烟熏取野兽。岭上最多的是野猪，喜欢偷吃山田中的包谷和白薯，为山中人真正的仇敌。正因为对付这个无限制的损害农作物的仇敌，岭上打锣击鼓猎野猪的事，也就成为一种常有的工作，一种常有的游戏了。学校前面有个大操场，后边同左侧皆为荒坟同林莽，白日里野狗成群结队在林莽中游行，或各自蹲坐在荒坟头上眺望野景，见人不惊不惧。天阴月黑的夜里，这畜生就把鼻子贴着地面长嗥，招呼同伴，掘挖新坟，争夺死尸咀嚼。与学校小山丘遥遥相对，相去不到半里路另一山丘中凹地，是当地驻军的修械厂，机轮轧轧声音终日不息，试枪处每天可听到机关枪、迫击炮响声。新校舍的建筑，因为由军人监工，所有课堂宿舍的形式与布置，同营房差不多。学生所过的日子，也就有些同军营相近。学校中当差的用两班徒手兵士，校门守卫的用一排武装兵士，管厨房宿舍的全由部中军佐调用。

在这种环境中陶冶的青年学生，将来的命运，不能够如一般中学生那么平安平凡，一看也就显然明白了。

当时那些青年中学生，除了星期日例假，可以到城里城外一条正街和小街上买点东西，或爬山下水玩玩，此外就不许无故外出。不读书时他们就在大操场里踢踢球，这游戏新鲜而且活泼，倒很适宜于一群野性中学生。过不久，这游戏且成为一种有传染性的风气，使军部里一些青年官佐也受传染影响了。学生虽不能出门，青年官佐却随时可以来校中赛球。大家又不需要什么规则，只是把一个球各处乱踢，因此参加的人也毫无限制。我那时节在营上并无固定职务，正寄食于一个表兄弟处，白日里常随同号兵过河边去吹号，晚上就蜷伏在军械处一堆旧棉军服上睡觉。有一次被人邀去学校踢球，跟着那些青年学生吼吼嚷嚷满场子奔跑，他们上课去了，我还一个人那么玩下去。学校初办，四周还无围墙，只用有刺铁丝网拦住，什么人把球踢出了界外时，得请野地里看牛牧羊人把球抛过来，不然就得出校门绕路去拾球。自从我一作了这个学校踢球的清客后，爬铁丝网拾球的事便派归给我。我很高兴当着他们面前来作这件事，事虽并不怎么困难，不过那些学生却怕处罚，不敢如此放肆，我的行为于是成为英雄行为了。我因此认识了许多朋友。

朋友中有三个同乡，一个姓杨，本城高枧乡下地主的独生子。一个姓韩，我的旧上司的儿子（就是辰州府总爷巷第一支队司令部留守处那个派我每天钓蛤蟆下酒的老军官的儿子）。一个姓印，眼睛有点近视。他的父亲曾作过军部参谋长，因此在学校他俨然是个自由人。前两个人都很用心读书，姓印的可算得是个球迷。任何人邀他踢球，他必高兴奉陪，球离他不管多远，他总得赶去踢那么一脚。每到星期天，军营中有人往沿河下游四里的教练营大操场同学兵玩球时，这个人也必参加热闹。大操场里极多牛粪，有一次同人争球，见牛粪也拼命一脚踢去，弄得另一个人全身一塌糊涂。这朋友眼睛不能辨别面前的皮球同牛粪，心地可雪亮透明。体力身材皆不如人，倒有个很好的脑子。玩虽玩得厉害，应月考时各种功课皆有极好成绩。性情诙谐而快乐，并且富于应变之才，因此全校一切正当活动少不了他，大家亲昵的称呼他为“印瞎子”，承认他的聪明，同时也断定他会短命。

每到有人说他寿命不永时，他便指定自己的鼻子：“大爷，别损我。我有这条鼻子，活到八十八，也无灾无难！”

有一次，几个人在一株大树下言志，讨论到各人将来的事业。姓杨的想办团防，因为作了团总就可以不受人敲诈，倒真是个地主的好打算。姓韩的想作副官长，原因是他爸爸也作过副官长，所谓承先人之业是也。还有想管“常平仓”的，想作县公署第一科长的，想作苗守备官下苗乡去称王作霸的，以及想作徐良、黄天霸，身穿夜行衣，反手接飞镖，以便打富济贫的。

有人询问那个近视眼，想知道他将来准备作什么。

他伸手出去对那个发问人打了个响榧子，“不要小看我印瞎子，我不像你们那么无出息。我要做个伟人！说大话不算数，你们等着瞧吧。看相的王半仙夸奖我这条鼻子是一条龙，赵匡胤黄袍加身，不儿戏！”他说了他的抱负后，转脸向我，用手指着他自己那条鼻子，有点众人不识好汉英雄的神气，“大爷，你瞧，你说老实话，像我这样一条鼻子，送过当铺去，不是也可以当个一千八百吗？”

我忙笑着说：“值得值得！”但因为想起另外一件事，不由得大笑起来了。

另一时他同我过渡，预备往野猪坡大岭上去看乡下人新捕获的大豹子，手中无钱，不能给撑渡船的钱。船快拢岸时他就那么说：“划船的，伍子胥落难的故事，你明白不明白？”

撑渡船的就说："我明白！"

"你明白很好。你认准我这条鼻子，将来有你的好处。"

那弄船的好像知道是什么事了，却也指着自己鼻子说："少爷，不带钱不要紧，你也认清我这鼻子！"

"我认得，我认得，不会忘记。这是朱砂鼻子，按相书说主酒食，你一天能喝多少？我下次同你来喝个大醉吧。"

弄船的大约也很得意自己那条鼻子，听人提到它便很妩媚的微笑了。那鼻子，简直透红得像条刚从饭锅里捞出的香肠！

…………

至于我当时的志向呢，因为就过去经验说来，我只能各处流转接受个人应得的一份命运，既无事业可作，还能希望什么好生活。不过我很明白"时间"这个东西十分古怪。一切人一切事都会在时间下被改变，当前的安排也许不大对，有了小小错处，不大合理，我很愿意尽一份时间来把世界同世界上的人改造一下看看。我并不计划作苗官，又不能从鼻子眼睛上什么特点增加多少自信。我不看重鼻子，不相信命运，不承认目前形势，却尊敬时间。我不大在生活上的得失关心，却了然时间对这个世界同我个人的严重意义。我愿意好好的结结实实的来作一个人，可说不出将来我要作个什么样的人。

因此一来，我当时也就算不得是个有志气的人。

民国十三年川军熊克武率领二十万大军从湘西过境，保靖地方发生了一场混战，各种主要建设全受军事影响毁掉了，那个学校在我们撤退时也被一把火烧尽了。学生各自散走后，有的成了小学教员，有的从了军，有几个还干脆作了土匪，占山落草称大王，把家中童养媳接上山去圆亲充押寨夫人。我那时已到北京，从家信中得来一点点关于他们的消息，认为很自然也很有意思。时间正在改造一切，尽强健的爬起，尽懦怯的灭亡。我在这一分岁月中，变动得比那些小同乡还更厉害，他们作的事我毫不出奇，毫不惊讶。

到了民国十六年，革命军北伐攻下武汉后，两湖方面党的势力无处不被侵入。小县小城无不建立了党的组织，当地小学教员照例十分积极成为党的中坚分子。烧木偶，除迷信，领导小学生开会游行，对本地土豪劣绅刻薄商人主张严加惩罚，打庙里菩萨破除迷信，便是小县城党部重要工作。当地防军头目同县知事，处处事事受党的挟制，虽有实力却不敢随便说话。那个姓杨的同姓韩的朋友，适在本县作小学教员。

两人在这个小小县城里，居然燃烧了自己的血液，在这一种莫名其妙的情形中，成了党的台柱。加上了个姓刘的特派员的支持，一切事都毫无顾忌，放手作去。工作的狂热，代为证明他们对这个问题认识得还如何天真。必然的变化来了，各处清党运动相继而起。军事领袖得到了惩罚活动分子的密令，十分客气把两个人从课室中请去县里开会，刚到会场就宣布省里指示，剥了他们的衣服，派一排兵士簇拥出西门城外砍了。

那个近视眼朋友，北伐军刚到湖南，就入长沙党务学校受训练，到北伐军奠定武汉，长江下游军事也渐渐得手时，他也成为毛委员的小助手，身穿了一件破烂军服，每日跟随着委员各处跑，日子过得充满了狂热与兴奋。他当真有意识在做候补“伟人”了。这朋友从三一军政治部一个同乡处，知道我还困守在北京城，只是白日做梦，想用一支笔奋斗下去，打出个天下。就写了个信给我：

大爷，你真是条好汉！可是做好汉也有许多地方许多事业等着你，为什么尽捏紧那支笔？你记不记得起老朋友那条鼻子？不要再在北京城写什么小说，世界上已没有人再想看你那种小说了。到武汉来找老朋友，看看老朋友怎么过日子吧？你放心，想唱戏，一来就有你戏唱。从前我用脚踢牛屎，现在一切不同了，我可以踢许多许多东西了。……

他一定料想不到，这一封信就差点儿把我踢入北京城的监狱里。收到这信后我被查公寓的宪警麻烦了四五次，询问了许多蠢话，抖气把那封信烧了。我当时信也不回他一个。我心想：“你不妨依旧相信你那条鼻子，我也不妨仍然迷信我这一只手，等等看，过两年再说吧。”不久宁汉左右分裂，清党事起，万千青年人就从此失了踪，不知道往什么地方去了。我在武汉一些好朋友，如顾千里、张采真……也从此在人间消失了。这个朋友的消息自然再也得不到了。

…………

我听许多人说及北伐时代两湖青年对革命的狂热。我对于政治缺少应有理解，也并无有兴味，然而对于这种民族的狂热感情却怀着敬重与惊奇。这究竟是怎么回事？我愿意多知道一点点。估计到这种狂热虽用人血洗过了，被时间漂过了，现在回去看看，大致已看不出什么痕迹了。然而我还以为即或“人性善忘”，也许从一些人的欢乐或恐怖印象里，多多少少还可以发现一点对我说来还可说是极新的东西。回湖南时，因此抱了一种希望。

在长沙有五个同乡青年学生来找我，在常德时我又见着七个同乡青年学生，一谈话就知道这些人一面正被“杀人屠户”提倡的读经打拳政策所困惑，不知如何是好。一面且受几年来国内各种大报小报文坛消息所欺骗，都成了颓废不振萎琐庸俗的人物，一见我别的不说，就提出四十多个“文坛消息”要我代为证明真伪。都不打算到本身能为社会做什么，愿为社会做什么。对生存既毫无信仰，却对于三五稍稍知名或善于卖弄招摇的作家那么发生浓厚兴味。且皆想做诗人，随随便便写两首诗，以为就是一条出路。从这些人推测将来这个地方的命运，我俨然洞烛着这地方从人的心灵到每一件小事的糜烂与腐蚀。这些青年皆患精神上的营养不足，皆成了绵羊，皆怕鬼信神。一句话，完了。

过辰州时几个青年军官燃起了我另外一种希望。从他们的个别谈话中，我得到许多可贵的见识。他们没有信仰，更没有幻想，最缺少的还是那个精神方面的快乐。当前严重的事实紧紧束缚他们，军费不足，地方经济枯竭，环境尤其恶劣。他们明白自己在腐烂，分解，在我面前就毫不掩饰个人的苦闷。他们明白一切，却无力解决一切。然而他们的身体都很康健，那种本身覆灭的忧虑，会迫得他们去振作。他们虽无幻想，也许会在无路可走时接受一个幻想的指导。他们因为已明白习惯的统治方式要不得，机会若许可他们向前，这些人界于生存与灭亡之间，必知有所选择！不过这些人平时也看报看杂志，因此到时他们也会自杀，以为一切毫无希望，用颓废身心的狂嫖滥赌而自杀！

我的旅行到了离终点还有一天路程的塔伏，住在一家桥头小客店里。洗了脚，天还未黑。店主人正告给我当地有多少人家，多少烟馆。忽然听得桥东人声嘈杂，小队人马过后，接着是一乘京式三顶拐轿子，一行人等停顿在另外一家客店门前。我知道大约是什么委员，心中就希望这委员是个熟人，可以在这荒寒小地方谈谈。我正想派随从虎雏去问问委员是谁。料不到那个人一下桥，脸还不洗，就走来了。一个盒子炮护兵指定我说："您姓沈吗？局长来了！"我看到一个高个子瘦人，脸上精神饱满，戴了副玳瑁边近视眼镜，站在我面前，伸出两只瘦手来表示要握手的意思。我还不及开口，他就嚷着说："大爷，你不认识我，你一定不认识我，你看这个！"他指着鼻子哈哈大笑起来。

"你不是印瞎子？"

“大爷，印瞎子是我！”

我认识那条体面鼻子，原来真是他！我高兴极了。问起来我才明白他现在是乌宿地方的百货捐局长，这时节正押解捐款回城。未到这里以前，先已得到侦探报告，知道有个从北方来姓沈的人在前面，他就断定是我。一见当真是我，他的高兴可想而知。

我们一直谈到吃晚饭。饭后他说我们可以谈一个晚上，派护兵把他宝贵的烟具拿来。装置烟具的提篮异常精致，真可以说是件贵重美术品。烟具陈列妥当后，因为我对于烟具的赞美，他就告我这些东西的来源，那两支烟枪是贵州省主席李晓炎的，烟灯是川军将领汤子模的，烟匣是黔省军长王文华的，打火石是云南鸡足山……原来就是这些小东西，都各有出处，也各有历史或艺术价值，也是古董。至于提篮呢，还是贵州省一个烟帮首领特别定做送给局长的，试翻转篮底一看，原来还很精巧的织得有几个字！问他为什么会玩这个，他就老老实实的说明，北伐以后他对于鼻子的信仰已失去，因为吸这个，方不至于被人认为那个，胡乱捉去那个这个的。说时他把一只手比拟在他自己颈项上，做出个咔嚓一刀的姿势，且摇头否认这个解决方法。他说他不是阿Q，不欢喜这种“热闹”。

我们于是在这一套名贵烟具旁谈了一整晚话，当真好像读了另外一本《天方夜谭》，一夜之间使我增长了许多知识，这些知识可谓稀有少见。

此后把话讨论到他身上那件玄狐袍子的价钱时，他甩起长袍一角，用手抚摸着那美丽皮毛说：“大爷，这值三百六十块袁头，好得很！人家说：‘瞎子，瞎子，你年纪还不到三十岁，穿这样厚狐皮会烧坏你那把骨头。’好吧，烧得坏就让他烧坏吧。我这性命横顺是捡来的，不穿不吃作什么。能多活三十年，这三十年也算是我多赚的。”

我把这次旅行观察所得同他谈及，问他是不是也感觉到一种风雨欲来的预兆。而且问他既然明白当前的一切，对于那个明日必需如何安排？他就说军队里混不是个办法，占山落草也不是出路。他想写小说，想戒了烟，把这套有历史的宝贝烟具送给中央博物院，再跟我过上海混，同茅盾老舍抢一下命运。他说他对于脑子还有点把握。只是对于自己那只手，倒有点怀疑，因为六年来除了举起烟枪对准火口，小楷字也不写一张了。

天亮后大家预备一同动身，我约他到城里时邀两个朋友过姓杨姓韩的坟上看看。他仿佛吃了一惊，赶忙退后一步：“大爷，你以为我戒了烟吗？家中老婆不许我戒烟。你真是……从京里来的人，简直是个京派。什么都不明白。入境问俗，你真是……”我明白他的意思。估计他到城里，也不敢独自来找我。我住在故乡三天，这个很可爱的朋友，果然不再同我见面。

作于 1935 年

滕回生堂今昔

我六岁左右时害了痞疾，一张脸黄僵僵的，一出门身背后就有人喊“猴子猴子”。回过头去搜寻时，人家就咧着白牙齿向我发笑。扑拢去打吧，人多得很。装作不曾听见吧，那与本地人的品德不相称。我很羞愧，很生气。家中外祖母听从佣妇、挑水人、卖炭人与隔邻轿行老妇人出主意，于是轮流要我吃热灰里焙过的“偷油婆”“使君子”，吞雷打枣子木的炭粉，黄纸符烧纸的灰渣，诸如此类药物，另外还逼我诱我吃了许多古怪东西。我虽然把这些很稀奇的丹方试了又试，蛔虫成绞成团的排出，病还是不得好，人还是不能够发胖。照习惯说来，凡为一切药物治不好的病，便同“命运”有关。家中有人想起了我的命运，当然不乐观。

关心我命运的父亲，特别请了一个卖卦算命土医生来为我推算流年，想法禳解命根上的灾星。这算命人把我生辰干支排定后，就向我父亲建议：“大人，把少爷拜给一个吃四方饭的人作干儿子，每天要他吃习皮草蒸鸡肝，有半年包你病好。病不好，把我回生堂牌子甩了丢到大河潭里去！”

父亲既是个军人，毫不迟疑的回答说：“好，就照你说的办。不用找别人，今天日子好，你留在这里喝酒，我们打了干亲家吧。”

两个爽快单纯的人既同在一处，我的命运便被他们派定了。

一个人若不明白我那地方的风俗，对于我父亲的慷慨处会觉得稀奇。其实这算命的当时若说：“大人，把少爷拜寄给城外碉堡旁大冬青树吧”，我父亲还是会照办的。一株树或一片古怪石头，收容三五十个寄儿，照本地风俗习惯，原是件极平常事情。且有人拜寄牛栏拜寄井水的，人神同处日子竟过得十分调和，毫无龃龉。

我那寄父除了算命卖卜以外，原来还是个出名草头医生，又是个拳棒家。尖嘴尖脸如猴子，一双黄眼睛炯炯放光，身材虽极矮小，实可谓心雄万夫。他把铺子开设在一城热闹中心的东门桥头上，字号名“滕回生堂”。那长桥两旁一共有二十四间铺子，其中四间正当桥垛墩，比较宽敞，许多年以前，他就占了有垛墩的一间。住处分前后两进，前面是药铺，后面住家。铺子中罗列有羚羊角、穿山甲、马蜂巢、猴头、虎骨、牛黄、马宝，无一不备。最多的还是那几百种草药，成束成把的草根木皮，堆积如山，一屋中也就长年为草药蒸发的香味所笼罩。

铺子里间房子窗口临河，可以俯瞰河里来回的柴炭船、米船、甘蔗船。河身下游约半里，有了转折，因此迎面对窗便是一座高山。那山头春夏之际作绿色，秋天作黄色，冬天则为烟雾包裹时作蓝色，为雪遮盖时只一片眩目白色。屋角隅陈列了各种武器，有青龙偃月刀、齐眉棍、连枷、钉耙。此外还有一个似桶非桶似盆非盆的东西，原来这是我那寄父年轻时节习站功所用的宝贝。他学习拉弓，想把腿脚姿势弄好，每个晚上蜷伏到那水桶里去熬夜。想增加气力，每早从桶中爬出时还得吃一条黄鳝的鲜血。站了木桶两整年，吃了黄鳝数百条，临到应考时，却被一个习武的仇人摘发他身分不明，取消了考试资格。他因此赌气离开了家乡，来到武士荟萃的凤凰县卖卜行医。为人既爽直慷慨，且能喝酒划拳，极得人缘，生涯也就不恶。作了医生尚舍不得把那个木桶丢开，可想见他还不能对那宝贝忘情。

他家中有个太太，两个儿子。太太大约一年中有半年都把手从大袖筒缩到衣里去，藏了一个小火笼在衣里烘烤，眯着眼坐在药材中，简直是一只大猫。两个儿子大的学习料理铺子，小的上学读书。两老夫妇住在屋顶，两个儿子住在屋下层桥墩上。地方虽不宽绰，那里也用木板夹好，有小窗小门，不透风，光线且异常良好。桥墩尖劈形处，石罅里有一架老葡萄树，得天独厚，每年皆可结许多球葡萄。另外还有一些小瓦盆，种了牛膝、三七、铁钉台、隔山消等等草药。尤其古怪的是一种名为“罂粟”的草花，还是从云南带来的，开着艳丽煜目的红花，花谢后枝头缀绿色果子，果子里据说就有鸦片烟。

当时一城人谁也不见过这种东西，因此常常有人老远跑来参观。当地一个拔贡还做了两首七律诗，赞咏那个稀奇少见的植物，把诗贴到回生堂武器陈列室板壁上。

桥墩离水面高约四丈，下游即为一潭，潭里多鲤鱼鳜鱼。

两兄弟把长绳系个钓钩，挂上一片肉，夜里垂放到水中去，第二天拉起就常常可以得一尾大鱼。但我那寄父却不许他们如此钓鱼，以为那么取巧，不是一个男子汉所当为。虽然那么骂儿子，有时把钓来的鱼不问死活依然扔到河里去，有时也会把鱼煎好来款待客人。他常奖励两个儿子过教场去同兵将子弟寻衅打架，大儿子常常被人打得头破血流回来时，作父亲的一面为他敷那秘制药粉，一面就说：“不要紧，不要紧，三天就好了。你怎么不照我教你那个方法把那苗子放倒？”说时有点生气了，就在儿子额角上一弹，加上一点惩罚，看他那神气，就可明白站木桶考武秀才被屈，报仇雪耻的意识还存在。

我得了这样一个寄父，我的命运自然也就添了一个注脚，便是“吃药”了。我从他那儿大致尝了一百样以上的草药。假若我此后当真能够长生不老，一定便是那时吃药的结果。我倒应当感谢我那个命运，从一分吃药经验里，因此分别得出许多草药的味道、性质以及它们的形状。且引起了我此后对于辨别草木的兴味。其次是我吃了两年多鸡肝。这一堆药材同鸡肝，显然对于此后我的体质同性情都大有影响。

那桥上有洋广杂货店，有猪牛羊屠户案桌，有炮仗铺与成衣铺，有理发馆，有布号与盐号。我既有机会常常到回生堂去看病，也就可以同一切小铺子发生关系。我很满意那个桥头，那是一个社会的雏型，从那方面我明白了各种行业，认识了各样人物。凸了个大肚子胡须满腮的屠户，站在案桌边，扬起大斧“擦”的一砍，把肉剁下后随便一秤，就猛向人菜篮中掼去，“镇关西”式人物，那神气真够神气。平时以为这人一定极其凶横蛮霸，讵知他每天拿了猪脊髓到回生堂来喝酒时，竟是个异常和气的家伙！其余如剃头的、缝衣的，我同他们认识以后，看他们工作，听他们说些故事新闻，也无一不是很有意思。我在那儿真学了不少东西，知道了不少事情。所学所知比从私塾里得来的书本知识当然有趣得多，也有用得多。

那些铺子一到端午时节，就如我写《边城》故事那个情形，河下竞渡龙船，从桥洞下来回过身时，桥上有人用叉子挂了小百子鞭炮悬出吊脚楼，必必拍拍的响着。夏天河中涨了水，一看上游流下了一只空船，一匹牲畜，一段树木，这些小商人为了好义或好利的原因，必争着很勇敢的从窗口跃下，凫水去追赶那些东西。不管漂流多远，总得把那东西救出。关于救人的事，我那寄父总不落人后。

他只想亲手打一只老虎，但得不到机会。他说他会点穴，但从不见他点过谁的穴。一口典型的麻阳话，开口总给人一种明朗愉快印象。

民国二十二年旧历十二月十九日，距我同那座大桥分别时将近十二年，我又回到了那个桥头了。这是我的故乡，我的学校，试想想，我当时心中怎样激动！离城二十里外我就见着了那条小河。傍着小河溯流而上，沿河绵亘数里的竹林，发蓝叠翠的山峰，白白阳光下造纸坊与制糖坊，水磨与水车，这些东西皆使我感动得厉害！后来在一个石头碉堡下，我还看到一个穿号褂的团丁，送了个头裹孝布的青年妇人过身。那黑脸小嘴高鼻梁青年妇人，使我想起我写的《凤子》故事中角色。她没有开口唱歌，然而一看却知道这妇人的灵魂是用歌声喂养长大的。我已来到我故事中的空气里了，我有点儿痴。环境空气，我似乎十分熟悉，事实上一切都已十分陌生！

见大桥时约在下午两点左右，正是市面最热闹时节。我从一群苗人一群乡下人中拥挤上了大桥，各处搜寻没有发现“滕回生堂”的牌号。回转家中我并不提起这件事。第二天一早，我得了出门的机会，就又跑到桥上去，排家注意，终于在桥头南端，被我发现了一家小铺子。铺子中堆满了各样杂货，货物中坐定了一个瘦小如猴干瘪瘪的中年人。从那双眯得极细的小眼睛，我记起了我那个干妈。这不是我那干哥哥是谁？

我冲近他身边时，那人就说：“唉，你要什么？”

“我要问你一个人，你是不是松林？”

里间屋孩子哭起来了，顺眼望去，杂货堆里那个圆形大木桶里，正睡了一对大小相等仿佛孪生的孩子。我万万想不到圆木桶还有这种用处，我话也说不来了。

但到后我告给他我是谁，他把小眼睛愣着瞅了我许久，一切弄明白后，便慌张得只是搓手，赶忙让我坐到一捆麻上去。

“是你！是茂林！……”

“茂林”是我干爹为我起的名字。

我说：“大哥，正是我！我回来了！老人家呢？”

“五年前早过世了！”

“嫂嫂呢？”

“六月里过去了！剩下两只小狗。”

“保林二哥呢？”

“他在辰州，你不见到他？他作了王村禁烟局长，有出息，讨了个乖巧屋里人，乡下买得三十亩田，作员外！”

我各处一看，卦桌不见了，横招不见了，触目全是草药。

“你不算命了吗？”

“命在这个人手上，”他说时翘起一个大拇指，“这里人已没有命可算！”

“你不卖药了吗？”

“城里有四个官药铺，三个洋药铺。苗人都进了城，卖草药人多得很，生意不好作！”

他虽说不卖药了，小屋子里其实还有许多成束成捆的草药。而且恰好这时就有个兵士来买专治腹痛的“一点白”，把药找出给人后，他只捏着那两枚当一百的铜元，向我呆呆的笑。大约来买药的也不多了，我来此给他开了一个利市。

他一面茫然的这样那样数着老话，一面还尽瞅着我。忽然发问：“你从北京来南京来？”

“我在北京做事！”

“做什么事？在中央，在宣统皇帝手下？”

我就告诉他，既不在中央，也不是宣统手下。他只作成相信不过的神气，点着头，且极力退避到屋角隅去，俨然为了安全非如此不成。他心中一定有一个新名词作祟：“你可是个共产党？”他想问却不敢开口，他怕事。他只轻轻的自言自语说：“城内前年杀了两个，一刀一个。那个韩安世是韩老丙的儿子。”

有人来购买烟扦，他便指点人到对面铺子去买。我问他这桥上铺子为什么都改成了住家户。他就告我，这桥上一共有十家烟馆，十家烟馆里还有三家可以买黄吗啡。此外又还有五家卖烟具的杂货铺。

一出铺子到城边时，我就碰一个烟帮过身。两连护送兵各背了本地制最新半自动步枪，人马成一个长长队伍，共约三百二十余担黑货，全是从贵州来的。

我原本预备第二天过河边为这长桥摄一个影留个纪念，一看到桥墩，想起二十七年前那钵罂粟花，且同时想起目前那十家烟馆三家烟具店，这桥头的今昔情形，把我照相的勇气同兴味全失去了。

作于 1934 年 12 月

02

偶然的凑巧，宿命的必然

水的性格似乎特别脆弱，且极容易就范。其实则柔弱中有强韧，如集中一点，即涓涓细流，滴水穿石，却无坚不摧。水教给我粘合卑微人生的平凡哀乐，并作横海扬帆的美梦，刺激我对于工作永远的渴望，以及超越普通个人功利得失，追求理想的热情洋溢。

一封未曾付邮的信

阴郁模样的从文，目送二掌柜出房以后，用两只瘦而小的手撑住了下巴，把两个手拐子搁到桌子上去，“唉！无意义的人生！——可诅咒的人生！”伤心极了，两个陷了进去的眼孔内，热的泪只是朝外滚。

“再无办法，伙食可开不成了！”二掌柜的话很使他十分难堪，但他并不以为二掌柜对他是侮辱与无理。他知道，一个开公寓的人，如果住上了三个以上像他这样的客人，公寓中受的影响，是能够陷于关门的地位的。他只伤心自己的命运。

“我不能奋斗去生，未必连爽爽快快去结果了自己也不能吧？”一个不良的思绪时时抓着他的心。

生的欲望，似乎是一件美丽东西。也许是未来的美丽的梦，在他面前不住的晃来晃去，于是，他又握起笔来写他的信了。他要在这最后一次决定自己的命运。

A 先生：

在你看我信以前，我先在这里向你道歉，请原谅我！

一个人，平白无故向别一个陌生人写出许多无味的话语，妨碍了别人正经事情；有时候，还得给人以不愉快，我知道，这是一桩很不对的行为。不过，我为求生，除了这个似乎已无第二个途径了！所以我不怕别人讨嫌，依然写了这信。

先生对这事，若是懒于去理会，我觉得并不什么要紧。我希望能够像在夏天大雨中，见到一个大水泡为第二个雨点破了一般不措意。

我很为难。因为我并不曾读过什么书，不知道如何来说明我的为人以及对于先生的希望。

我是一个失业人——不，我并不失业，我简直是无业人！我无家，我是浪人——我在十三岁以前就成了一个无家可归的人了。过去的六年，我只是这里那里无目的的流浪。我坐在这不可收拾的破烂命运之舟上，竟想不出办法去找一个一年以上的固定生活。我成了一张小而无根的浮萍，风是如何吹——风的去处，便是我的去处。湖南，四川，到处飘，我如今竟又飘到这死沉沉的沙漠北京了。

经验告我是如何不适于徒坐。我便想法去寻觅相当的工作，我到一些同乡们跟前去陈述我的愿望，我到各小工场去询问，我又各处照这个样子写了好多封信去，表明我的愿望是如何低而容易满足。可是，总是失望！生活正同弃我而去的女人一样，无论我是如何设法去与她接近，到头终于失败。

一个陌生少年，在这茫茫人海中，更何处去寻找同情与爱？我怀疑，这是我方法的不适当。

人类的同情，是轮不到我头上了。但我并不怨人们待我苛刻。我知道，在这个扰攘争逐世界里，别人并不须对他人尽什么应当尽的义务。

生活之绳，看看是要把我扼死了！我竟无法去解除。

我希望在先生面前充一个仆欧。我只要生！我不管任何生活都满意！我愿意用我手与脑终日劳作，来换取每日最低限度的生活费。我愿……我请先生为我寻一生活法。

我以为："能用笔写他心同情于不幸者的人，不会拒绝这样一个小孩子"，这愚陋可笑的见解，增加了我执笔的勇气。

我住处是 × × × × ×，倘若先生回复我这小小愿望时。愿先生康健！

"伙计！伙计！"他把信写好了，叫伙计付邮。

"什么？——有什么事？"在他喊了六七声以后，才听到一个懒懒的应声。从这声中，可以见到一点不愿理会的轻蔑与骄态。

他生出一点火气来了。但他知道这时发脾气，对事情没有好处，且简直是有害的，便依然按捺着性子，和和气气的喊："来呀，有事！"

一个青脸庞二掌柜兼伙计，气呼呼的立在他面前。他准备把信放进刚写好的封套里，“请你发一下！……本京一分……三个子儿就得了！”

“没得邮花怎么发？……是的，就是一分，也没有！——你不看早上洋火、夜里的油是怎么来的！”

“……”

“一个子没有如何发？——哪里去借？”

“……”

“谁扯诳？——那无法……”

“那算了吧。”他实在不能再看二掌柜难看的青色脸了，打发了他出去。

窗子外面，一声小小冷笑送到他耳朵边来。

他同疯狂一样，全身战栗，粗暴的从桌上取过信来，一撕两半。那两张信纸，轻轻的掉了下地，他并不去注意，只将两个半边信封，叠做一处，又是一撕，向字篓中尽力的掼去。

作于1924年12月中旬

流光

上前天，从鱼处见到三表兄由湘寄来的信，说是第二个儿子已有了四个月，会从他妈怀抱中做出那天真神秘可爱的笑样子了。我惘然想起了过去的事。

那是三年前的秋末。我正因为对一个女人的热恋得到轻蔑的报复，决心到北国来变更我不堪的生活，由芷江到了常德。三表兄正从一处学校辞了事不久，住在常德一个旅馆中。他留着我说待明春同行。本来失了家的我，无目的的流浪，没有什么不可，自然就答应了。我们同在一个旅馆同住一间房，并且还同在一铺床上睡觉。

穷困也正同如今一样。不过衣衫比这时似乎阔绰一点。我还记着我身上穿的那件蓝绸棉袍，初几次因无罩衫，竟不大好意思到街上去。脚下那英国式尖头皮鞋，也还是新从上海买的。小孩子的天真，也要多一点，我们还时常斗嘴哭脸呢。

也许还有别种缘故吧，那时的心情，比如今要快乐高兴得多了。

并不很小的一个常德城，大街小巷，几乎被我俩走遍。尤其感生兴味不觉厌倦的，便是熊伯妈家中与F女校了。熊家大概是在高山巷一带，这时印象稍稍模糊了。她家有极好吃的腌莴苣，四季豆，醋辣子，大蒜；每次我们到时，都会满盘满碗从大覆水坛内取出给我们尝。F女校却是去看望三表嫂——那时的密司易——而常常走动。

我们同密司易是同行。但在我未到常德以前却没有认识过。我们是怎么认识的，这时想不起了！大概是死去不久的滿舅母为介绍过一次。……唔！是了！滿舅妈在未去汉口以前，原是住到F校中！而我们同三表兄到F校中去会过她。当第一次见面时，谁曾想到这就是半年后的三表嫂呢！两人也许发现了一种特别足以注意的处所！我们在回去路上，似乎就说到她。

她那时是在F女校充级任教员。

我们是这样一天一天的熟下去了。两个月以后，我们差不多是每天要到F女校一次。我们旅馆去女校，有三里远近。间或因有一点别的事情——如有客，或下雨，但那都很少，——不能在下午到F校同上课那样按时看望她时，她每每会打发校役送来一封信。信中大致说有事相商，或请代办一点什么。事情当然是有。不过，总不是那么紧急应当即时就办的。不待说，他们是在那里创造永远的爱了。

不知为甚，我那时竟那样愚笨，单把兴味放在一架小小风琴上面去了，完全没有发现自己已成了别人配角。

三表哥是一个富于美术思想的人。他会用彩色绫缎或通草粘出各样乱真的花卉，又会绘画，又会弄有键乐器。性格呢，是一个又细腻、又懦怯，极富于女性的，掺合黏液神经二质而成的人。虽说几年来常到外面跑，做一点清苦教书事业，把先时在凤凰充当我小学校教师时那种活泼优美的容貌，用衰颓沉郁颜色代去了一半，然清癯的丰姿，温和的性格，在一般女性看来，依然还是很能使人愉快满意的！

在当时的谈话中，我还记着有许多次不知怎么便谈到了恋爱上去。其实这也很自然！这时想来，便又不能不令人疑到两方的机锋上，都隐着一个小小针。我们谈到婚姻问题时，她每每这样说：

“运用书本上得来一点理智——虽然浅薄——便可以吸引异性虚荣心，企慕心，为永远或零碎的卖身，成了现代婚姻的，其实同用金钱成交的又相差几许？我以为感情的结合，两方各在赠与，不在获得。……”

她结论是“我不爱……其实独身还好些”。这话用我的经验归纳起来，其意正是：过去所见的男性，没有我满意的，故不愿结婚。

一个有资格为人做主妇，为小孩子做母亲，却寻不到适意对手的女人，大都是这么说法。这正是一点她们应有的牢骚。她当然也不例外。

凡是两方都在那里用高热力创造爱情时，谁也会承认，这是非常容易达到“中和”途径的！于是，不久，他们便都以为可以共同生活下去，好过这未来的春天了。虽然他俩也会在稍稍冷静时，察觉到对方的不足与缺陷，不过那时的热情狂潮，已自动的流过去弥缝了。所以他们就昂然毅然……自然别人没法阻间也不须阻间。

这消息传出后，就有许多同学姐姐妹妹，不断的写信来劝她再思三思。这是一些不懂人情、不明事理人的蠢话罢了！哪能听的许多？

在他们还没有结婚之前，我被不可抵抗的命运之流又冲到别处去了，虽然也曾得到他们结婚照片，也曾得过他夫妇几次平常的通讯。

不久，又听到三表兄已成为一个孩子的父亲了。不久，又听到小孩子满七天时得惊风症殇掉了！……在第一次我叫三表嫂、三表兄觑着我做出会心的微笑，而她却很高兴的亲自跑进厨房为我蒸清汤鲫鱼时，那时他们仍在常德住着，我到她寓中候轮。这又是去年夏天的事了！

在这三四年当中，她生命上自必有许多值得追怀，值得流泪，值得歌咏的经过；可是，我，还依然是我！几年前所眷恋的女人，早安分的为别人做二夫人养小孩子了！到最近便连梦也难于梦见。人呢，一天一天的老去了！长年还丧魂失魄似的东荡西荡，也许生活的结束才是归宿。……

Láomei，zuohen！[1]

微微的凉风吹拂了衣裙，
淡淡的黄月洒满了一身。
星样的远远的灯成行排对，
灯样的小小的星无声长坠。

——《月下》

在长期的苦恼中沉溺，我感到疲倦，乏力，气尽，希望救援，置诸温暖。在一种空虚的想望中，我用我的梦，铸成了偶像一尊。我自己，所有的，是小姐们一般人所不必要的东西，内在的，近于潜伏的，忧郁的热情。这热情，在种种习俗下，真无价值！任何一个女人，从任何一个男子身上都可找到的脸孔上装饰着的热情，人

① 苗语：妹子，真美呀！

来向我处找寻，我却没有。

我知道，一个小小的殷勤，能胜过更伟大但是潜默着的真爱。

在另一方面，纵是爱，把基础建筑到物质一方，也总比到空虚不可捉找的精神那面更其切于实用。这也可说是女人们的聪明处。不过，傻子样的女人呢，我希望还是有。

我所需要于人，是不加修饰的热情，是比普通一般人更贴紧一点的友谊，要温柔，要体谅。我愿意我的友人脸相佳美，但愿意她灵魂更美，远远超过她的外表。我所追求的，我是深知。但在别人，所能给我的，是不是即我找寻的东西？我将于发现后，再检察我自己。这时，让它茫然的，发痴样，让朋友引我进到新的矿地，用了各样努力，去搜索，在短短期间中，证明我的期望。暂忘却我是一个但适宜于白日做梦的独行人，且携了希望，到事实中去印证。于我适宜的事，是没有比这更其适宜了，因此我到了一个地方。

呵，在这样月色里，我们一同进入一个夸大的梦境。黄黄的月，将坪里洒遍，却温暖了各人的心。草间的火萤，执了小小的可怜的火炬，寻觅着朋友。这行为，使我对它产生无限的同情。

小的友人！在这里，我们同是寻路者，我将燃起我心灵上的火把，同你样沉默着来行路！

月亮初圆，星子颇少。拂了衣裙的凉风，且复推到远地。芦苇叶子，瑟瑟在响。金铃子像拿了一面小锣在打，一个太高兴了天真活泼的小孩子！

四人整齐的贴到地上移动的影子，白的鞋，纵声的笑，精致的微象有刺的在一种互存客气中的谈话，为给我他日做梦方便起见，我一一的连同月色带给我的温柔感触，都保留到心上了。真像一个夸大的梦！我颇自疑。在另一时，一件极其平常的事，就会将我这幻影撞碎，而我，却又来从一些破碎不完整的残片中，找寻我失去的心。我将在一种莫可奈何中极其柔弱的让回忆的感情来宰割，且预先就见到我有一天会不可自拔的陷进到这梦的破灭的哀愁里。虽然，这时我却是对人颇朦胧，说是不需要爱，那是自欺的事，但我真实的对于人，还未能察觉到的内心就是生了沸腾，来固执这爱！在如此清莹的月光下，白玉雕像样的 láomei 前，我竟找不到我是蒙了幸福的处所来。我只觉得寂寞。尤其是这印象太美。我知道，我此后将于一串的未来日子里，再为月光介绍给我这真实的影子，在对过去的追寻里，我会苦恼得成一个长期囚于荒岛的囚人。

我想，我是永远在大地上独行的一个人，没有家庭，缺少朋友，过去如此，未来还是如此，且，自己是这样：把我理想中的神，拿来安置在一个或者竟不同道的女人身上，而我在现实中，又即时发现了事实与理想的不协调。我自己看人，且总如同在一个扩大镜里，虽然是有时是更其清白，但，谬误却随时随地显著暴露了。一根毛发，在我看来，会发见许多鳞片。其实这东西，在普通触觉下，无论如何不会刺手；而我对一根毛发样的事的打击，有时竟感到颇深的疼痛。……我有所恐惧，我心忽颤抖，终于我走开了。我怕我会在一种误会下沉坠，我慢慢的把自己留在月光下孤独立着了。

我想起我可哀的命运，凡事我竟如此固执，不能抓住眼前的一切，享受刹那的幸福，美的欣赏却总偏到那种恍惚的梦里去。

“眼前，岂不是颇足快乐么？”谢谢朋友的忠告，正因为是眼前，我反而更其凄凉了。这样月色，这样情景，同样的珍重收藏在心里，倘若是不能遗忘，未必不可作他日温暖我们既已成灰之心。但从此事看来，人生的渺茫无端，就足使我们一同在这明月下痛哭了！

他日，我们的关系，不论变成怎样，想着时，都使我害怕。变，是一定的。不消说，我是希望它变成如我所期待的那一种，我们当真会成一个朋友。这也是我每一次同女人在一种泛泛的情形中接触时，就发生的一个希望。我竟不能使我更勇猛点，英雄点，做一个平常男子的事业，尽量的，把心灵迷醉到目下的欢乐中。我只深深的忧愁着：尽力扩张的结果，在他日，我会把我苦恼的分量加重，到逾过我所能担负的限度以外。我就又立时怜悯我自己起来。在一种欢乐空气中，我却不能做一点我应做的事，永远是向另一个虚空里追求，且竟先时感到了还未拢身的苦楚！

在朋友面前，我已证明我是一个与英雄相反的人了，我竟想逃。

在真实的谈话中，我们可以找出各人人格的质点来。在长期沉默里，我们可以使灵魂接近。但我都不愿去做。我欲从别人方面得到一个新的启示，把方向更其看得清楚，但我就怀了不安，简直不想把朋友看得透彻一点。力量于我，可说是全放到收集此时从视觉下可以吸入的印象上面去了。别人的话，我不听；我的话，却全不是我所应当说的夹七杂八的话。

“月亮真美！”

“月亮虽美，lάomei，你还更美！”像朋友，短兵直入的夸赞，我却有我的拘束，想不到应如此说。

我的生涩，我的外形的冷静，我的言语，甚至于我的走路的步法，都不是合宜于这种空气下享受美与爱的，我且多了一层自知，我，熨帖别人是全无方法，即受 lάomei 们来安慰，也竟不会！

朋友们，所有的爱，坚固得同一座新筑成的城堡样，且是女墙上插了绣花旗子，鲜艳夺目。我呢，在默默中走着自己的道路而已。

到了一个地方，大家便坐了下来。行到可歇憩处便应休息，正同友情一个样子。

“我应该怎么办？”想起来，当真应当做一点应做的事，为他日证明我在此一度月圆时，我的青春，曾在这世界上月光下开了一朵小小的花过。从官能上，我应用一种欣赏上帝为人造就这一部大杰作样去尽意欣赏。这只是一生的刹那，稍纵，月儿会将西沉，人也会将老去！

Lάomei，zuohen！（妹子，真美呀！）一个春天，全在你的身上。一切光荣，一切幸福，以及字典上一堆为赞美而预备的字句，都全是为你们年青 lάomei 而预备。

颇远的地方，有市声随了微风扬到耳边。月亮把人的影子安置到地上。大坪里碎琉璃片类，在月下都反射着星样的薄光。一切一切，在月光的抚弄下，都极其安静，入了睡眠。

月边，稀薄的白云，如同淡白之微雾，又如同扬着的轻纱。

……单为这样一个良夜圆月，人即使陌生再陌生，对这上天的恩惠，也合当拥抱，亲吻，致其感谢！

一个足以自愕的贪欲，一个小小的自私，在动人的月光下，便同野草般在心中滋长起来了。我想到人类的灵魂用处来。我想到将在这不可复得之一刹那，在各人心头，留下一道较深的印子。在两人的嘴边，留下一个永远的温柔的回味。

时间在我们脚下轻轻滑过，没有声息，初不停止，到明日，我们即已无从在各人脸上找出既已消失的青春了！用颇大的力量，把握到现实，真无疑虑之必须！

把要求提高，在官能上，我可以做一点粗暴点的类乎掠夺样的事情来，表示我全身为力所驱迫的热情，于自己，私心的扩张，也是并不怎样不恰当。且，那样结果，未必比我这么沉默下来情形还更坏。照这样做，我也才能更像男子一点。一个男子，能用力量来爱人，比在一种女性的羞腼下盼望一个富于男性的女子来怜悯，那是好多了。

但我并不照到我的心去做。头上月亮，同一面镜子，我从映到地下的影子上起了一个颓唐的自馁的感慨，“不必在未来，眼前的我，已是老了，不中用了，再不配接受一个人的友情了。倘若是，我真有那种力量，竟照我自私的心去办，到他时，将更给我痛苦。这将成我一个罪孽，我曾沉溺到忏悔的深渊里，无从自救。”于是，身虽是还留在别人身边，心却偷偷悄悄的逃了下来，跑到幽僻到她要找也无从找的一处去了。

Láomei，zuohen！一个春天，全在你的身上。一切光荣，一切幸福，以及字典上一堆为赞美而预备的字句，都全是为你们而有。一切艺术由你们来建设。恩惠由你们颁布给人。剩下来的忧愁苦恼，却为我们这类男子所有了！

在蓝色之广大空间里，
月儿半升了银色之面孔，
超绝之“美满”在空中摆动，
星光在毛发上闪烁——如神话里之表现。

——《微雨·她》

我如同哑子，无力去狂笑，痛哭，宁静的在梦样的花园里勾留，且斜睇无声长坠之流星。想起《微雨·幽怨》的前段：流星在天心走过，反射出我心中一切之幽怨。不是失望的凝结，抑攻击之窘迫，和征战之败北！……心中有哀戚幽怨，他人的英雄，乃更形成我的无用。我乃留心沙上重新印下之足迹，让它莫在记忆中为时光拭尽。“我全是沉闷，静寂，排列在空间之隙”。

朋友离我而他去，淡白的衣裙，消失到深蓝暗影里。我不能说生命是美丽抑哀戚。在淡黄色月亮下归来，我的心涂上了月的光明。倘他日独行旷野时，将用这永存的光明照我行路。

作于 1926 年 8 月 21 日深夜

海上通讯[①]

骑老：得南冠信说要用大相片，就用大的也好。你可以告他一下，我倒以为似乎这是完全不必的事情，因为登载上去或者把别人的幻象全毁了。正如在此教书以前，许多男女学生似乎感到很大趣味，可是待到一见了我这肮脏衣服同旧呢帽下阴沉沉的脸，谈话又差不多和衣饰一样的不足尊重，他们就都不免失望了。我是好像很清楚，我在年青人面前做人可说都失败了的，所以我近来越觉可怜。

近来每礼拜上课九点钟。有两月左右，就有十五个大学士离校了，这十五个人中我就有八个高足。我自始至终还不明白他们从我学了些什么去。他们都一肚子学问，一肚子聪明，大致有四个或五个将来北平升学。九点钟课一百五十块钱，学校待作家不为不优，

① 沈从文给夏斧心的信。

可怜的是我教书比读书似乎还受压迫，因为一些不体面的女人同一些体面的女人，毫不吝惜过尊敬，我要这尊敬有什么用处？疑心尊敬是阴谋，与一些不体面的女人离远了。疑心尊敬是真的尊敬，与一些体面的女人也离远了。一个人的生活，先以为是被别人忽视为悲哀，到现在，觉得忽视也是幸福了。因为最不幸的人，就是自己仿佛站在另一峰顶生活的人，大家见到他，他也见到大家，却好像被生活划成了两个世界。所以学生来求教如何设法与女生认识的事情曾有过，这样，不说自己已经老迈是不行了。

天气也怪，昨几天可以衣单衫，昨天换夹衣，今天换绒皮厚衣，在这样不断变换天气下，每天看报纸则总是北方政府热闹不休。究竟热不热闹，怎么热闹，还有学府艳闻，本地趣事，择其与大人老爷无关者见告一二，实为大幸。

可以为问题的，譬如燕京新屋照相，全景新照相，西山近来的变迁。西直门的马路为大车碾烂没有？颐和园杨柳为军人卖尽没有？清华园女生下游泳池还成为新闻没有？燕京有新来的好女人没有？×××因之撤职的北大之皇后近来有新闻没有？北平洋车还是崭新么？凡到真光戏场的还同时到市场打一圈没有？听戏的改为看戏没有？（上海的电影是差不多全已改为又听又看的。）还有，中央公园有人玩没有？还有，北平名人如×××之类，有除了女儿死去以外新事没有？

到此常常见到贵校前名×××，夫婿倒还白脸标致，本人则已半老徐娘不足上台，只常见其推小娃车一辆，中容白胖孩子一枚，另外则其三妹随车而行，长大如其姊，且同为大口阔唇着小蛮靴，踯躅公园中而已。见人之老大，始知自己之不济！近来常有年青人前来奉承，以为功成名就，应见其乐无涯。告人曰："愿以此时之地位，易一学生地位，于是大胆装痴，择其所欢喜而爱之。于是流泪心烦，写信作诗，于是碰壁，于是颓废，……"但现在，做先生，一切权利皆消失到尊敬中矣。似乎有不少人尚张目诧异，以为"难道尊敬不利于活动么"。因以为北平是适宜于用教授名分得一好女人的便利地方，所以总愿意来试试。其实上海何尝无女人。到上海还说为女人苦恼，当然为呆话而已。不过上海之从文比北平之从文并不变成两个人，其脏其迂，则初不因教书稍有修正。其实此间若谋一治家事，懂学问，耐烦生活，二十四岁女人，尚不缺少，惟不欲费神，懒于应对，只求方便干脆，便以为北方一定胜过南方耳。

上海每天捉青年人，放到监牢里去，这规矩在北平好像也有，不足奇怪。上海有钱的人不少，因此每天有人被绑，这事北平就不如了。上海看电影下午三点，五点半，九点一刻，一共三场。大的洋的，白天楼下一元晚上也一元。小的洋的白天楼下半块。有声音，真刀真枪杀仗，唱夏威夷黑人歌。国际新闻则免不了是美国足球比赛，笑片则是爱尔兰兵士上城里逛游剧场。另外，小的中的只花小洋两毛，有飞来伯老片子。大马路有印度阿三站岗，大石库门房子有白俄将军把门，可不威风凛凛，多是醉意朦胧。三马路小绸缎铺每天作纪念周，大减价拍卖，雇了五个六个穿红制服的肮脏人坐到楼上吹“四季花”拍子，打鼓敲板，许多流氓同土娼就站满了一堆。广西路有大屁股娼妓画眉毛成钩形，在鞋铺门前看鞋子。

北京路仍然各处是旧木器，多处是烂书旧报。电车各路皆挤满了人，因为公共汽车罢了工。小报上每天有载登国府要人趣事的消息。《良友》杂志随时有女校皇后和电影明星相片登载到上面，或者用手支颐，或者低头敛辅，都特别比本人标致。闸北四川路，一到下午就有无数年青男女在街上逛玩，其中一半是学生，一半是土娼流氓，洋野鸡也不少。这地方上海文学家称之为“神秘之街”。到四马路望平街去，所有大书铺皆在那里，到那些书店去时，常可以见到赵景深，可以见到别的作家。到公园去，全是小洋囝囝的天下，白发黄毛，都很有趣味。到车站去，有女稽查员搜索女人身上。到旅馆去，各处是唱戏打牌声音。到跳舞场去，只见许多老人家穿长衣带跌带跳的抱了女人的小腰满房子里走。还有跑狗场，回力球场，都极热闹。……上海好处就是这些，也是和北平不同的。还有各处每天皆有新屋落成。有些好房子使人不愿意离开那大门边他去。上海是复杂而又诙谐的地方，许多人一夜发了大财，许多人一夜又输得精光，所以上海流氓似乎比中国内地各处的流氓的总和还多。外国流氓也多得出奇。

我们这里去海很近。去炮台也近。去上海约三十五里。去上海法租界约五十里。来去倒怪方便。到此教书换四次车才能到学校，但一礼拜不少熟人仍然来三次，一来一往计一百里强。

我们这吴淞镇同海甸差不多大，离中公比燕京离海甸远一半，那镇上每天卖鱼，可以敌得过北平城东单菜市的鱼行一年生意。

到五里路外的宝山去，城里的房屋可以用手量大小。也有县，也有做纪念周的党部，警察站岗，全是徐州府人。这些人有时就在街上撒尿，地方古朴可知矣。

上海地方多的是香蕉，岂有此理的多，谁都不欢喜吃，尽它烂掉。

载于1930年《燕大月刊》

三年前的十一月二十二日

六点钟时天已大亮，由青岛过济南的火车，带了一身湿雾骨碌骨碌跑去。从开车起始到这时节已整八点钟，我始终光着两只眼睛。三等车车厢中的一切全被我看到了，多少脸上刻着关外风雪记号的农民！我只不曾见到我自己，却知道我自己脸色一定十分难看。我默默地注意一切乘客，想估计是不是有一个学生模样的青年人，认识徐志摩，知道徐志摩。我想把一个新闻告给他，徐志摩死了，就是那个给年青人以蓬蓬勃勃生气的徐志摩死了。我要找寻这个一个说说话，一个没有，一个没有。

我想起他《火车擒住轨》那一首诗。

火车擒住轨，在黑夜里奔，
过山，过水，过陈死人的坟；
过桥，听钢骨牛喘似的叫，

过荒野，过门户破烂的庙；

……

睁大了眼，什么事都看分明，

但自己又何尝能支使命运？

这里那里还正有无数火车的长列在寒风里奔驰，写诗的人已在云雾里全身带着火焰离开了这个人间。想到这件事情时，我望着车厢中的小孩、妇人、大兵，以及吊着长长的脖子打盹，作成缢毙姿势的人物。从衣着上看，这是个佃农管事。好像他迟早是应当上吊的。

当我动手把车窗推上时，一阵寒风冲醒了身旁一个瘦瘪瘪的汉子，睡眼迷蒙地向窗口一望，就说“到济南还得两点钟”。说完时看了我一眼，好像知道我为什么推开这窗子吵醒了他，接着把窗口拉下，即刻又吊着颈脖睡去了。去济南的确还得两点钟！我不好意思再惊醒他了，就把那个为车中空气凝结了薄冰的车窗，抹了一阵，现出一片透明处。望到济南附近的田土，远近皆流动着一层乳白色薄雾。黑色或茶色土壤上，各装点了细小深绿的麦种。一切是那么不可形容的温柔沉静，不可形容的美！我心想：为什么我会坐在这车上，为什么一个忽然会死？我心中涌起了一种古怪的感情，我不相信这个人会死。我计算了一下，这一年还剩两个月，十个月内我死了四个最熟的朋友。生死虽说是大事，同时也就可以说是平常事。死了，倒下了，瘪了，烂了，便完事了。倘若这些人死去值得纪念，纪念的方法应当不是眼泪，不是仪式，不是言语。采真是在武汉被人牵至欢迎劳苦功高的什么伟人彩牌楼下斩首的，振先是在那个永远使读书人神往倾心的“桃源洞”前被捷克制自动步枪打死的，也频是给人乱枪排了，和二十七个同伴一起躺到臭水沟里的，如今却轮到一个“想飞”的人，给在云雾里烧毁了。一切痛苦的记忆综合到我的心上，起了中和作用。我总觉得他们并不当真死去。多力的，强健的，有生气的，守在一个理想勇猛精进的，全给是早早的死去了。却留下多少早就应当死去了的阉鸡、懦夫，与狡猾狐鬼，愚人妄大，在白日下吃、喝、听戏、说谎、开会、著书，批评攻击与打闹！想起生者，方真正使人悲哀！

落雨了，我把鼻子贴住玻璃。想起《车眺》那首诗。

八点左右火车已进了站。下了火车，坐上一辆人力车，尽那个看来十分忠厚的车夫，慢慢的拉我到齐鲁大学。在齐鲁大学最先见到了朱经农，一问才知道北平也来了三个人，南京也来了两个人。上海还会有三四个人来。算算时间，北来车已差不多要到了。我就又匆匆忙忙坐了车赶到津浦车站去，同他们会面。在候车室里见着了梁思成，金岳霖同张奚若。再一同过中国银行，去找寻一个陈先生，这个陈先生便是照料志摩死后各事，前一天搁下了业务，带了夫人冒雨跑到飞机出事地点去，把志摩从飞机残烬中拖出，加以洗涤、装殓，且伴同志摩遗体同车回到济南的。这个人在志摩生前并不与志摩认识，却充满热情来完成这份相当辛苦艰巨的任务。见到了陈先生，且同时见到了从南京来的郭有守和张慰慈先生，我们正想弄明白出事地点在何处，预备同时前去看看。问飞机出事地点离济南多远，应坐什么车。方知道出事地点离济南约二十五里，名白马山站，有站不停车。并且明白死者遗体昨天便已运到了济南，停在城里一个小庙里了。

那位陈先生报告了一切处置经过后，且说明他把志摩搬回济南的原因。

“我知道你们会来，我知道在飞机里那个样子太惨，所以我就眼看着他们伕子把烧焦的衣服脱去，把血污洗尽，把破碎的整理归一，包扎停当，装入棺里，设法运回济南来了！”

他话说的比记下的还多一些，说到山头的形势，去铁路的远近，山下铁路南有一个什么小村落，以及向村中居民询问飞机出事时情形所得的种种。

那时正值湿雾季节，每天照例总是满天灰雾。山峦、河流、人家，一概都裹在一种浓厚湿雾里。飞机去济南差不到三十里，几分钟就应当落地。机师卫姓，济南人，对于济南地方原极熟悉。飞机既已平安超越了泰山高岭，估计时间，应当已快到济南，或者为寻觅路途，或者为寻觅机场，把飞机降低，盘旋了许久，于是砰的碰了山头发了火。着了火后的飞机，翻滚到山脚下，等待这种火光引起村子里人注意，赶过来看时，飞机各部分皆着了火，已燃烧成为一团火了。躺在火中的人呢，早完事了。两个飞机师皆已成为一段焦炭，志摩坐位在后面一点，除了衣服着火皮肤有一部分灼伤外，其他地方并不着火。那天夜里落了小雨，因此又被雨淋了一夜。这件事直到第二天方为去失事地方较近的火车站站长知道，赶忙报告济南和南京，济南派人来查验证明后，再分别拍电报告北平南京。济南方面陈先生派过出事地点时，是二十的中午。当二十二大清早我们到济南时，去出事时已经三天了。

我们一同过志摩停柩处时，约九点半钟，天正落小雨，地下泥滑滑的，那地方是个小庙，庙名似乎叫“福缘庵”。一进去小院子里，满是济南人日常应用的陶器。这里是一堆钵头，那里有一堆瓦罐，正中有一堆大瓮同一堆粗碗，两廊又是一列一列长颈脖贮酒用的罂瓶。庙屋很小，房屋只有一进三间，神座上与泥地上也无处不是陶器。原来这地方是个售卖陶器的堆店。在庙中偏右墙壁下，停了一具棺材，两个缩头缩颈的本地人，正在那里烧香。

两个工人把棺盖挪开，各人皆看到那个破产的遗体了，我们低下头来无话可说。我们有什么可说？棺木里静静地躺着的志摩，载了一顶红顶绒球青缎子瓜皮帽，帽前还嵌了一小方丝料烧成“帽正”，露出一个掩盖不尽的额角，右额角上一个李子大斜洞，这显然是他的致命伤。眼睛是微张的，他不愿意死！鼻子略略发肿。想来是火灼炙的。门牙脱尽，额角上那个小洞，皆可说明是向前猛撞的结果。这就是永远见得生气勃勃，永远不知道有“敌人”的志摩。这就是他？他是那么爱热闹的人，如今却这样一个人躺在这小庙里。安静的躺在这个小而且破的古庙里，让一堆坛坛罐罐包围着的，便是另外一时生龙活虎一般的志摩吗？他知道他在最后一刻，扮了一角什么样稀奇角色！不嫌脏、不怕静，躺到这个地方，受济南市土制香烟缭绕的门外是一条热闹街市，恰如他诗句中的“有市谣围抱”，真是一件任何人也想象不及的事情。他是个不讨厌世界的人，他欢喜这世界上一切光与色。他欢喜各种热闹，现在却离开了这个热闹世界，向另一个寒冷宁静虚无里走去了。年纪还只三十六岁！由于停棺处空间有限，亲友只能分别轮流走近棺侧看看死者。

各人都在一分凄凉沉默里温习死者生前的声音与光彩，想说话说不出口。仿佛知道这件事得用着另一个中年工人来说话了，他一面把棺木盖挪拢一点，一面自言自语的说：“死了，完了，你瞧他多安静。你难受，他并不难受。”接着且告给我们飞机堕地的形式，与死者躺在机中的情形。以及手臂断折的部分，腿膝断折的部分，胁下肋条骨断折的部分。原来这人就是随同陈先生过出事地点装殓志摩的。志摩遗体的洗涤与整理皆由他一手处置。末了他且把一个小篮子里的一角残余的棉袍，一只血污泥泞透湿的袜子，送给我们看。据他说照情形算来，当飞机同山头一撞时，志摩大致即已死去，并不是撞伤后在痛苦中烧死的传闻，那是不可能的。

十一点听人说飞机骨架业已运到车站，转过车站去看飞机时，各处皆找不着，问车站中人也说不明白，因此又回头到福缘庵，前后在棺木前停下来约三个钟头。雨却越下越大，出庙时各人两脚都是从积水中通过的。

一个在铁路局作事朋友，把起运棺柩的篷车业已交涉停妥，上海来电又说下午五点志摩的儿子同他的亲戚张嘉铸可以赶到济南。上海来人若能及时赶到，棺柩就定于当天晚上十一点上车。

正当我们想过中国银行去找寻陈先生时，上海方面的来人已赶到福缘庵，朱经农夫妇也来了。陈先生也来了。烧了些冥楮，各人谈了些关于志摩前几天离上海南京时的种种，天夜下来了。我们各个这时才记起已一整天还不曾吃饭的事情，被邀到一个馆子去吃饭，作东的是济南中国银行行长某先生。吃过了饭，另一方面起柩上车的来报告人伕业已准备完全。我同北平来的梁思成等三人急忙赶到车站上去等候，八点半钟棺柩上了车。这列车是十一点后方开行的。南行车上，伴了志摩向南的，有南京来的郭有守，上海来的张嘉铸和张慰慈同志摩的儿子徐积锴。从北平来的几个朋友留下在济南，还预备第二天过飞机出事地点看看的。我因为无相熟住处，当夜十点钟就上了回青岛的火车。在站上，车辆同建筑，一切皆围裹在细雨湿雾里。这一次同志摩见面，真算是最后一次了。我的悲伤或者比其他朋友少一点，就只因为我见到的死亡太多了。我以为志摩智慧方面美丽放光处，死去了是不能再得的，固然十分可惜。但如他那种潇洒与宽容，不拘迂，不俗气，不小气，不势利，以及对于普遍人生万汇百物的热情，人格方面美丽放光处，他既然有许多朋友爱他崇敬他，这些人一定会把那种美丽人格移植到本人行为上来。

这些人理解志摩，哀悼志摩，且能学习志摩，一个志摩死去了，这世界不因此有更多的志摩了？

纪念志摩的唯一的方法，应当扩大我们个人的人格，对世界多一分宽容，多一分爱。也就因为这点感觉，志摩死去了三年，我没有写过一句伤悼他的话。志摩人虽死去了，他的做人稀有的精神，应分能够长远活在他的朋友中间，起着良好的影响，我深深相信是必然的。

友情

一九八〇年十一月，我初次到美国哥伦比亚大学一个小型的演讲会讲话后，就向一位教授打听在哥大教中文多年的老友王际真先生的情况，很想去看看他，际真曾主持哥大中文系达二十年，那个系的基础，原是由他奠定的。即以《红楼梦》一书研究而言，他就是把这部十八世纪中国著名小说节译本介绍给美国读者的第一人。人家告诉我，他已退休二十年了，独自一人住在大学附近一个退休教授公寓三楼中，后来又听另外人说，他的妻不幸早逝，因此人很孤僻，长年把自己关在寓所楼上，既极少出门见人，也从不接受任何人的拜访，是个古怪老人。

我和际真认识，是在一九二八年。那年他由美返国，将回山东探亲，路过上海，由徐志摩先生介绍我们认识的。此后曾继续通信。我每次出了新书，就给他寄一本去。我不识英语，当时寄信用的信封，全部是他写好由美国寄我的。一九二九到一九三一年间，我和一个朋友生活上遭到意外困难时，还前后得到他不少帮助。际真长我六七岁，我们一别五十余年，真想看看这位老大哥，同他叙叙半世纪隔离彼此不同的情况。因此回到新港我姨妹家不久，就给他写了个信，说我这次到美国，很希望见到几个多年不见的旧友，如邓嗣禹、房兆楹和他本人。准备去纽约专诚拜访。

回信说，在报上已见到我来美消息。目前彼此都老了，丑了，为保有过去年青时节印象，不见面还好些。果然有些古怪。但我想，际真长期过着极端孤寂的生活，是不是有一般人难于理解的隐衷？且一般人所谓“怪”，或许倒正是目下认为活得“健康正常人”中业已消失无余的稀有难得的品质。

虽然回信像并不乐意和我们见面，我们——兆和、充和、傅汉思和我，曾两次电话相约两度按时到他家拜访。

第一次一到他家，兆和、充和即刻就在厨房忙起来了。尽管他连连声称厨房不许外人插手，还是为他把一切洗得干干净净。到把我们带来的午饭安排上桌时，他却承认作得很好。他已经八十五六岁了，身体精神看来还不错。我们随便谈下去，谈得很愉快。他仍然保有山东人那种爽直淳厚气质。使我惊讶的是，他竟忽然从抽屉里取出我的两本旧作，《鸭子》和《神巫之爱》！那是我二十年代中早期习作，还是我出的第一个综合性集子。这两本早年旧作，不仅北京上海旧书店已多年绝迹，连香港翻印本也不曾见到。书已经破旧不堪，封面脱落了，由于年代过久，书页变黄了，脆了，翻动时，碎片碎屑直往下掉。可是，能在万里之外的美国，见到自己早年不成熟不像样子的作品，还被一个古怪老人保存到现在，这是难以理解的，这感情是深刻动人的！

谈了一会，他忽然又从什么地方取出一束信来，那是我在一九二八到一九三一年写给他的。翻阅这些五十年前的旧信，它们把我带回到二十年代末期那段岁月里，令人十分怅惘。其中一页最最简短的，便是这封我向他报告志摩遇难的信：

际真：志摩十一月十九日十一点三十五分乘飞机撞死于济南附近“开山”。飞机随即焚烧，故二司机成焦炭。志摩衣已尽焚去，全身颜色尚如生人，头部一大洞，左臂折断，左腿折碎，照情形看来，当系飞机坠地前人即已毙命。二十一此间接到电后，二十二我赶到济南，见其破碎遗骸，停于一小庙中。时尚有梁思成等从北平赶来，张嘉铸从上海赶来，郭有守从南京赶来。二十二晚棺木运南京转上海，或者尚葬他家乡。我现在刚从济南回来，时一九三一年十一月二十三早晨。

那是我从济南刚刚回青岛，即刻给他写的。志摩先生是我们友谊的桥梁，纵然是痛剜人心的噩耗，我不能不及时告诉他。

如今这个才气横溢光芒四射的诗人辞世整整有了五十年。当时一切情形，保留在我印象中还极其清楚。

那时我正在青岛大学中文系教点书。十一月二十一日下午，文学院几个比较相熟的朋友，正在校长杨振声先生家吃茶谈天，忽然接到北平一个急电。电中只说志摩在济南不幸遇难，北平、南京、上海亲友某某将于二十二日在济南齐鲁大学朱经农校长处会齐。电报来得过于突兀，人人无不感到惊愕。我当时表示，想搭夜车去济南看看，大家认为很好。第二天一早车抵济南，我赶到齐鲁大学，由北平赶来的张奚若、金岳霖、梁思成诸先生也刚好到达。过不多久又见到上海来的张嘉铸先生和穿了一身孝服的志摩先生的长子，以及从南京来的张慰慈、郭有守两先生。

随即听到受上海方面嘱托为志摩先生料理丧事的陈先生谈遇难经过，才明白出事地点叫“开山”，本地人叫“白马山”。山高不会过一百米。京浦车从山下经过，有个小站可不停车。飞机是每天飞行的邮航班机，平时不售客票，但后舱邮包间空处，有特别票仍可带一人。那日由南京起飞时气候正常，因济南附近大雾迷途，无从下降，在市空盘旋移时，最后撞在白马山半斜坡上起火焚烧。消息到达南京邮航总局，才知道志摩先生正在机上。灵柩暂停城里一个小庙中。

早饭后，大家就去城里偏街瞻看志摩先生遗容。那天正值落雨，雨渐落渐大，到达小庙时，附近地面已全是泥浆。原来这停灵小庙，已成为个出售日用陶器的堆店。院坪中分门别类搁满了大大小小的缸、罐、沙锅和土碗，堆叠得高可齐人。庙里面也满是较小的坛坛罐罐。棺木停放在入门左侧贴墙处，像是临时腾出来的一点空间，只容三五人在棺边周旋。

志摩先生已换上济南市面所能得到的一套上等寿衣：戴了顶瓜皮小帽，穿了件浅蓝色绸袍，外加个黑纱马褂，脚下是一双粉底黑色云头如意寿字鞋。遗容见不出痛苦痕迹，如平常熟睡时情形，十分安详。致命伤显然是飞机触山那一刹那间促成的。从北京来的朋友，带来个用铁树叶编成径尺大小花圈，如古希腊雕刻中常见的式样，一望而知必出于志摩先生生前好友思成夫妇之手。把花圈安置在棺盖上，朋友们不禁想到，平时生龙活虎般、天真纯厚、才华惊世的一代诗人，竟真如“为天所忌”，和拜伦、雪莱命运相似，仅只在人世间活了三十多个年头，就突然在一次偶然事故中与世长辞！志摩穿了这么一身与平时性情爱好全然不相称的衣服，独自静悄悄躺在小庙一角，让檐前点点滴滴愁人的雨声相伴，看到这种凄清寂寞景象，在场亲友忍不住人人热泪盈眶。

我是个从小遭受至亲好友突然死亡比许多人更多的人，经受过多种多样城里人从来想象不到的噩梦般生活考验，我照例从一种沉默中接受现实。当时年龄不到三十岁，生命中像有种青春火焰在燃烧，工作时从不知道什么疲倦。志摩先生突然的死亡，深一层体验到生命的脆弱倏忽，自然使我感到分外沉重。觉得相熟不过五六年的志摩先生，对我工作的鼓励和赞赏所产生的深刻作用，再无一个别的师友能够代替，因此当时显得格外沉默，始终不说一句话。后来也从不写过什么带感情的悼念文章。只希望把他对我的一切好意热忱，反映到今后工作中，成为一个永久牢靠的支柱，在任何困难情况下，都不灰心丧气。对人对事的态度，也能把志摩先生为人的热忱坦白和平等待人的希有好处，加以转化扩大到各方面去，形成长远持久的影响。因为我深深相信，在任何一种社会中，这种对人坦白无私的关心友情，都能产生良好作用，从而鼓舞人抵抗困难，克服困难，具有向上向前意义的。我近五十年的工作，从不断探索中所得的点滴进展，显然无例外都可说是这些朋友纯厚真挚友情光辉的反映。

人的生命会忽然泯灭，而纯挚无私的友情却长远坚固永在，且无疑能持久延续，能发展扩大。

1981 年 8 月于北京作

一个传奇的本事

我情感流动而不凝固，一派清波给予我的影响实在不小。我幼小时较美丽的生活，大都不能和水分离。我受业的学校，可以说永远设在水边。我学会思索，认识美，理解人生，水对于我有极大关系。

（摘《自传》中一小节）

水和我的生命不可分，教育不可分，作品倾向不可分。这不仅是二十岁以前的事情。即到厌倦了水边城市流宕生活，改变计划，来到住有百万市民的北平，饱受生活的折磨，坚持抵制一切腐蚀，十分认真阅读那本抽象“大书”第二卷，告了个小小段落，转入几个大学教书时，前后二十年，十分凑巧，所有学校又都恰好接近水边。我的人格发展，和工作的动力，依然还是和水不可分。从《楚辞》发生地，一条沅水上下游各个大小码头，转到海潮来去的吴淞江口，黄浪浊流急奔而下直泻千里的武汉长江边，天云变幻碧波无际的青岛大海边，以及景物明朗民俗淳厚沙滩上布满小小螺蚌残骸的昆明滇池边。三十年来水永远是我的良师，是我的诤友，给我用笔以不同的启发。这份离奇教育并无什么神秘性，却不免富于传奇性。

水的德性为兼容并包，从不排斥拒绝不同方式浸入生命的任何离奇不经事物！却也从不受它的玷污影响。水的性格似乎特别脆弱，且极容易就范。其实则柔弱中有强韧，如集中一点，即涓涓细流，滴水穿石，却无坚不摧。水教给我粘合卑微人生的平凡哀乐，并作横海扬帆的美梦，刺激我对于工作永远的渴望，以及超越普通个人功利得失，追求理想的热情洋溢。我一切作品的背景，都少不了水。我待完成的主要工作，将是描述十个水边城市平凡人民的爱恶哀乐。在这个变易多方取予复杂的社会中，宜让头脑灵敏身心健全的少壮，有机会驾着最新式飞机向天上飞，从高度和速度上打破记录，成为《新时代画报》上的名人。且尽那些马上得天下还想马上治天下的英雄伟人，为了寄生细菌的巧佞和谎言繁殖迅速，不多久，都能由雕刻家设计，为安排骑在青铜熔铸的骏马上，和个斗鸡一样，在仿佛永远坚固磐石作基础的地面，给后人瞻仰。可是不多久，却将在同地震海啸相近而来的地覆天翻中，只剩余一堆残迹，供人凭吊。也必然还有那些各式各样精通“世故哲学”的“命世奇才”应运而生，在无帝王时代，始终还有作“帝王师”的机会，各有攸归，各得其所。我要的却只能再好好工作二三十年，完成学习用笔过程后，还有机会得到写作上的真正自由，再认真些写写那些生死都和水分不开的平凡人平凡历史。这个分定对于我像是生存唯一的义务，无从拒绝。因为这种平凡的土壤，却孕育了我发展了我的生命，体会经验到一点不平凡的人生。

我有一课水上教育受得极离奇，是二十七年前在常德府那半年流荡。这个城市地图上看，即可知接连洞庭，贯串黔川，扼住湘西的咽喉，是一个在经济上军事上都不可忽略的城市。城市的位置似乎浸在水中或水下，因为每年有好几个月城四面都是一片大水包围，水线有时比城中民房还高。保护到十万居民不致于成为鱼鳖，全靠上游四十里几道坚固的长堤，和一个高及数丈的砖砌大城。常德沿河有四个城门，计西门、上南门、中南门、下南门。城门外有一条延长数里的长街，上边一点是年有百十万担"湖莲"的加工转口站。此外卖牛肉狗肉、开染坊糖坊和收桐油、朱砂、水银、白蜡、生漆、五倍子的大小庄号，生产出售水上人所不可少的竹木圆器及大小船只上所必需的席棚、竹缆、钢钻头、大小铁锚杂物店铺，在这条河街上都占有一定的地位，各有不同的处所。最动人的是那些等待主顾、各用特制木架支撑，上盖罩棚，身长五七丈的大木桅，和仓库堆店堆积如山的作船帆用的厚白帆布，联想到它们在"扬扬万斛船，影若扬白虹"三桅五舱大船上应用时的壮观景象和伟大作用，不觉更令人神往倾心。

这条河街某一段是什么样子，有什么东西，发出什么不同气味，到如今我始终还记得清清楚楚。这个城市在经济上和军事上都有其重要意义，因此抗日战争末两年，最激烈的一役，即中外报刊记载所谓“中国谷仓争夺战”的一役中，十万户人家终于在所预料情形下，完全毁于炮火中。沅水流域竹木原料虽特别富裕，复兴重建也必然比中国任何一地容易。不过那个原来的水上美丽古典城市，有历史性市容，有历史性人事，就已早于烈烈火焰中消失，后来者除了从我过去作的简单叙述，还能得到个大略印象，此外再也无从寻觅了。有形的和无形的都一律毁掉了。然而有些东西，却似乎还值得用少量文字或在多数人情感中保留下来，对于明日社会重造工作上，有其长远的意义。

常德既是延长千里一条沅水和十来条支流十多个县份百数十万人民生产竹、木、油、漆、棉、麻、烟草、药材原料的集中站，及东南沿海鱿鱼、海带、淮盐及一切轻工业品货物向上转移的总码头，船只向上可达川东、黔东，向下毗连洞庭、长江，地方人事自然也就相当复杂。城门口照例有军事机关和税收机关各种堂皇布告，同时也有当地党部无效果的政治宣传品，和广东、上海药房出卖壮阳、补虚伪药，及“活神仙”“王铁嘴”一类看相算命骗人的各种广告，各自占据城墙一部分。这几乎也是全国同类城市景象。大街上多的是和商品转销有关的接洽事务的大小老板伙计忙匆匆地来去，更多的是经营最古职业的人物，这些人在水上虽各有一定住处，在街上依然随地可以碰到。责任大，工作忙，性质杂，人数多，真正在维持这个水边城市的繁荣，支配一切活动的，还是水上那几千只大小船只和那几万驾船人。其中“麻阳佬”占比便特重，这些人如何使用他们各不相同各有个性的水上工具，按照不同的行规、不同的禁忌挣扎生活并生儿育女，我虽说不上十分清楚，却有一定常识。所以，抗战初期，写了个关于湘西问题的小书时，《常德的船》那一章，内中主要部分，便是介绍占据一条延长千里沅水的麻阳船只和驾船人的种种，在那一章小文结尾说：常德本身也类乎一只旱船，……常德县沿沅水上行九十里，即到千五百年前武陵渔人迷路问津的桃源。……那里河上游一点，有个省立女子第二师范学校。“五四”运动影响到湖南时，谈男女解放，自由平等，剪发恋爱，最先提出要求并争取实现它的，就是这个学校一群女学生。

这只旱船上不仅装了社会上几个知名人士，我还忘了提及几个女学生。这里有因肺病死去的川东王小姐，有芷江杨小姐，还有……一群单纯热情的女孩子，离开学校离开家庭后，大都暂时寄居到这个学校里，作为一个临时跳板，预备整顿行装，坚强翅膀，好向广大社会飞去。书虽读得不怎么多，却为《新青年》一类刊物煽起了青春的狂热，带了点点钱和满脑子进步社会理想和个人生活幻想，打量向北平、上海跑去，接受她们各自不同的命运。这些女孩子和现代史的发展，曾有过密切的联系。另外有几个性情比较温和稳定，又不拟作升学准备的，便作了那个女学校的教员。当时年纪大的都还不过二十来岁，差不多都有个相同社会背景，出身于小资产阶级或小官僚地主家庭，照习惯，自幼即由家庭许了人家，毕业回家第一件事即等待完婚。既和家庭闹革命，经济来源断绝，向京沪跑去的，难望有升大学机会，生活自然相当狼狈。一时只能在相互照顾中维持，走回头路却不甘心。犹幸社会风气正注重俭朴，人之师需为表率，作教员的衣着化装品不必费钱，所以每月收入虽不多，最高月薪不过三十六元，居然有人能把收入一半接济升学的亲友。教员中有一位年纪较长，性情温和而朴素、又特别富于艺术爱好，生长于凤凰县苗乡得胜营的杨小姐，在没有认识以前，就听说她的每月收入，还供给了两个妹妹读书。

至于那时的我呢，正和一个从常德师范毕业习音乐美术的表兄黄玉书，一同住在常德中南门里每天各需三毛六分钱的小客栈中，说明白点，就是无业可就。表哥是随同我的大舅父从北平、天津见过大世面的，找工作无结果，回到常德等机会的。无事可作，失业赋闲，照当时称呼名为“打流”。那个“平安小客栈”对我们可真不平安！每五天必须结一回账，照例是支吾过去。欠账越积越多，因此住宿房间也移来移去，由三面大窗的“官房”，迁到只有两片明瓦作天窗的贮物间。总之，尽管借故把我们一再调动，永不抗议，照栈规彼此不破脸，主人就不能下逐客令。至于在饭桌边当店东冷言冷语讥诮时，只装作听不懂，也陪着笑笑，一切用个“磨”字应付。这一点表哥可说是已达到“炉火纯青”地步。如此这般我们约莫支持了五个月。虽隔一二月，在天津我那大舅父照例必寄来二三十元接济。表哥的习惯爱好，却是扣留一部分去城中心“稻香村”买一二斤五香牛肉干作为储备，随时嚼嚼解馋，最多也只给店中二十元，因此永远还不清账。内掌柜是个猫儿脸中年妇女，年过半百还把发髻梳得油光光的，别一支翠玉搔头，衣襟纽扣上总还挂一串“银三事”，且把眉毛扯得细弯弯的，风流自赏，自得其乐，心地倒还忠厚爽直。不过有时禁不住会向五个长住客人发点牢骚，饭桌边“项庄舞剑”意有所指的说：“开销越来越大了，门面实在当不下。楼下铺子零卖烟酒点心赚的钱，全贴上楼了，日子偖得过？我们吃四方饭，还有人吃八方饭！”话说得够锋利尖锐。说后，见五个常住客人都不声不响，只顾低头吃饭，就和那个养得白白胖胖、年纪已过十六岁的寄女儿干笑，寄女儿也只照例陪着笑笑。（这个女孩子经常借故上楼来，请大表兄剪鞋面花样或围裙上部花样，悄悄留下一包寸金糖或芙蓉酥，帮了我们不少的忙。表兄却笑她一身白得像白糖发糕，虽不拒绝芙蓉酥，可决不要发糕。）我们也依旧装不懂内老板话中含意，只管拣豆芽菜汤里的肉片吃。可是却知道用过饭后还有一手，得准备招架对策。不多久，老厨师果然就带了本油腻腻蓝布面的账本上楼来相访，十分客气要借点钱买油盐。表兄作成老江湖满不在乎的神气，随便翻了一下我们名下的欠数，就把账本推开，鼻子嗡嗡的，“我以为欠了十万八千，这几个钱算个什么？内老板四海豪杰人，还这样小气，笑话。——老弟，你想想看，这岂不是大笑话！我昨天发的那个催款急电，你亲眼看见，不是迟早三五天就会有款来了吗？”连哄带吹把厨师送走后，这个一生不走时运的美术家，却向我嘘了口气说："老弟，风声不大好，这地方可不比巴黎！我听熟人说，巴黎的艺术家，不管做什么都不碍事。有些人欠了二十年的房饭账，到后来索性作了房东的丈夫或女婿，日子过得满好。我们在这里想攀亲戚倒有机会，只是我不大欢喜冒险吃发糕，正如我不欢喜从军一样。我们真是英雄秦琼落了难，黄骠马也卖不成！"于是学成家乡老秀才拈卦吟诗哼着："风雪满天下，知心能几人？"

我心想，怎么办？表兄常说笑话逗我，北平戏院里梅兰芳出场前，上千盏电灯一熄，楼上下包厢里，到处是金钢钻、耳环手镯闪光，且经常有阔人掉金钢钻首饰。上海坐马车，马车上也常有洋婆子、贵妇人遗下贵重钱包，运气好的一碰到即成富翁。即或真有其事，远水哪能救近火？还是想法对付目前，来一个"脚踏西瓜皮"溜了吧。至于向什么地方溜，当时倒有个方便去处。坐每天两班的小火轮上九十里的桃源县找贺龙。因为有个同乡向英生，和贺龙是把兄弟，夫妻从日本留学回来，为人思想学问都相当新，做事非"知事""道尹"不干，同乡人都以为"狂"，其实人并不狂。曾作过一任知县，却缺少处理行政能力，只想改革，不到一年，却把个实缺被自己的不现实理想革掉了。三教九流都有来往，长住在城中春申君墓旁一个大旅馆里，总像还吃得开，可不明白钱从何来。这人十分热忱写了个信介绍我们去见贺龙。一去即谈好，表示欢迎，表兄作十三元一月的参谋，我作九元一月的差遣，还说"码头小，容不下大船，只要不嫌弃，留下暂时总可以吃吃大锅饭”。可是这时正巧我们因同乡关系，偶然认识了那个杨小姐，两人于是把“溜”字水旁删去，依然“留”下来了。桃源的差事也不再加考虑。

表兄既和她是学师范美术系的同道，平时性情洒脱，倒能一事不作，整天自我陶醉的唱歌。长得也够漂亮，特别是一双乌亮大眼睛，十分魅人。还擅长用通草片粘贴花鸟草虫，作得栩栩如生，在本县同行称第一流人材。这一来，过不多久，当然彼此就成了一片火，找到了热情寄托处。

自从认识了这位杨小姐后，一去那里必然坐在学校礼堂大风琴边，一面弹琴，一面谈天。我照例乐意站在校门前欣赏人来人往的市景，并为二人观观风。学校大门位置在大街转角处。两边可以看得相当远，到校长老太太来学校时，经我远远望到，就进去通知一声，里面琴声必然忽高起来。老太太到了学校却照例十分温和笑笑的说：“你们弹琴弹得真不错！”表示对于客人有含蓄的礼貌。客人却不免红红脸。因为“弹琴”和“谈情”字音相同，老太太语意指什么虽不分明，两人的体会却深刻得多。

每每回到客栈时，表哥便向我连作了十来个揖，要我代笔写封信，他却从从容容躺在床上哼各种曲子，或闭目养神，温习他先前一时的印象。信写好念给他听听，随后必把大拇指翘起来摇着，表示感谢和赞许。

“老弟，妙，妙！措词得体，合式，有分寸，不卑不亢。真可以上报！”

事实上呢，我们当时只有两种机会上报，即抢人和自杀。但是这两件事都和我们兴趣理想不大合，当然不曾采用。至于这种信，要茶房送，有时茶房借故事忙，还得我代为传书递柬。那女教员有几次还和我讨论到表哥的文才，我只好支吾过去，回客栈谈起这件事，表兄却一面大笑一面肯定的说：“老弟，你看，我不是说可以上报吗？”我们又支持约两个月，前后可能写了三十多次来回信，住处则已从有天窗的小房间迁到茅房隔壁一个特别小间里，人若气量窄，情感脆弱，对于生活前途感到完全绝望，上吊可真方便。我实在忍受不住，有一天，就终于抛下这个表兄，随同一个头戴水獭皮帽子的同乡，坐在一只装运军服的“水上漂”，向沅水上游保靖漂去了。

三年后，我在北平知道一件新事情，即两个小学教员已结了婚，回转家乡同在县立第一小学服务。这种结合由女方家长看来，必然不会怎么满意。因为表哥祖父黄河清，虽是个贡生，看守文庙作“教谕”，在文庙旁家中有一栋自用房产，屋旁还有株三人合抱的大椿木树，著有《古椿书屋诗稿》。为人虽在本城受人尊敬，可是却十分清贫。至于表哥所学，照当时家乡人印象，作用地位和“飘乡手艺人”或“戏子”相差并不多。一个小学教师，不仅收入微薄，也无什么发展前途。比地方传统带兵的营连长或参谋副官，就大大不如。不过两人生活虽不怎么宽舒，情感可极好。因此，孩子便陆续来了，自然增加了生计上的麻烦。好在小县城，收入虽少，花费也不大，又还有些作上中级军官或县长局长的亲友，拉拉扯扯，日子总还过得下去。而且肯定精神情绪都还好。

再过几年，又偶然得家乡来信说，大孩子已离开了家乡，到福建厦门集美一个堂叔处去读书。从小即可看出，父母爱好艺术的长处，对于孩子显然已有了影响。但本地人性情上另外一种倔强自恃，以及潇洒超脱不甚顾及生活的弱点，也似乎被同时接收下来了。所以在叔父身边读书，初中不到二年，因为那个艺术型发展，不声不响就离开了亲戚，去阅读那本“大书”，从此就于广大社会中消失了。计算岁月，年龄已到十三四岁。照家乡子弟飘江湖奔门路老习惯，已并不算早。教育人家子弟的即教育不起自己子弟，所以对于这个失踪的消息，大致也就不甚在意。

一九三七年抗战后十二月间，我由武昌上云南路过长沙时，偶然在一个本乡师部留守处大门前，又见到那表兄，面容憔悴蜡渣黄，穿了件旧灰布军装，倚在门前看街景，一见到我即认识，十分亲热的把我带进了办公室。问问才知道因为脾气与年轻同事合不来，被挤出校门，失了业。不得已改了业，在师部做一名中尉办事员，办理散兵伤兵收容联络事务。大表嫂还在沅陵酉水边“乌宿”附近一个村子里教小学。大儿子既已失踪，音信不通。二儿子十三岁，也从了军，跟人作护兵，自食其力。还有老三、老五、老六，全在母亲身边混日子。事业不如意，人又上了点年纪，常害点胃病，性情自然越来越加拘迂。过去豪爽洒脱处早完全失去，只是一双浓眉下那双大而黑亮有神的眼睛还依然如旧。也仍然欢喜唱歌。邀他去长沙著名的李合盛吃了一顿生炒牛肚子，才知道已不喝酒。问他还吸烟不吸烟，就说：“不戒自戒，早已不再用它。”可是我发现他手指黄黄的，知道有烟吸还是随时可以开戒。他原欢喜吸烟，且很懂烟品好坏。第二次再去看他，带了别的同乡送我的两大木盒吕宋雪茄烟去送他。他见到时，憔悴焦黄脸上露出少有的欢喜和惊讶，只是摇头，口中低低的连说：“老弟，老弟，太破费你了，太破费你了。不久前，我看到有人送老师长这么两盒，美国大军官也吃不起！”

我想提起点旧事使他开开心，告他：“还有人送了我一些什么‘三五字’‘大司令’，我无福享受，明天全送了你吧。我当年一心只想做个开糖坊的女婿，好成天有糖吃。你看，这点希望就始终不成！”

“不成功！人家都说你为我们家乡争了个大面子，赤手空拳打天下，成了名作家。也打败了那个只会做官、找钱，对家乡青年毫不关心的熊凤凰。什么凤凰？简直是只阉鸡，只会跪榻凳，吃太太洗脚水，我可不佩服！你看这个！”他随手把一份当天长沙报纸摊在桌上，手指着本市新闻栏一个记者对我写的访问记，“老弟，你当真上了报，人家对你说了不少好话，比得过什么什么大文豪！”

我说：“大表哥，你不要相信这些逗笑的话。一定是做新闻记者的学生写的。因为我始终只是个在外面走码头的人物，底子薄，又无帮口，在学校里混也混不出个所以然的。不是抗战还回不了家乡，熟人听说我回来了，所以表示欢迎。我在外面只有点虚名，并没什么真正成就的。……我倒正想问问你，在常德时，我代劳写的那些信件，表嫂是不是还保留着？若改成个故事，送过上海去换二十盒大吕宋烟，还不困难！”

想起十多年前同在一处的旧事，一切犹如目前，又恍同隔世。两人不免相对沉默了一会，后来复大笑一阵，把话转到这次战争的发展和家乡种种了。随后他又陪我去医院看望受伤的同乡官兵。正见我弟弟刚出医院，召集二十来个行将出院的下级军官，在院前小花园和他们谈话，彼此询问一下情形；并告给那些伤愈连长和营副，不久就要返回沅陵接收新兵，作为“荣誉师”重上前线。训话完毕，问我临时大学那边有多少熟人，建议用我名分约个日子，请吃顿饭，到时他来和大家谈谈前方情况。邀大表兄也作陪客，他却不好意思，坚决拒绝参加。只和我在另一天同上天心阁看看湘江，我们从此就离开了。

抗战到六年，我弟弟去印度受训，过昆明时，来呈贡乡下看看我，谈及家乡种种，才知道年纪从十六到四十岁的同乡亲友，大多数都在六年里各次战役中已消耗将尽。有个麻四哥和三表弟，都在洞庭湖边牺牲了。大表哥因不乐意在师部作事，已代为安排到沅水中游青浪滩前作了一个绞船站的站长，有四十元一月。老三跟在身边，自小就会泅水，胆子又大，这个著名恶滩经常有船翻沉，老三就在滩脚伏波宫前急流漩涡中浮沉，拾起沉船中漂出无主的腊肉、火腿和其他食物，因此，父子经常倒吃得满好。可是一生长处既无从发挥，始终郁郁不欢，不久前，在一场小病中就过世了。

大孩子久无消息，只知道在江西战地文工团搞宣传。老二从了军。还预备把老五送到银匠铺去作学徒。至于大表嫂呢，依然在沅陵乌宿乡下村子里教小学，收入足够糊口。因为是唯一至亲，假期中，我大哥总派人接母子到沅陵“芸庐”家中度假，开学时，再送他们回学校。

照情形说来，这正是抗战以来，一个小地方、一个小家庭极平常的小故事。一个从中级师范学校毕业的女子，为了对国家对生活还有点理想，反抗家庭的包办婚姻，放弃了本分内物质上一切应有权利，在外县作个小教员，从偶然机会里，即和一个性情还相投的穷教员结了婚，过了阵虽清苦还平静的共同生活。随即接受了“上帝”给分派的庄严任务，陆续生了一堆孩子。照环境分定，母亲的温良母性，虽得到了充分发展，作父亲的艺术秉赋，可从不曾得到好好的使用，只随同社会变化，接受环境中所能得到的那一份苦难。十年过去，孩子已生到第五个，教人子弟的照例无从使自己子弟受教育，每个孩子在成年以前，都得一一离开家庭，自求生存，或死或生，无从过问！战事随来，可怜一份小学教师职业，还被二十来岁的什么积极分子排挤掉。只好放弃了本业，换上套拖拖沓沓旧军装，“投笔从戎”作个后方留守处无足轻重的军佐。部队既一再整编，终于转到一个长年恶浪咆哮滩前的绞船站里作了站长，不多久，便被一场小小疾病收拾了。亲人赶来一面拭泪，一面把死者殓入个赊借得来的小小白木棺木里，草草就地埋了。死者既已死去，生者于是依然照旧沉默寂寞生活下去。每月可能还得从正分微薄收入中扣出一点点钱填还亏空。在一个普通人不易设想的乡村小学教师职务上，过着平凡而简单的日子，等待平凡的老去，平凡的死。一切都十分平凡，不过正因为它是千万乡村小学教师的共同命运，却不免使人感到一种奇异的庄严。

抗战到第八年，和平胜利骤然来临，暌违十年的亲友，都逐渐恢复了通信关系。我也和家中人由云南昆明一个乡村中，依旧归还到旧日的北平，收拾破烂，重理旧业。忽然有个十多年不通音问的朋友，寄了本新出的诗集。诗集中用黑绿二色套印了些木刻插图，充满了一种天真稚气与热情大胆的混合，给我崭新的印象。不仅见出作者头脑里的智慧和热情，还可发现这两者结合时如何形成一种诗的抒情。对于诗若缺少深致理解，是不易作出这种明确反映的。一经打听，才知道作者所受教育程度还不及初中二，而年龄也还不过二十来岁，完全是在八年战火中长大的。更有料想不到的巧事，即这个青年艺术家，原来便正是那一死一生黯然无闻的两个美术教员的长子。十三四岁即离开了所有亲人，到陌生而广大世界上流荡，无可避免的穷困，疾病，挫折，逃亡，在种种卑微工作上短时期的稳定，继以长时间的失业，如蓬如萍的转徙飘荡，到景德镇烧过瓷器，又在另一处当过做棺材的学徒。……却从不易想象学习过程中，奇迹般终于成了个技术优秀特有个性的木刻工作者。为了这个新的发现，使我对于国家民族，以及属于个人极庄严的苦难命运，感到深深痛苦。我真用得着法国人小说中常说的一句话，“这就是人生。”当我温习到有关于这两个美术教员一生种种，和我身预其事的种种，所引起的回忆，不免感觉到对于“命运偶然”的惊奇。

作者至今还不曾和我见过面，只从通信中约略知道他近十年一点过去，以及最近正当成千上万“接收大员”在上海大发国难财之际，他如何也来到了上海，却和他几个同道陷于同样穷困绝望中，想工作，连购买木刻板片的费用也无处筹措。境况虽然如此，对于工作却依然充满自信和狂热，对未来有无限憧憬。摊在我面眼前的四十幅木刻，无论大小，都可见出一种独特性格，美丽中还有个深度。为几个世界上名师巨匠作的肖像木刻，和为几个现代作家诗人作的小幅插图，都可见出作者精力弥满，设计构图特别用心，还依稀可见出父母潇洒善良的秉赋，与作者生活经验的沉重粗豪和精细同时并存而不相犯相混，两者还共同形成一种幽默的典雅。提到这一点时，作品性格鲜明的一面，事实上还有比个人秉赋更重要的因素，即所生长的地方性，值得一提。因为这不仅是两个穷教员的儿子，生长地还是从二百年设治以来，即完全在极端变态发展中一片土地，一种社会的特别组织的衍生物。

作者出身苗乡，原由“镇打营”和“筸子坪”合成的“镇筸城”。

后来因镇压苗人造反，设立了个兼带兵勇的“辰沅永靖兵备道”，又添一个专管军事的镇守使，才升级成“凤凰厅”，后改“凤凰县”。家乡既是个屯兵地方，住在那个小小石城中的人，大半是当时的戍卒屯下，小部分是封建社会放逐贬谪的罪犯（黄家人生时姓“黄”死后必改姓“张”，听老辈说，就是这个原因）。因此二百年前居民即有世代服兵役的习惯，习军事的机会。中国兵制中的“绿营”组织，在近代学人印象中，早已成了历史名词，然而抗战八年，我们生长的那个小地方，对于兵役补充，尤其是下级官佐的补充，总像不成问题。就还得力于这个旧社会残余制度的便利。

最初为镇压苗族造反而设治，因此到咸、同之际，曾国藩组织的湘军，“筸军”就占了一定数目，选择的对象必“五短身材，琵琶腿”，才善于挨饿耐寒爬山越岭跑长路。内中也包括部分苗族兵丁。但苗官则限制到“守备”为止。江南大营包围太平军的天京时，筸军中有一群卖柴卖草亡命之徒，曾参预过冲锋陷阵爬城之役，内中有四五人后来都因军功作了“提督军门”，且先后转成“云贵总督”。就中有个田兴恕，因教案被充军新疆，随后又跟左宗棠带罪立功，格外著名。到辛亥革命攻占雨花台后，首先随大军入南京的一个军官，就是“爬城世家”田兴恕的小儿子田应诏。这个军官由日本士官学校毕了业，和蔡锷同期，我曾听过在蔡锷身边作参谋长的同乡朱湘溪先生说，因为田有大少爷脾气，人不中用，所以才让他回转家乡作第一任湘西镇守使。年纪还不到三十岁，却留了一小撮日本仁丹式胡子，所以本地人通叫他“田三胡子”。出于好事喜弄的大少爷脾气，这位边疆大吏，受了点日本维新变法的影响，当时手下大约还有四千绿营兵士，无意整军经武，却在练军大教场的河对岸，傍水倚山建立了座新式公园，纪念他的母亲，经常和一群高等幕僚，在那里饮酒赋诗。又还在本县城里办了个中级美术学校。因此后来本地很出了几个湘西知名的画家，此外还办了个煤矿，办了个瓷器厂，办了个洋广杂货的公司，不多久就先后赔本停业，这种种正可说明一点，即浪漫情绪在这个“爬城世家”头脑中，作成一种诗的抒情、有趣的发展。（我和永玉，都可说或多或少受了点影响。）

三十年来国家动乱，既照例以内战为主要动力，荡来荡去形成了大小军阀的新陈代谢。这小地方却因僻处一隅，得天独厚，又不值得争夺，因之形成一个极离奇的存在。在湘西十八县中，日本士官生、保定军官团、云南讲武堂，及较后的黄埔军官学校，前后都有大批学生，同其他县份比，占人数最多。到抗战前夕为止，县城不到六千户人家，人口还不及二万，和附近四乡却保有了约二千中下级军官，和经过军训四五个师的潜在实力。由于这么一种离奇传统，一切年轻人的出路，都不免寄托在军官上。一切聪明才智及优秀秉赋，也都一律归纳吸收于这个虽庞大实简单的组织中，并陆续消耗于组织中。而这个组织于国内省内，却又若完全孤立或游离，无所属亦无所归。“护法”“靖国”等大规模军事战役，都出兵参加过。派兵下常、桃，抵长沙，可是战事一过就又退还原驻防地。

接田手的陈渠珍，头脑较新，野心却并不大，事实上心理上还是“孤立割据自保”占上风。北伐以前，孙中山先生曾特派代表送了个第一师长的委任状来，请了一回客，送了两千元路费，那个委任状却压在垫被下经年毫无作用。这自然就有了问题，即对内为进步滞塞，不能配合实力作其他任何改进设计。他本人自律甚严而且好学，新旧书都读得有一定水平，却并不鼓励部下也读书。因此军官日多而读书人日少，必然无从应付时变。对外则保持一贯孤立状态，多误会，多忌讳，实力越来越增加，和各方面组织关系隔绝，本身实力越大，也只是越增加困难。战争来了，悲剧随来。淞沪之战展开，有个新编一二八师，属于第四路指挥刘建绪调度节制，原本被哄迫出去驻浙江奉化，后改宣城，战事一起，就奉命调守嘉善唯一那道国防线，即当时所谓“中国兴登堡防线”（早就传说花了过百万元照德国顾问意见完成的）。当时报载，战事过于激烈，守军来不及和参谋部联络人员接头，打开那些钢骨水泥的门，即加入战斗。还以为事不可信。后来方知道，属于我家乡那师接防的部队，开入国防线后，除了从唯一留下车站的县长手中得到一大串编号的钥匙，什么图形也没有。临到天明就会有敌机来轰炸。为敌人先头探索部队发见已发生接触时，一个少年团长方从一道小河边发现工事的位置，一面用一营人向前作突击反攻，一面方来得及顺小河搜索把上锈的铁门次第打开，准备死守。本意固守三天，却守了足足五天。全师大部官兵都牺牲于敌人日夜不断的优势炮火中，下级干部几乎全体完事，团营长正副半死半伤，提了那串钥匙去开工事铁门的，原来就是我的弟弟，而死去的全是那小小县城中和我一同长大的年青人。

随后是南昌保卫战，经补充的另一个“荣誉师”上前，守三角地的当冲处，自然不久又完事。随后是反攻宜昌，洞庭西岸荆沙争夺，洞庭南岸的据点争夺，以及长沙会战。每次硬役必参加，每役参加又照例是除了国家意识还有个地方荣誉面子问题在内，双倍的勇气使得下级军官全部成仁，中级半死半伤，而上级受伤旅团长，一出医院就再回来补充调度，从预备师接收新兵。都明白这个消耗担负，增加地方明日的困难，却从种种复杂情绪中继续补充下去。总以为这是和日本打仗，不管如何得打下去！迟迟不动，番号一经取销，家乡此后就再无生存可能。因此，国内任何部队都感到补充困难时，这地方却好像全无问题，到时总能补充足额，稍加训练就可重上前线，打出一定水平。就这样，一直到一九四五年底。小城市在湘西各县中，比沅水流域任何一处物价都贱，表面上可说交通不当冲要得免影响，事实上却是消费越来越少，余下一城孤儿寡妇，哪还能想到囤积居奇发国难财？每一家都分摊了战事带来的不幸，因为每一家都有子弟作下级军官，牺牲数目更吓人。我们实在不能想象一个城市把成年丁壮全部抽去，每家陆续带来一分死亡给五千少妇万人父母时，形成的是一种什么空气！但这是战争！有过二百年当兵习惯的人民，战争是什么，必然比任何人都更清楚明白。而这些人的家属子女，也必然更习惯于接受这个不幸！战争完结后，总还能留下三五十个小学教员，到子弟长大入学时，不会无学校可进！

和平来了，胜利来了，但战争的灾难可并未结束。拼补凑集居然还有一个甲种师部队，由一个从小兵作文书，转军佐，升参谋，入陆大，完全自学挣扎出来的 × 姓军官率领，驻防胶济线上。原以为国家和平来临，人民苦难已过，不久改编退役，正好过北平完成一个新的志愿，好好读几年书。且可能有机会和我合作，写一本小小地方历史，纪念一下这个小山城成千上万壮丁十年中如何为保卫国家陆续牺牲的情形，将比转入国防研究院工作还重要，还有意义。正可说明一种旧时代的灭亡新命运的开始，虽然是种极悲惨艰难的开始。因为除少数的家庭还保有些成年男丁，大部分却得由孤儿寡妇来自作挣扎！不意内战终不可避免，一星期前胶东一役，这个新编师却在极其暧昧情形下全部覆没。师长随之阵亡。统率者和一群干部，正是家乡人八年抗战犹未死尽的最后残余。从私人消息，方明白实由于早已厌倦这个大规模集团的自残自渎，因此厌战解体。专门家谈军略，谈军势，若明白这些青年人生命深处的苦闷，还如何正在作普遍广泛传染，尽管有各种习惯制度和小集团利害拘束到他们的行为，而且加上那个美式装备，但哪敌得过出自生命深处的另一种潜力，和某种做人良心觉醒否定战争所具有的优势？一面是十分厌倦，一面还得接受现实，就在这么一个情绪状态下，我家乡中那些朋友亲戚，和他们的理想，三五天中便完事了。这一来，真是连根拔去，“筸军”再也不会成为一个活的名词，成为湖南人谈军事政治的一忌了。而个人想从这个野性有活力的烈火焚灼残余孤株接接枝，使它在另外一种机会下作欣欣向荣的发展、开花结果的企图，自然也随之摧毁无余。

得到这个消息时，我想起我生长那个小小山城两世纪以来的种种过去。因武力武器在手而如何形成一种自足自恃情绪，情绪扩张，头脑即如何逐渐失去应有作用，因此给人同时也给本身带来苦难。想起整个国家近三十年来的苦难，也无不由此而起。在社会变迁中，我那家乡和其他地方青年的生和死，因这生死交替于每一片土地上流的无辜的血，这血泪更如何增加了明日进步举足的困难。我想起这个社会背景发展中对青年一代所形成的情绪、愿望和动力，既缺少真正伟大思想家的引导与归纳，许多人活力充沛而常常不知如何有效发挥，结果便终不免依然一个个消耗结束于近乎周期性悲剧宿命中。任何社会重造品性重铸的努力设计，对目前情势言，甚至于对今后半世纪言，都若无益白费。而近于宿命的悲剧，却从万千挣扎求生善良本意中，作成整个民族情感凝固大规模的集团消耗，或变相自杀。直到走至尽头，才可望得到一种真正新的开始。

我也想到由于一种偶然机会，少数游离于这个共同趋势以外恶性循环以外，由此产生的各种形式的衍化物。我和这一位年纪青青的木刻艺术家，恰可代表一个小地方的另一种情形：相同处是处理生命的方式，和地方积习已完全游离，而出于地方性的热情和幻念，却正犹十分旺盛，因之结合成种种少安定性的发展。但是我依然不免受另外一种地方性的局限束缚，和阴晴不定的“时代”风气俨若格格不入。即因此，将不免如其他乡人似异实同的命运，或早或迟必僵仆于另外一种战场上，接受同一悲剧性结局。至于这个更新的年青的衍化物，从他的通信上，和作品自刻像一个小幅上，仿佛也即可看到一种命定的趋势，由强执、自信、有意的阻隔及永远的天真，共同作成一种无可避免悲剧性的将来，至于生活上的败北，犹其小焉者。

最后一点涉及作者已近于无稽预言，因此对作者也留下一点希望。倘若所谓“悲剧”实由于性情一事的两用，在此为“个性鲜明”而在彼则为“格格不入”时，那就好好的发展长处，而不必求熟习世故哲学，事事周到或八面玲珑来取得什么“成功”，不妨勇敢生活下去，毫无顾虑的来接受挫折，不用作得失考虑，也不必作无效果的自救。这是一个真正有良心的艺术家，有见解的思想家，或一个有勇气的战士共同的必由之路。若悲剧只小半由于本来的气质，大半实出于后起的习惯，尤其是在十年游荡中养成的生活上不良习惯时，想要保存衍化物的战斗性，持久存在与广泛发展，一种更新的坚韧素朴人生观的培育，实值得特别注意。

这种人生观的基础，应当建筑在对生命能作完全有效的控制。战胜自己被物欲征服的弱点，从克服中取得一个完全独立的人格，以及创造表现的绝对自主性起始。由此出发，从优良传统去作广泛的学习，再将传统长处加以综合，融会贯通，由于虔诚和谦虚的试探，十年二十年持久不懈，慢慢得到进展，在这种基础上，必会得到更大的成就。正因为工作真正贴近土地人民，只承认为人类多数而“工作”。不为某一种某一时的“工具”，存在于现代政治所培养的窄狭病态自私残忍习惯空气中，或反而容易遭受来自各方面的强力压迫与有意忽视，欲得一稍微有自主性的顺利工作环境，也并不容易。但这不妨事，倘若目的明确，信心坚固，真有成就，即在另外一时，将无疑依然会成为一个时代的重要标志！如所谓“弱点”，不过是像我那种“乡下佬”的顽固拘迂作成的困难，以作者的开扩外向性的为人，必然不会得到我的悲剧性的重演。

在人类文化史的进步意义上，一个真正的伟人巨匠，所有努力挣扎的方式，照例和流俗的趣味及所悬望的目标，总不易完全一致。一个伟大艺术家或思想家的手和心，既比现实政治家更深刻并无偏见和成见的接触世界，因此它的产生和存在，有时若与某种随时变动的思潮要求，表面或相异或游离，都极其自然。它的伟大的存在，即于政治、宗教以外，极有可能更易形一种人类思想感情进步意义和相对永久性。虽然两者真正的伟大处，基本上也同样需要“正直”和“诚实”，而艺术更需要“无私”，比过去宗教现代政治更无私！必对人生有种深刻的悲悯，无所不至的爱！而对工作又不缺少持久狂热和虔敬，方能够忘我与无私！宗教和政治都要求人类公平与和平，两者所用方式，却带来过封建性无数战争，尤以两者新的混合所形成的偏执情绪和强大武力，这种战争的完全结束更无希望。过去艺术必需宗教和政治的实力扶育，方能和人民对面，因之当前欲挣扎于政治点缀性外，亦若不可能。然而明日的艺术，却必将带来一个更新的庄严课题。将宗教政治充满封建意识形成的“强迫”“统制”“专横”“阴狠”种种不健全情绪，加以完全的净化廓清，而成为一种更强有力的光明健康人生观的基础。这也就是一种“战争”，有个完全不同的含义。唯有真的勇士，敢于从使人民无辜流血以外，不断有所寻觅探索，不断积累经验和发现，来培养爱与合作种子使之生根发芽，企图实现在人与人间建设一种崭新的关系，谋取人类真正和平与公正的艺术工作者，方能担当这个艰巨重任。这种战争不是犹待起始，事实上随同历史发展，已进行了许多年。试看看世界上一切科学家沉默工作的建设成就和其他方式所形成的破坏状况，加以比较，就可知在中国建立一种更新的文化观和人生观，一个青年艺术家可能作的永久性工作，将从何努力着手。

这只是一个传奇的起始，不是结束。然而下一章，将不是我用文字来这么写下去，却应当是一群生气勃勃具有做真正主人翁责任感少壮木刻家和其他艺术工作者，对于这种人民苦难的现实，能作各种真正的反映，而对于造成这种种苦难，最重要的是那些妄图倚仗外来武力，存心和人民为敌，使人民流血而发展成大规模无休止的内战（又终于应合了老子所说的“自恃者灭，自胜者绝”的规律），加以“耻辱”与“病态”的标志，用百集木刻，百集画册，来结束这个既残忍又愚蠢的时代，并刻绘出全国人民由于一种新的觉悟，去合力同功向知识进取，各种切实有用的专门知识，都各自得到合理的尊重，各有充分发展的机会，人人以驾驭钢铁征服自然为目标，促进实现一种更新时代的牧歌。“这是可能的吗？”“不，这是必然的！”

附 记

这个小文，是抗战八年后，我回到北京不多久，为初次介绍黄永玉木刻而写成的。内中提及他作品的文字并不多，大部分谈的却是作品以外事情——永玉本人也不明白的本地历史和家中情况。从表面看来，只像“借题发挥”一种杂乱无章的零星回忆，事实上却等于把我那小小地方近两个世纪以来形成的历史发展和悲剧结局加以概括性的纪录。凡事都若偶然的凑巧，结果却又若宿命的必然。如非家乡劫后残余的中年人，是不大会理解到这个小文对于家乡的意义。家乡的现实是：受历史性的束缚，使得数以万千计的有用青年，几几乎全部毁灭于无可奈何的战争形成的趋势中，而知识分子的灾难，也比湘西任何一县都来得严重。写它时，心中实充满了不易表达的深刻悲痛！因为我明白，在我离开家乡去到北京阅读那本“大书”时，只不过是一个成年顽童，任何方面见不出什么才智过人。

只缘于正面接受了“五四”余波的影响，才能极力挣扎而出，走自己选择的道路。大多数比我优秀得多的同乡，或以责任所在，离不开教师职务，或认为冰山可恃，乐意在那个小小的军事集团中磨混，到头来形势一有变化，几几乎全部在十多年中，无例外都完结于这种新的发展变化中。

这个小文，和较前一时写的《湘行散记》及《湘西》二书，前后相距约十年，叙述方法和处理事件各不相同。前者写背景和人事，后者谈地方问题，本文却范围更小，作纵的叙述。可是基本上是相通的。正由于深深觉得故乡土地人民的可爱，而统治阶层的保守无能固步自封，在相互对照下明日举步的困难，可以想象得到。因此把唯一转机希望，曾经寄托到年青一代的觉醒上，影响显明是十分微弱的。因为当时许多家乡读者，除了五六人受到启发，冲出那个环境，转到北方作穷学生，抗战时辗转到了延安，一般读者相差不多，只能从我作品中留下些“有趣”印象，看不出我反复提到的“寄希望于未来”的严肃意义。本文却以本地历史变化为经，永玉父母个人及一家灾难情形为纬交织而成一个篇章。用的彩线不过三五种，由于反复错综连续，却形成土家族方格锦纹的效果。整幅看来，不免有点令人眼目迷乱，不易明确把握它的主题寓意何在。但是一个在为“概念”“公式”所限制的读者，把视界放宽些些，或许将依然可以看出一点个人对于家乡的“黍离之思”！

在本文末尾，我曾对于我个人工作作了点预言，也可说一切不出所料。由于性格上的局限性所束缚，虽能严格律己，坚持工作，可极缺少对世事的灵活变通性。于社会变动中，既不知所以自处，工作当然配合不上新的要求，于是一切工作报废完事于俄顷，这也十分平常自然。还记得解放前付印《长河》，在题记中我就曾经说过："横在我们面前许多事情，都不免使人痛苦，可是却不必悲观。骤然而来的风雨，说不定会把许多人的高尚理想，卷扫摧残，弄得无踪无迹。然而一个对于人类前途的热忱，和工作的虔敬态度，是应当永远存在，且必然能给后来者以极大鼓励的！……"我的作品，早在五三年间，就由印行我选集的开明书店正式通知，说是各书已过时，凡是已印未印各书稿及纸型，全部代为焚毁。随后是香港方面转载台湾方面一道明白法令，更进一步，法令中指明一切已印未印作品，除全部焚毁外，还永远禁止再发表任何作品。这倒是历史上少有的奇闻。说作品已过时，由大陆地区以发财为主要目的商人说出，若意思其实指的是"得即早让路，免得成为绊脚石"，倒还近情合理，我得承认现实，明白此路不通，及早改业。至于台湾的禁令，则不免令人起幽默感。好像八百万美式装备，满以为所向无敌，因此坚决要从内战上见个高低的一伙，料不到终究被"小米加步枪"的人民力量打得一败涂地。还不承认是由于政治极端腐败必然的结果，却把打败仗的责任，以为是我写了点反内战小文章的原因（本文似也应包括在内），才出现这种禁令。得出这种结论，采取这种方法，是绝顶聪明，还是极端愚蠢，外人不易明白，他们自己应当心中有数。试作些分析，倒也十分有趣。中国现在有不少研究鲁迅先生的团体，谈起小说成就时，多不忘记把《阿Q正传》举例。若说真正懂得阿Q精神，照我看来，其实还应数台湾方面掌握文化大权的文化官有深刻领会。这种禁令的执行，就是最好的证明，实在说来，未免把我抬举得太高了。

至于三十多年前对永玉的预言，从近三十年工作和生活发展看来，一切当然近于过虑。永玉为人既聪敏能干，性情又开廓明朗，对事事物物反应十分敏捷，在社会剧烈变动中，虽照例难免挫折重重，但在重重挫折中，却对于自己的工作，始终充满信心，顽强坚持，克服来自内外各种不易设想的困难，从工作上取得不断的突破和进展。生命正当成熟期，生命力之旺盛，明确反映到每一幅作品中，给人以十分鲜明印象。吸收力既强，消化力又好，若善用其所长而又能对于精力加以适当制约，不消耗于无多意义的世俗酬酢中，必将更进一步，为国家作出更多方面贡献，实在意料中。进而对世界艺术丰富以新内容，也将是迟早间事。

1979年10月14日作于北京

生之记录

一

下午时，我倚在一堵矮矮的围墙上，浴着微温的太阳。春天快到了，一切草，一切树，还不见绿，但太阳已很可恋了。从太阳的光上我认出春来。

没有大风，天上全是蓝色。我同一切，浴着在这温暾的晚阳下，都没言语。

“松树，怎么这时又不做出昨夜那类响声来吓我呢？”“那是风，何尝是我意思！”有微风树间在动，做出小小声子在答应我了！

“你风也无耻，只会在夜间来！”

“那你为什么又不常常在阳光下生活？”

我默然了。

因为疲倦，腰隐隐在痛，我想哭了。在太阳下还哭，那不是可羞的事吗？我怕在墙坎下松树根边侧卧着那一对黄鸡笑我，竟不哭了。

“快活的东西，明天我就要教老田杀了你！”

“因为妒忌的缘故”，松树间的风，如在揶揄我。我妒忌一切，不止是人！我要一切，把手伸出去，别人把工作扔在我手上了，并没有见我所要的同来到。候了又候，我的工作已为人取去，随意的一看，又放下到别处去了，我所希望的仍然没有得到。

第二次，第三次，扔给我的还是工作。我的灵魂受了别的希望所哄骗，工作接到手后，又低头在一间又窄又霉的小房中做着了，完后再伸手出去，所得的还是工作！

我见过别的朋友们，忍受着饥寒，伸着手去接得工作到手，毕后，又伸手出去，直到灵魂的火焰烧完，伸出的手还空着，就此僵硬，让漠不相关的人抬进土里去，也不知有多少了。

这类烧完了热安息了的幽魂，我就有点妒忌它。我还不能像他们那样安静的睡觉！梦中有人在追赶我，把我不能做的工作扔在我手上，我怎么不妒忌那些失了热的幽魂呢？

我想着，低下头去，不再顾到抖着脚曝于日的鸡笑我，仍然哭了。

在我的泪点坠跌际，我就妒忌它，泪能坠到地上，很快的消灭。

我不愿我身体在灵魂还有热的以前消灭。有谁人能告我以灵魂的火先身体而消灭的方法吗？我称他为弟兄，朋友，师长——或更好听一点的什么，只要把方法告我！

我忽然想起我浪了那么多年为什么还没烧完这火的事情了，研究它，是谁在暗里增加我的热。

——母亲，瘦黄的憔悴的脸，是我第一次出门做别人副兵时记下来的……

——妹，我一次转到家去，见我灰的军服，为灰的军服把我们弄得稍稍陌生了一点，躲到母亲的背后去；头上扎着青的绸巾，因为额角在前一天涨水时玩着碰伤了……

——大哥，说是“少喝一点吧”，答说“将来很难再见了。”

看看第二支烛又只剩一寸了，说是“听鸡叫从到关外就如此了”，大的泪，沿着为酒灼红了的瘦颊流着，……“我要把妈的脸变胖一点”，单想起这一桩事，我的火就永不能熄了。

若把这事忘却，我就要把我的手缩回，不再有希望了。……

可以证明春天将到的日头快沉到山后去了。我腰还在痛。想拾片石头来打那骄人的一对黄鸡一下，鸡咯咯的笑着逃走去。

把石子向空中用力掷去后，我只有准备夜来受风的恐吓。

二

灰的幕，罩上一切，月不能就出来，星子很多在动。在那只留下一个方的轮廓的建筑下面，人还能知道是相互在这世上活着，我却不能相信世上还有两个活人。世上还有活东西我也不肯信。因为一切死样的静寂，且无风。

我没有动作，倚在廓下听自己的出气。

若是世界永远是这样死样沉寂下去，我的身子也就这样不必动弹，做为死了，让我的思想来活，管领这世界。凡是在我眼面前生过的，将再在我思想中活起来了，不论仇人或朋友，连那被我无意中捏死的吸血蚊子。

我要再来受一道你们世上人所给我的侮辱。

我要再见一次所见过人类的残酷。

我要追出那些眼泪同笑声的损失。

我要捉住那些过去的每一个天上的月亮拿来比较。我要称称我朋友们送我的感情的分量。

我要摩摩那个把我心碰成永远伤创的人的眼。

我要哈哈的笑，像我小时的笑。

我要在地下打起滚来哭，像我小时的哭！

……

我没有那样好的运，就是把这死寂空气再延下去一个或半个时间也不可能——一支笛子，在比那堆只剩下轮廓的建筑更远一点的地方，提高喉咙在歌了。

听不出他是怒还是喜来，孩子们的嘴上，所吹得出的是天真。

“小小的朋友，你把笛子离开嘴，像我这样，倚在墙或树上，地上的石板干净你就坐下，我们两人来在这死寂的世界中，各人把过去的世界活在思想里，岂不是好吗？在那里，你可以看见你所爱的一切，比你吹笛子好多了！”

我的声音没有笛子的尖锐，当然他不会听到。

笛子又在吹了，不成腔调，正可证明他的天真。

他这个时候是无须乎把世界来活在思想里的，听他的笛子的快乐的调子可以知道。

“小小的朋友，你不应当这样！别人都没有作声，为什么你来搅乱这安宁，用你的不成腔的调子？你把我一切可爱的复活过来的东西都破坏了，罪人！”

笛子还在吹。他若能知道他的笛子有怎样大的破坏性，怕也能看点情面把笛子放下吧。

什么都不能不想了，只随到笛子的声音。

沿着笛子我记起一个故事，六岁到八岁时，家中一个苗老阿女牙，对我说许多故事。关于笛子，她说原先有个皇帝，要算喜欢每日里打着哈哈大笑，成了疯子。皇后无法。把赏格悬出去，治得好皇帝的赏公主一名。这一来人就多了。公主美丽像一朵花，谁都想把这花带回家去。可是谁都想不出什么好法子来。有些人甚至于把他自己的儿子，牵来当到皇帝面前，切去四肢，皇帝还是笑！同样这类笨法子很多。皇帝以后且笑得更凶了。到后来了一个人，乡下人样子，短衣，手上拿一支竹子。皇后问：你可以治好皇帝的病吗？来人点头。又问他要什么药物，那乡下人递竹子给皇后看。竹子上有眼，皇后看了还是不懂。一个乡下人，看样子还老实，就叫他去试试吧。见了皇帝，那人把竹子放在嘴边，略一出气，皇帝就不笑了。第一段完后，皇帝笑病也好了。大家喜欢得了不得。……那公主后来自然是归了乡下人。不过，公主学会吹笛子后，皇后却把乡下人杀了。……从此笛子就传下来，因为有这样一段惨事，笛子的声音听起来就很悲伤。

阿女牙人是早死了，所留下的，也许只有这一个苗中的神话了。（愿她安宁！）

我从那时起，就觉得笛子用到和尚道士们做法事顶合式。因为笛子有催人下泪的能力，做道场接亡时，不能因丧事流泪的，便可以使笛子掘开他的泪泉！

听着笛子就下泪，那是儿时的事，虽然不一定家中死什么人。二姐因为这样，笑我是孩子脾气，有过许多回了。后来到她的丧事，一个师傅，正拿起笛子想要逗引家中人哭泣，我想及二姐生时笑我的情形，竟哭的晕去了。

近来人真大了，虽然有许多事情养成我还保存小孩爱哭的脾气，可是笛子不能令我下泪。近来闻笛，我追随笛声，飏到虚空，重现那些过去与笛子有关的事，人一大，感觉是自然而然也钝了。

笛声歇了，我骤然感到的空虚起来。

——小小的吹笛的朋友，你也在想什么吧？你是望着天空一个人在想什么吧？我愿你这时年纪，是只晓得吹笛的年纪！你若是真懂得像我那样想，静静的想从这中抓取些渺然而过的旧梦，我又希望你再把笛勒在嘴边吹起来！年纪小一点的人，载多悲哀的回忆，他将不能再吹笛了！还是吹吧，夜深了，不然你也就睡得了！

像知道我在期望，笛又吹着了，声音略变，大约换了一个较年长的人了。

抬起头去看天，黑色，星子却更多更明亮。

三

在雨后的中夏白日里，麻雀的吱喳虽然使人略略感到一点单调的寂寞，但既没有沙子被风吹扬，拿本书来坐在槐树林下去看，还不至于枯燥。

镇日为街市电车弄得耳朵长是嗡嗡隆隆的我，忽又跑到这半乡村式的学校来了。名为骆驼庄，我却不见过一匹负有石灰包的骆驼，大概它们这时是都在休息了吧。在这里可以听到富于生趣的鸡声，还是我到北京来一个新发见。这些小喉咙喊声，是夹在农场上和煦可亲的母牛唤犊的喊声里的，还有坐在榆树林里躲荫的流氓鹧鸪同它们相应和。

鸡声我至少是有了两年以上没有听到过了，乡下的鸡声则是民十时在沅州的三里坪农场中听过。也许是还有别种缘故吧，凡是鸡声，不问它是荒村午夜还是晴阴白昼，总能给我一种极深的新的感动。过去的切慕与怀恋，而我也会从这些在别人听来或许但会感到夏日过长催人疲倦思眠的单调长声中找出。

初来北京时，我爱听火车的呜呜汽笛。从这中我发见了它的伟大，使我不驯的野心常随着那些呜呜声向天涯不可知的辽远渺茫中驰去。但这不过是一种空虚寂寞的客寓中寄托罢了！若拿来同乡村中午鸡相互唱酬的叫声相比，给人的趣味，可又不相同了。

我以前从不会在寓中半夜里有过一回被鸡声叫醒的事情。至于白日里，除了电车的隆隆隆以外，便是百音合奏的市声！连母鸡下蛋时“咯大咯”也没有听到过。我于是疑心北京城里的住户人家是没有养过一只活鸡的。然而，我又知道我猜测的不对了，我每次为相识扯到饭馆子去，总听到“辣子鸡”“熏鸡”等等名色。我到菜市去玩时，似乎看到那些小摊子下面竹罩笼里，的确也又还有些活鲜鲜（能伸翅膀，能走动，能低头用嘴壳去清理翅子但不作声）的鸡。它们如同哑子，挤挤挨挨站着却没有作声。倘若一个从没看见过鸡的人，仅仅根据书上或别人口中传说“鸡是好勇狠斗，能引吭高唱……”鸡的样子，那么，见了这罩笼里的鸡，我敢说他绝不会相信这就是鸡!

它们之所以不能叫，或者并不是不会叫（因为凡鸡都会叫，就是鸡婆也能“咯大咯”），只是时时担惊受怕，想着那锋利的刀，沸滚的水，忧愁不堪，把叫的事就忘怀了呢！这本不奇怪，譬如我们人到忧愁无聊（还不至于死）时，不是连讲话也不大愿意开口吗?

然而我还有不解者，是：北京的鸡，固然是日陷于宰割忧惧中，但别的地方鸡，就不是拿来让人宰割的？为甚别的地方的鸡就有兴致高唱愉快的调子呢？我于是乎觉得北京古怪。

看着沉静不语的深蓝天空，想着北京城中的古怪，为那些一递一声鸡唱弄得有点疲倦来了。日光下的小生物，行动野佻的蚊子，在空中如流星般晃去，似乎更其愉快活泼，我记起了“飘若惊鸿宛若游龙”两句古典文章来。

四

夜来听到淅沥的雨声，还夹着嗡嗡隆隆的轻雷，屈指计算今年消失了的日月，记起小时觉得有趣的端阳节将临了。

这样的雨，在故乡说来是为划龙舟而落。若在故乡听着，将默默地数着雨点，为一年来老是卧在龙王庙仓房里那几只长而狭的木舟高兴，童心的欢悦，连梦也是甜蜜而舒适！北京没有一条小河，足供五月节龙舟竞赛，所以我觉得北京的端阳寂寞。既没有划龙舟的小河，为划龙舟而落的雨又这样落个不止，我于是又觉得这雨也落得异常寂寞无聊了。

雨是哗喇哗喇地落，且当做故乡的夜雨吧：卧在床上已睡去几时候的九妹，为一个炸雷惊醒后，听到点点滴滴的雨声，又怕又喜，将搂着并头睡着妈的脖颈，极轻的说：“妈，妈，你醒了吧。你听又在落雨了！明天街上会涨水，河里自然也会涨水。莫把北门河的跳岩淹过了。我们看龙舟又非要到二哥干爹那吊楼上不可了！那桥上的吊楼好是好，可是若不涨大水，我们仍然能站到玉英姨她家那低一点的地方去看，无论如何要有趣一点。我又怕那楼高，我们不放炮仗，站到那么高高的楼上去看有什么意思呢。妈，妈，你讲看：

到底是二哥干爹那高楼上好呢，还是玉英姨家好？”

“我宝宝说得都是。你喜欢到哪一处就去哪处。你讲哪处好就是哪处。”妈的答复，若是这样能够使九妹听来满意，那么，九妹便不再作声，又闭眼睛做她的龙舟梦去了。第二天早上，我倘若说：——老九，老九，又涨大水了。明天，后天，看龙船快了！你预备的衣服怎样？这无论如何不到十天了啦！

她必又格登格登跑到妈身边去催妈为赶快把新的花纺绸衣衫缝好，说是免得又穿那件旧的花格子洋纱衫子出丑。其实她那新衣只差的一排扣子同领口没完工，然而终不能禁止她去同妈唠叨。

晚上既下这样大雨，一到早上，放在檐口下的那些大盆木桶会满盆满桶的装着雨水了。这雨水省却了我们到街上喊卖水老江进屋的功夫。包粽子的竹叶子便将在这些桶里洗漂。

只要是落雨，可以不用问他大小，都能把小孩子引到端节来临的欢喜中去。大人们呢，将为这雨增添了几分忙碌。但雨有时会偏偏到五日那一天也不知趣大落而特落的。（这是天的事情，谁能断料的定？）所以，在这几天，小孩子人人都有一点工作——这是没有哪一个小孩子不愿抢着做的工作：就是祈祷。他们诚心祈祷那一天万万莫要落下雨来，纵天阴没有太阳也无妨。他们祈祷的意思如像请求天一样，是各个用心来默祝，口上却不好意思说出。这既是一般小孩的事，是以九妹同六弟两人都免不了背人偷偷的许下愿心——大点的我，人虽大了，愿天晴的心思却不下于他俩。

于是，这中间就又生出争持来了。譬如谁个胆虚一点，说了句：

“我猜那一天必要落雨呀。”

那一个便“不，不，决不！我敢同谁打赌：落下了雨，让你打二十个耳刮子以外还同你磕一个头。若是不，你就为我——”

“我猜必定要下，但不大。”心虚者又若极有把握的说，“那我同你打赌吧。”

不消说为天晴袒护这一方面的人，当听到雨必定要下的话时气已登脖颈了！但你若疑心到说下雨方面的人就是存心愿意下雨，这话也说不去。这里两人心虚，两人都生怕下雨而愿意莫下雨，却是一样。

侥幸雨是不落了。那些小孩子们对天的赞美与感谢，虽然是在心里，但你也可从那微笑的脸上找出。这些诚恳的谢词若用东西来贮藏，恐怕找不出那么大的一个口袋呢。

我们在小的孩子们（虽然有不少的大人，但这样美丽佳节原只是为小孩子预备的，大人们不过是搭秤的猪肝罢了。）喝彩声里，可以看到那几只狭长得同一把刀一样的木船在水面上如掷梭一般抛来抛去。一个上前去了，一个又退后了；一个停顿不动了，一个又打起圈子演龙穿花起来。使船行动的是几个红背心绿背心——不红不绿之花背心的水手。他们用小的桡桨促船进退，而他们身子又让船载着来往，这在他们，真可以说是用手在那里走路呢。

……

过了这样发狂似的玩闹一天，那些小孩子如像把期待尽让划船的人划了去，又太平无事了。那几只长狭木船自然会有些当事人把它拖上岸放到龙王庙去休息，我们也不用再去管它。“它不寂寞吗？”幸好遇事爱发问的小孩们还没有提出这么一个问题为难他妈。但我想即或有聪明小孩子问到这事，还可以用这样话来回答：“它已结结实实同你们玩了一整天，这时应得规规矩矩睡到龙王庙仓下去休息！它不像小孩子爱热闹，所以它不会寂寞。”

从这一天后，大人小孩似乎又渐渐的把前一日那几把水上抛去的梭子忘却了——一般就很难听人从闲话中提到这梭子的故事。直到第二年五月节将近，龙舟雨再落时，又才有人从点点滴滴中把这位被忘却的朋友记起。

五

我看我桌上绿的花瓶，新来的花瓶，我很客气的待它，把它位置在墨水瓶与小茶壶之间。

节侯近初夏了，各样的花都已谢去。这样古雅美丽的瓶子，适宜插丁香花。适宜插藤花。一枝两枝，或夹点草，只要是青的，或是不很老的柳枝，都极其可爱。但是，各样花都谢了，或者是不谢，我无从去找。

让新来的花瓶，寂寞的在茶壶与墨水瓶之间过了一天。

花瓶还是空着，我对它用得着一点羞惭了。这羞惭，是我曾对我的从不曾放过茶叶的小壶，和从不曾借重它来写一点可以自慰的文字的墨水瓶，都有过的。

新的羞惭，使我感到轻微的不安。心想，把来送像廷蔚那种过时的生活的人，岂不是很好么？因为疲倦，虽想到，亦不去做，让它很陌生的，仍立在茶壶与墨水瓶中间。

懂事的老田，见了新的绿色花瓶，知道自己新添了怎样一种职务了，不待吩咐，便走到农场边去，采得一束二月兰和另外一种不知名的草花，把来一同插到瓶子里，用冷水灌满了瓶腹。

既无香气，连颜色也觉可憎……我又想到把瓶子也一同摔到窗外去，但只不过想而已。看到二月兰同那株野花吸瓶中的冷水。乘到我无力对我所憎的加以惩治的疲倦时，这些野花得到不应得的幸福了。

节候近初夏了，各样的花都已谢去，或者不谢，我也无从去找。

从窗子望过去，柏树的叶子，都已成了深绿，预备抵抗炎夏的烈日，似乎绿也是不得已。能够抵抗，也算罢了。我能用什么来抵抗这晚春的懊恼呢？我不能拒绝一个极其无聊按时敲打的校钟，我不能……我不能再拒绝一点什么。凡是我所憎的都不能拒绝。这时远远的正有一个木匠或铁匠在用斧凿之类做一件什么工作，钉钉的响，我想拒绝这种声音，用手蒙了两个耳朵，我就无力去抬手。

心太疲倦了。

绿的花瓶还在眼前，仿佛知道我的意思的老田，换上了新从外面要来的一枝有五穗的紫色藤花。淡淡的香气，想到昨日的那个女人。

看到新来的绿瓶，插着新鲜的藤花，呵，三月的梦，那么昏昏的做过！……想要写些什么，把笔提起，又无力的放下了。

作于1926年2月

一天

有时我常觉得自己为人行事，有许多地方太不长进了。每当什么佳节或自己生辰快要来临时，总像小孩子遇到过年一般，不免有许多期待，等得日子一到，又毫无意思的让它过去了，过去之后，则又对这已逝去的一切追恋，怅惘。这回候了许久的中秋，终于被我在山上候来了。我预备这天用沙果葡萄代替粮食。我预备夹三瓶啤酒到半山亭，把啤酒朝肚子里一灌，再把酒瓶子掷到石墙上去，好使亭边正在高兴狂吟的蝈蝈儿大惊一下。这些事，到时又不高兴去做了。我预备到那无人居住的森玉笏去大哭一阵，我预备买一点礼物去送给六间房那可怜乡下女人，虽然我还记到她那可怜样子，心中悲哀怫郁无处可泄，然而我只在昏昏蒙蒙的黄色灯光下，把头埋到两个手掌上，消磨了上半夜。听到别院中箫鼓竞奏，繁音越过墙来，继之以掌声，笑语嘈杂，痴痴的想起些往事，记出些过去与中秋相关连的人来，觉得都不过一个当时受用而事一过去即难追寻的幻梦罢了！四年前这夜，洪江船上，把脑袋钻进一个三十斤的大西瓜中演笑话的小孩，怎么就变成满头白发的感伤憔悴人了？过去的若果是梦，则后土坡之坟墓，其中纵确曾葬了一人，所葬的也不是那个当年活跃豪爽的滿舅妈了。……中秋过了，我第二个所期待之双十节又到了。

听大家说，今年北京城真有太平景象。执政府门前的灯，不但比去年冷落的总统府门前热闹了许多，就是往年无论哪一次庆祝盛会，也不能比此次的阔绰。今年据说不比往时穷，有许多待执政解决的国际账，帐上找出很多盈余来，热闹自是当然的事。街上呢，谅来庆贺那么多回的商人，挂旗子加电灯总不必再劳动警察厅的传令人了！且这也可以说是一些绸缎铺、洋货店、粮食店一个赚钱的好机会，哪个又愿轻易放过？各铺子除了电灯红绿其色外，门前瓦斯灯总由一盏增加到二或三盏。小点的铺子呢，那日帐上支出项下，必还有一笔："庆祝双十节付话匣子租金洋一元二角"。

街上喊老爷喊太太讨钱的穷女人，靠求乞为生的穷朋友，今夜必也要叨了点革命纪念日的光。平时让你卑躬屈求置之不理的老爷太太们，会因佳节而慷慨了许多，在第三声请求哀矜以前，即摸个把铜子掷到地上了。……我若能进城去，到马路旁不怕汽车恐吓的路段上去闲踱，把西单牌楼踱完时，再搭电车到东单，两处都有灯可看。亮亮煌煌的灯光下，必还可见到许多生长得好看的年青女人们，花花绿绿，出进于稻香村丰祥益一类铺号中。虽说天气已到了深秋，我这单菲菲的羽纱衫子，到大街上飘飘乎风中，即不怕人笑，但为风一欢，自己也会不大受用，也许立时就咳起嗽来，鼻子不通，见寒作热。然而我所以不进城者，倒另是一个原因。倘若进城，我是先有一种很周到的计划的。我想大白天里，有太阳能帮助我肩背暖和，在太阳下走动，也许穿单衫倒比较适宜一点，热时不致于出汗，走路也轻便得多。一至夜里，铺子上电灯发光时，我就专朝到人多的地方撞去，用力气去挤别人，也尽别人用气力来挤我，相互挤挨，这样会生出多量的热来，寒气侵袭，就无恐惧之必需了。西单东单实在都到了无可挤时，我再搭乘二等电车到前门，跑向大栅栏一带去发汗，大栅栏不到深夜是万不会无人可挤的。并且二等电车中，就是一个顶好避寒的地方。譬如我在西单一家馒头铺听话匣子，死矗矗站了半个钟头之后，业已受了点微寒，打了几个冷战，待一上电车，那寒气马上会跑去无余。

要说是留恋山上吧，山上又无可足恋。看到山上的一切，都如同大厨房的大师傅一样，腻人而已。也不是无钱，我荷包还剩两块钱。就算把那张懋业银行的票子做来往车费，也还有一张一元交通票够我城中花费：坐电车，买宾来香的可可糖，吃一天春的鲍鱼鸡丝面，随便抓三两堆两个子儿一堆的新落花生，塞到衣袋里去，慢慢的尽我到马路上一颗一颗去剥，也做得到。

说来似乎可笑！我一面觉得北京城的今夜灯光实在亮得可以，有去玩玩，吃可可糖，吃鲍鱼面，剥落花生的需要，但另一方面不去的原因，却只是惫懒。

“好，不用进城了，我就是这么到这里厮混一天吧。”墙壁上，映着从房门上头那小窗口射进来的一片红灯光。朝外面这个窗口，已经成灰白色了。我醒来第一个思想，既自己不否认这思想是无聊，所以我重新将薄棉被蒙起我的头，一直到外面敲打集会钟时才起身。这时已到了八点钟。我纵想再勉强睡下去，做渺茫空虚半梦迷的遐想，也是不可能的事了。

太阳已从窗口爬到我床上了。在那一片狭狭的光带中，见到有无数本身有光的小微尘很活泼的在游行着。

大楼屋顶上那个检瓦的小泥水匠，每日上上下下的那架木梯，还很寂寞地搁到我窗前不远的墙上，本身晒着太阳，全身灰色，表明它的老成。昨天前天，那黑小身个儿的泥水匠，还时时刻刻在屋顶角上发现，听到他的甜蜜哨子时，我一抬头就看到他。因为提取灰泥，不能时上时下，到下面一个小工拌合灰泥完成时，他就站近檐口边来，一只脚踹到接近白铁溜水筒的旁边，一只脚还时常移动。大楼离地约三四丈高，一不小心，从上面掉到地上，就得跌坏，岂是当真闹着玩儿？他竟能从容不迫，在上面若无其事似的，且有余裕用嘴巴来打哨子，嘘出反二簧的起板来，使我佩服他远胜过我所尊重的文人还甚。这时只有梯子在太阳下取暖，却不见他一头吹哨子一头用绳子放到地下，拉取那挂在绳钩上的水泥袋子了！大概他也叨了点国庆日的光，取得一天休息到别处玩去了。

这时会场的巴掌，时起时落。且于极庄严的国歌后，有许多欢呼继起。这小身个儿泥水匠，也许正在会场外窗子旁边看别人热闹吧！也许于情不自禁时，亦搭到别人热闹着，拍了两下巴掌吧！若是窗子边沿间找不到这位朋友，我想他必定在陶工厂那窑室前了。我有许多次晚饭后散步从陶工厂过身时，都见到他跨坐在一个石碌碡上磨东西，磨冶的大致是些荡刀之类铁器。他大概还是一个学徒，所以除一般工作外，随时随地总还有些零碎活应做。但这人，随时仍找得出打哨子的余裕来，听他哨子，就知道工作的繁琐枯燥，还不能给这朋友多少烦恼。……幸福同这人一块儿，所以不必问他此时是在会场窗子边露出牙齿打哈哈，或是仍然跨据着那个石碌碡上磨铁器。今天午饭时，照例小工有一顿白馒头，幸福的人，总会比往常分外高兴了！

这是我到院来第二次见到的热闹事。

这次是露天会场。凡是办事人，各在左襟上挂一朵红纸花，纸花下面，挂一个小别针将红绫子写有职分的条子。人人长袍马褂，面有春色，初初看来，恰似办喜事娶新娘子的傧相一般。场上有不少的男男女女，打扮的干净整齐。女的身上特别香；男的衣衫和通常多不同，但是大家要看的还只是跳舞，赛跑，丢皮球玩，学绕圈子等等。

我不曾见过什么大热闹的运动会，如像远东运动会，或小点如华北运动会，不知那是怎样一些热闹场面，怎样一种情况。但我想，这会场同那些会场，大概也不差许多：大家看哪个赛跑脚步踹得快点，大家比赛看谁有力气丢铅球远点，大家看谁能像机械般坚定整齐团体操时受支配点，大家学猫儿戏看谁跳加官跳得好一点。……比赛之中，旁人拍巴掌来增加疲倦欲死的运动员以新的力气，以后发奖。

拍巴掌对于表演者，确是一种精神鼓励，只要听见噼噼拍拍，表演者无有不给大家更卖力气的。至于拍手的人，则除了自己觉得好玩好笑时，不由自已的表现出看傀儡的游戏或紧张心情，更无其他意味了。

我的两个手掌，似乎也狠狠接触了几阵，也不过是觉得好玩好笑罢了。我见到五十码决赛时，六个赛跑的姑娘家，听枪声一向，鸭子就食似的把十二个小脚板翻来翻去，一直向终点流过去。对于她们的跑，我看用“流”字来形容是再好没有了。她们正如同一堆碎散的潮头，鱼肚白的上衣散乱飘动如浪花，下面衬着深蓝。不过是一堆来得不猛的慢潮，见不到汹汹然气势。看，怎不叫人好笑呢？六个人竟一崭齐排一字的“流”！虽然我同大家一样，都相信这不是哪一个本可上前却故意延挨下来候她的干姐姐，但我却能肯定，那两个胖点的，为怕羞下蛮劲赶着的。你看，一共六个人，两个瘦而伶精的，两个不肥不瘦的，两个胖敦敦的，身个儿原一样，流过那头去时一共有五十码远，竟一崭齐到地，像她们身上绊了一根索子，又如同上了夹板，看起来怎不好笑呢？

于是我就拍手，别人当然拍。他们拍够了我一个人还在拍。本来这太有意思了。若是无论什么一种竞争，都能这样同时进行所希望到达的地方。谁也不感到落伍的难堪，看来竞争两字的意义，就不见得像一般人所谓的危险吧。

第二次我又拍掌，那是因另一群中一个女运动员，不幸为自己过多的脂肪所累，在急于追赶前面的干妹妹时，竟摔倒在地打了一个滚。但她爬起身，略略拍拍灰土，前面五个已快到终点了，她却仍用操体操时那种好看姿势，两臂曲肱，在胁下前后摆动，脚板很匀调的翻转，一直走到终点。我佩服她那种毅力，佩服她那种从容不迫的神态。在别人不顾命的奋进中，她既落了伍，不因失望而中途退场，已很难了！她竟能在继续进行中记得到衣服脏了不好看，记得到平时体育教员教给那跑步走时正确姿势，于是我又拍手了。

——假若要老老实实去谈恋爱，便应找这种人做伴侣。能有这种不屈不挠求达目的的决心，又能在别人胜利后从从容容不馁其向前的锐气，才真算是可以共同生活的爱侣！——若她是我的女人，若我有这样一个女人来为我将生活改善鞭策我向前猛进，我何尝不可在这世界上做一番事业？我们相互厮守着穷困，来消磨这行将毁灭无余的青春。我们各人用力去做工作事，用我们的手为伴侣揩抹眼泪。……若不愿在这些虫豸们喧嚣的世界中同人掠夺食物时，我们就一同逃到革命恩惠宪法恩惠所未及的苗乡中去，做个村塾师厮守一生。我虽无能力使你像那种颈脖上挂珠串的有福太太的享用，但我相互得了另一个的心，也很可以安慰了。……我怎么还要生这些妄想？这样想下去，我会当在大庭广众中，又要自伤自怨起来。看这个女人不过十七八岁，一个略无花样朴朴实实的头，证明她是孤儿寡女一般命运。本色壮健的皮肤，脸上不擦胭脂也有点微红。这是一个平常女子，在相貌上除了忠厚外没有什么出色处。身段虽不很活泼娇媚，但有种成熟的少女风味，像三月间清晨田野中的空气，新鲜甜净。从命运上说来，或者也是个苦命女子。然而别人再不遇，将来总还能寻一个年龄相仿足以养活她的丈夫，为甚要来同我这样穷无聊赖的上年纪的人来相爱呢？自己饿死不为奇，难道还要再邀一个女人来伴到挨饿吗？

关于女人的事，我不敢再想了。

接着一队肉红衣褂的幼稚生打圈子的，又是一件令人发笑的事情。大家看那些装扮得像新娘子似的女先生们，提裙理鬓的做提灯竞走，鸭子就食似的样子，还偏三倒四的将灯笼避到风吹，到后锦标却为会长老先生所得，惹得蒙幼园的一群小东小西也活跃起来。众人使劲鼓掌。我手不动，我脸还剩有适才为幽怨情怀而自伤的余寒，只从有庆祝“百年长寿”“生意兴隆”意思的掌声中留心隔座谈话。

“……喔！令尊大人也到长沙了！去年我见到他老人家仙健异常，八十多的人——会上了八十吧？”

“是，他哪八十二了。五月子诞日。托福近来还好，每天听说总要走到八角亭去玩玩，酒也离不得，他那脾气是这样。”“那怎么不到这来为他老人家做个九秩大庆呢？”“明年子我这样想，好是蛮好的，不过……”

这是两个长沙伢俐很客气的“寒暄”，若甚亲热。平时一听到应酬话就头痛的我，此时却感激它为我松弛一下感情了。“今天——”听到这不甚陌生的声音，我把头掉转去，一个圆圆儿的笑脸出现在我眼前了。这是熟人，同桌吃过饭的熟人，但我因为不会去请教人贵姓台甫，所以至今还不知如何称呼。这人则常喊我为沈先生，有时候又把先生两字削掉，在我姓上加“密司特”三字。他的笑脸，与其说对我特别表示亲善，不如说是生成的。笑时不能令人喜也不会给人以大不怿，因此这个脸在我看来，还算是一个好脸。

“阁下又很可做一篇记录了。”

“噢，凉棚差一点儿吹去，柱子倒下来，可不把我们一起打死了！”我故意把话扯过一边去，谬误处使他听来简直非打一个哈哈不可。

他把我膀子轻的拍了一下，做个胜利符号，微笑中融和了点自己聪明而他人愚蠢的满足兴头，就跑过别一个坐位后去找快活去了。

当我眼睛停在一个青背心小丑似的来宾身上时，耳朵同时就接收了许多有趣味的谈话。隔坐一个很肯定的说：“跑趟子纵让你跑得再快，也终不能跑出这个世界！”附和这话，并由此证明赛跑是无味的竟有五人以上之多。他们对一些小孩子争绕圈儿跑步走玩意事，竟提出那么大、那么高深一个问题来，真是哲学家的口吻了。这位先生必未曾想到：人生终局是死亡，若能想到这死亡是必然事实，则每天必不再吃大米饭泡好味道的冬菜肉片汤了。

我的怪脾味，凡是到什么公共热商店场中，我所留意的不是大众注意的种种，却只注意那些别人不注意的看客。我喜欢看别人演剧式的应酬，很顽固的争论，以至于各不相下相打相骂。这些解除我无聊抑郁，比之花五角钱入电影场还更有效力。见别人因应付环境，对意见不相同的对手，特别装一副脸嘴谈笑，对方也装着注意，了解，同情，亲密，热心……以图达到诓骗目的。我以为在人生的剧场演剧的人，比台上背剧本的玩意事，不单是彻底许多，也艺术化许多了！

这时，第三个位子上，来宾席一中年胖子先生说道："我打许多电话，莫看见接，我想莫非电话坏了吧？以后又听到你柜上说，才知是早出来了。"

"是是，早就出门了。先本想早点来，看看运动会展览会，谁知道一出门就碰到一位同学，才知今天学校须把应考的课业理清，自十点到十二点，幸而完了，忙动身来了——"

两个的话，都有点长沙湘潭混合语气。若非长沙伢俐，说来也不会如此亲切吧。说话的态度，能帮助人的互相亲近，真是至确之事。

大家对于学生们用一根竹篙子撑高跳的本领称赞异常。有两人很有把握似的，说如此本领，跳院门的高墙已绰绰有余；可是另外两人不知趣的又说还差得远，院墙比那竹篱至少高三尺。幸好大家也不过于认真，不然，就会非得把学生喊来，要他扛一根竹竿试在院门前跳一下不可了。

说跳得过的就是那两位主客，客又说前次华东运动会时，所见跳高的选手也不过如斯。客的话从气派上看来虽保守了点长沙人夸大风味，然这似乎也无害于宾主间友情。这些话若是拿来为体育教员说，还许能令喊口令的声气加壮。“老刘，老刘，你客来了吧？”不知是谁个在后排问了一句。

胖子姓刘是一定了。我见到他笑了一忽儿，用手略指指客人，一面回过头去说是哪哪这不是吗？所谓客者，听到那边问询胖子，才记起把帽子从头上抓下来，同时将头略扭，预备介绍时问贵姓台甫。

老光的头发向后梳去，有阵微风过时，我那一排椅子坐的人，大概都能嗅到一点玫瑰油淡淡香气。

实际上今天受恩惠的，是几个卖柿子的乡下人。他们比我们来的还早，八点钟以前就从门头村一带担柿子来做生意了。几个用筐子装柿的，比用青布包单提来的还多卖了点香蕉糖之类。卖落花生的，则分干湿两种。到晚上，他们的货物，多变成双铜元躲进身边的麻布口袋里去了，他们希望每年能遇到院中多有那么几次会，似乎比普通看热闹的人也来的更恳切一点。货物卖完，就收拾担回去了。

当落日沉到山后，日脚残影很快的从大操坪爬过卧佛寺山头了，天上已蒸出了些淡淡桃红色云彩。我随到散乱的队伍挤进大门时，见到一个幼稚生为柿皮滑滚地上，烂起脸牵着保姆的手挤到我的前面去了。我脚下的花生壳，踹来也软软的。

作于 1925 年 10 月 10 日

水云

——我怎么创造故事，故事怎么创造我

青岛的五月，是个稀奇古怪的时节，从二月起的交换季候风忽然一息后，阳光热力到了地面，天气即刻暖和起来。树林深处，有了啄木鸟的踪迹和黄莺的鸣声。公园中梅花、桃花、玉兰、郁李、棣棠、海棠和樱花，正像约好了日子，都一齐开放了花朵。到处都聚集了些游人，穿起初上身的称身春服，携带酒食和糖果，坐在花木下边草地上赏花取乐。就中有些从南北大都市来看樱花作短期旅行的，从外表上一望也可明白。这些人为表示当前为自然解放后的从容和快乐，多仰卧在草地上，用手枕着头，被天上云影、压枝繁花弄得发迷。口中还轻轻吹着嘘哨，学林中鸣禽唤春。女人多站在草地上为孩子们照相，孩子们却在花树间各处乱跑。

就在这种阳春烟景中，我偶然看到一个人的一首小诗，大意说：地上一切花果都从阳光取得生命的芳馥，人在自然秩序中，也只是

一种生物，还待从阳光中取得营养和教育。因此常常欢喜孤独伶俜的，带了几个硬绿苹果，带了两本书，向阳光较多无人注意的海边走去。照习惯我是对准日出方向，沿海岸往东走。夸父追日我却迎赶日头，不担心半道会渴死。走过了浴场，走过了炮台，走过了那个建筑在海湾石堆上俄国什么公爵的大房子……一直到太平角凸出海中那个黛色大石堆上，方不再向前进。这个地方前面已是一片碧绿大海，远远可看见水灵山岛的灰色圆影，和海上船只驶过时在浅紫色天末留下那一缕淡烟。我身背后是一片马尾松林，好像一个一个翠绿扫帚，扫拂天云。矮矮的疏疏的马尾松下，到处有一丛丛淡蓝色和黄白间杂野花在任意开放。花丛间常常可看到一对对小而伶俐麻褐色野兔，神气天真烂漫，在那里追逐游戏。这地方还无一座房子，游人稀少，本来应分算是这些小小生物的特别区，所以与陌生人互相发现时，必不免抱有三分好奇，眼珠子骨碌碌的对人望望。望了好一会，似乎从神情间看出了一点危险，或猜想到“人”是什么，方憬然惊悟，猛回头在草树间奔窜。逃走时恰恰如一个毛团弹子一样迅速，也如一个弹子那么忽然触着树身而转折，更换个方向继续奔窜。这聪敏活泼生物，终于在绿色马尾松和杂花间消失了。我于是好像有点抱歉，来估想它受惊以后跑回窠中的情形。它们照例是用埋在地下的引水陶筒作家的，因为里面四通八达，合乎传说上的三窟意义。进去以后，必挤得紧紧的，为求安全准备第二次逃奔，因为有时很可能是被一匹狗追逐，狗尚徘徊在水道口。过一会儿心定了一点，小心谨慎从水道口露出那两个毛茸茸的小耳朵和光头来，听听远近风声，从经验明白“天下太平”后，方重新到草树间来游戏。

我坐的地方八尺以外，便是一道陡峻的悬崖，向下直插入深海中。若想自杀，只要稍稍用力向前一跃，就可坠崖而下，掉进海水里喂鱼吃。海水有时平静不波，如一片光滑的玻璃。有时可看到两三丈高的大浪头，载着皱折的白帽子，直向岩石下扑撞，结果这浪头却变成一片银白色的水沫，一阵带咸味的雾雨。我一面让和暖阳光烘炙肩背手足，取得生命所需要的热和力，一面却用面前这片大海教育我，淘深我的生命。时间长，次数多，天与树与海的形色气味，便静静的溶解到了我绝对单独的灵魂里。我虽寂寞却并不悲伤。因为从默会遐想中，感觉到生命智慧和力量。心脏跳跃节奏中，即俨然有形式完美韵律清新的诗歌，和调子柔软而充满青春纪念的音乐。

“名誉、金钱或爱情，什么都没有，这不算什么。我有一颗能为一切现世光影而跳跃的心，就很够了。这颗心不仅能够梦想一切，而且可以完全实现它。一切花草既都能从阳光下得到生机，各自于阳春烟景中芳菲一时，我的生命上的花朵，也待发展，待开放，必然有惊人的美丽与芳香。”

我仰卧时那么打量。一起身，另外一种回答就起自中心深处。这正是想象碰着边际时所引起的一种回音。回音中见出一点世故，一点冷嘲，一种受社会挫折蹂躏过的记号。

“一个人心情骄傲，性格孤僻，未必就能够作战士，应当时时刻刻记住，得谨慎小心，你到的原是个深海边。身体纵不至于掉进海里去，一颗心若掉到梦想的幻异境界中去，也相当危险，挣扎出来并不容易！”

这点世故对于当时的我并不需要，因此我重新躺下去，俨若表示业已心甘情愿受我选定的生活选定的人所征服。我等待这种征服。

“为什么要挣扎？倘若那正是我要到的去处，用不着使力挣扎的。我一定放弃任何抵抗愿望，一直向下沉。不管它是带咸味的海水，还是带苦味的人生，我要沉到底为止。这才像是生活，是生命。我需要的就是绝对的皈依，从皈依中见到神。我是个乡下人，走到任何一处照例都带了一把尺，一把秤，和普遍社会总是不合。一切来到我命运中的事事物物，我有我自己的尺寸和分量，来证实生命的价值和意义。我用不着你们名叫‘社会’为制定的那个东西，我讨厌一般标准，尤其是什么思想家为扭曲蠹蚀人性而定下的乡愿蠢事。这种思想算是什么？不过是少年时男女欲望受压抑，中年时权势欲望受打击，老年时体力活动受限制，因之用这个来弥补自己并向人间复仇的人病态的表示罢了。这种人从来就是不健康的，哪能够希望有个健康人生观。”

“好，你不妨试试看，能不能使用你自己那个尺和秤，去量量你和人的关系。”

“你难道不相信吗？”

“你应当自己有自信，不用担心别人不相信。一个人常常因为对自己缺少自信，才要从别人相信中得到证明。政治上纠纠纷纷，以及在这种纠纷中的牺牲，使百万人在面前流血，流血的意义就为的是可增加某种人自己那点自信。在普通人事关系上，且有人自信不过，又无从用牺牲他人得到证明，所以一失了恋就自杀的。这种人做了一件其蠢无以复加的行为，还以为自己是在追求生命最高的意义，而且得到了它。”

“我只为的是如你所谓灵魂上的骄傲，也要始终保留着那点自信！”

“那自然极好，因为凡真有自信的人，不问他的自信是从官能健康或观念顽固而来，都可望能够赢得他人的承认。不过你得注意，风不常向一定方向吹。我们生活中到处是‘偶然’，生命中还有比理性更具势力的‘情感’。一个人的一生可说即由偶然和情感乘除而来。你虽不迷信命运，新的偶然和情感，可将形成你明天的命运，决定他后天的命运。”

“我自信我能得到我所要的，也能拒绝我不要的。”

“这只限于选购牙刷一类小事情。另外一件小事情，就会发现势不可能。至于在人事上，你不能有意得到那个偶然的凑巧，也无从拒绝那个附于情感上的弱点。”

辩论到这点时，仿佛自尊心起始受了点损害，躺着向天的那个我，沉默了。坐着望海的那个我，因此也沉默了。

试看看面前的大海，海水明蓝而静寂，温厚而蕴藉。虽明知中途必有若干海岛，可供候鸟迁移时栖息，且一直向前，终可到达一个绿芜无限的彼岸。但一个缺少航海经验的人，是无从用想象去证实的，这也正与一个人的生命相似。再试抬头看看天空云影，并温习另外一时同样天空的云影，我便俨若有会于心。因为海上的云彩实在丰富异常。有时五色相渲，千变万化，天空如张开一张锦毯。有时又素净纯洁，天空但见一片绿玉，别无它物。这地方一年中有大半年天空中竟完全是一幅神奇的图画，有青春的嘘息，触起人狂想和梦想，看来令人起轻快感、温柔感、音乐感、情欲感。海市蜃楼就在这种天空中显现，它虽不常在人眼底，却永远在人心中。秦皇汉武的事业，同样结束在一个长生不死青春常住的梦境里，不是毫无道理的。然而这应当是偶然和情感乘除，此外还有点别的什么？

我不羡慕神仙，因为我是个凡人。我还不曾受过任何女人关心，也不曾怎么关心过别的女人。我在移动云影下，做了些年青人所能做的梦。我明白我这颗心在情分取予得失上，受得住人的冷淡糟蹋，也载得起来的忘我狂欢。我试重新询问我自己。

“什么人能在我生命中如一条虹，一粒星子，在记忆中永远忘不了？应当有那么一个人。”

“怎么这样谦虚得小气？这种人虽行将就要陆续来到你的生命中，各自保有一点势力。这些人名字都叫作‘偶然’。名字有点俗气，但你并不讨厌它，因为它比虹和星还无固定性，还无再现性。它过身，留下一点什么在这个世界上一个人的心上；它消失，当真就消失了。

除了留在心上那个痕迹，说不定从此就永远消失了。这消失也不会使人悲观，为的是它曾经活在你心上过，并且到处是偶然。”

“我是不是也能够在另外一个生命中保留一种势力？”

“这应当看你的情感。”

“难道我和人对于自己，都不能照一种预定计划去作一点……”

“唉，得了。什么计划？你意思是不是说那个理性可以为你决定一件事情，而这事情又恰恰是上帝从不曾交把任何一个人的？你试想想看，能不能决定三点钟以后，从海边回到你那个住处去，半路上会有些什么事情等待你？这些事影响到一年两年后的生活可能有多大？若这一点你失败了，那其他的事情，显然就超过你智力和能力以外更远了。这种测验对于你也不是件坏事情，因为可让你明白偶然和感情将来在你生命中的种种，说不定还可以增加你一点忧患来临的容忍力——也就是新的道家思想，在某一点某一事上，你得有点信天委命的达观，你因此才能泰然坦然继续活下去。”

我于是靠在一株马尾松旁边，一面采摘那些杂色不知名野花，一面试去想象，下午回去半路上可能发生的一切事情。

到下午四点钟左右，我预备回家了。在惠泉浴场潮水退落后的海滩泥地上，看见一把被海水漂成白色的小螺蚌，在散乱的地面返着珍珠光泽。从螺蚌形色，可推测得这是一个细心的人的成绩。我猜想这也许是个随同家中人到海滩上来游玩的女孩子，用两只小而美丽的手，精心细意把它从砂砾中选出，玩过一阵以后，手中有了一点温汗，怪不受用，又还舍不得抛弃。恰好见家中人在前面休息处从藤提篮中取出苹果，得到个理由要把手弄干净一点，就将它塞在保姆手里，不再关心这个东西了。保姆把这些螺蚌残骸捏在大手里一会儿，又为另外一个原因，把它随意丢在这里了。因为湿地上留下一列极长的足印，就中有个是小女孩留下的，我为追踪这个足印，方发现了它。这足印到此为止，随后即斜斜的向可供休息的一个大石边走去，步伐已较宽，脚印也较深，可知是跑去的。并且石头上还有些苹果香蕉皮屑。我于是把那些美丽螺蚌一一捡到手中，因为这些过去生命，保留了一些别的生命的美丽天真愿望活在我的想象中。

再走过去一点，我又追踪另外两个脚迹走去，从大小上可看出这是一对年青伴侣留下的。到一个最适宜于看海上风帆的地点，两个脚迹稍深了点，乱了点，似乎曾经停留了一会儿。从男人手杖尖端划在砂上的几条无意义的曲线，和一些三角形与圆圈，和一个装胶卷的小黄纸盒，可推测得出这对年青伴侣，说不定到了这里，恰好看见海上一片三角形白帆驶过，因为欣赏景致停顿了一会儿，还照了个相。照相的很可能是女人，手杖在砂上画的曲线和其他，就代表男子闲坐与一点厌烦。在这个地方照相，又可知是一对外来游人，照规矩，本地人是不会在这个地方照相的。

再走过去一点，到海滩滩头时，我碰到一个敲拾牡蛎的穷女孩，竹篮中装了一些牡蛎和一把黄花。

于是我回到了住处。上楼梯时楼梯照样轧轧的响，从这响声中就可知并无什么意外事发生。从一个同事半开房门中，可看到墙壁上一张有香烟广告美人画。另外一个同事窗台上，依然有个鱼肝油空瓶。一切都照样。尤其是楼下厨房中大师傅，在调羹和味时那些碗盏磕碰声音，以及那点从楼口上溢的扑鼻香味，更增加凡事照常的感觉。我不免对于在海边那个宿命论与不可知论的我，觉得有点相信不过。

其时尚未黄昏，住处小院子十分清寂，远在三里外的海上细语啮岸声音，也听得很清楚。院子内花坛中一大丛珍珠梅，脆弱枝条上繁花如雷。我独自在院中划有方格的水泥道上来回散步，一面走一面思索些抽象问题。恰恰如《歌德传记》中说他二十多岁时在一个钟楼上看村景心情，身边手边除了本诗集什么都没有，可是世界上一切都俨然为他而存在。

用一颗心去为一切光色声音气味而跳跃，比用两条强壮手臂对于一个女人所能作的还更多。可是多多少少有一点儿难受，好像在有所等待，可不知要来的是什么。

远远的忽然听到女人笑语声，抬头看看，就发现短墙外拉斜下去的山路旁，那个加拿大白杨林边，正有个年事轻轻的女人，穿着件式样称身的黄绸袍子，走过草坪去追赶一个女伴。另外一处却有个“上海人”模样穿旅行装的二号胖子，携带两个孩子，在招呼他们。我心想，怕是什么银行中人来看樱花吧。这些人照例住第一宾馆的头等房间，上馆子时必叫“甲鲫鱼”，还要到炮台边去照几个相，一切行为都反应他钱袋的饱满和兴趣的庸俗。女的很可能因为从上海来的，衣服都很时髦，可是脑子都空空洞洞，除了从电影上追求女角的头发式样，算是生命中至高的悦乐，此外竟毫无所知。

过不久，同住的几个专家陆续从学校回来了，于是照例开饭。甲乙丙丁戊己庚辛坐满了一桌子，再加上一位陌生女客，一个受过北平高等学校教育上海高等时髦教育的女人。照表面看，这个女人可说是完美无疵，大学教授理想的太太，照言谈看，这个女人并且对于文学艺术竟像是无不当行。不凑巧平时吃保肾丸的教授乙，饭后拿了个手卷人物画来欣赏时，这个漂亮女客却特别对画上的人物数目感兴趣，这一来，我就明白女客精神上还是大观园拿花荷包的人物了。

到了晚上，我想起“偶然”和“情感”两个名词，不免重新有点不平。好像一个对生命有计划对理性有信心的我，被另一个宿命论不可知论的我战败了。虽然败还不服输，所以总得想方法来证实一下。当时唯一可证实我是能够有理想照理想活下去的事，即使用手上一支笔写点什么。先是为一个远在千里外女孩子写了些信，预备把白天海滩上无意中得到的螺蚌附在信里寄去，因为叙述这些螺蚌的来源，我不免将海上光景描绘一番。这种信写成后使我不免有点难过起来，心俨然沉到一种绝望的泥潭里了，为自救自解计，才另外来写个故事。我以为由我自己把命运安排得十分美丽，若是不可能，安排一个小小故事，应当不太困难。我想试试看能不能在空中建造一个式样新奇的楼阁。我无中生有，就日中所见，重新拼合写下去，我应当承认，在写到故事一小部分时，情感即已抬了头。我一直写到天明，还不曾离开桌边，且经过二十三个钟头，只吃过三个硬苹果。写到一半时，我方在前面加个题目：《八骏图》。第五天后，故事居然写成功了。第二十七天后，故事便在上海一个刊物上发表了。刊物从上海寄过青岛时，同住几个专家都觉得被我讥讽了一下，都以为自己即故事上甲乙丙丁，完全不想到我写它的用意，只是在组织一个梦境。至于用来表现“人”在各种限制下所见出的性心理错综情感，我从中抽出式样不同的几种人，用语言、行为、联想、比喻以及其他方式来描写它。这些人照样活一世，并不以为难受，到被别人如此艺术的加以处理时，看来反而难受，在我当时竟觉得大不可解。这故事虽得来些不必要麻烦，且影响到我后来放弃教学的理想，可是一般读者却因故事和题目巧合，表现方法相当新，处理情感相当美，留下个较好印象。且以为一定真有那么一回事，因此按照上海风气，为我故事来作索引，就中男男女女都有名有姓。这种索引自然是不可信的，尤其是说到的女人，近于猜谜。这种猜谜既无关大旨，所以我只用微笑和沉默作为答复。

夏天来了，大家都向海边跑，我却留在山上。有一天，独自在学校旁一列梧桐树下散步，太阳光从梧桐大叶空隙间滤过，光影印在地面上，纵横交错，俨若有所契，有所悟，只觉得生命和一切都交互溶解在光影中。这时节，我又照例成为两种对立的人格。

我稍稍有点自骄，有点兴奋，“什么是偶然和情感？我要做的事，就可以做。世界上不可能用任何人力材料建筑的宫殿和城堡，原可以用文字作成功的。有人用文字写人类行为的历史。我要写我自己的心和梦的历史。我试验过了，还要从另外一些方面作种种试验。”

那个回音依然是冷冷的，“这不是最好的例，若用前事作例，倒恰好证明前次说的偶然和情感实决定你这个作品的形式和内容。你偶然遇到几件琐碎事情，在情感兴奋中粘合贯串了这些事情，末了就写成了那么一个故事。你再写写看，就知道你单是‘要写’，并不成功了。文字虽能建筑宫殿和城堡，可是那个图样却是另外一时的偶然和情感决定的。”

“这是一种诡辩。时间将为证明，我要做什么，必能做什么。”

“别说你‘能’做什么，你不知道，就是你‘要’做什么，难道还不是由偶然和情感乘除来决定？人应当有自信，但不许超越那个限度。”

“情感难道不属于我？不由我控制？”

“它属于你，可并不如由知识堆积而来的理性，能供你使唤。只能说你属于它，它又属于生理上的‘性’，性又属于人事机缘上的那个偶然。它能使你生命如有光辉，就是它恰恰如一个星体为阳光照及时。你能不能知道阳光在地面上产生了多少生命，具有多少不同形式？你能不能知道有多少生命名字叫作‘女人’，在什么情形下就使你生命放光，情感发炎？

你能不能估计有什么在阳光下生长中的生命，到某一时原来恰恰就在支配你，成就你？这一切你全不知道！”

“……”

这似乎太空虚了点，正像一个人在抽象中游泳，这样游来游去，自然不会到达那个理想或事实边际。如果是海水，还可推测得出本身浮沉和位置。如今只是抽象，一切都超越感觉以上，因此我不免有点恐怖起来。我赶忙离开了树下日影，向人群集中处走去，到了熙来攘往的大街上。这一来，两个我照例都消失了。只见陌生人林林总总，在为一切事而忙。商店和银行，饭馆和理发馆，到处有人进出。人与人关系变得复杂到不可思议，然而又异常单纯的一律受钞票所控制。到处有人在得失上爱憎，在得失上笑骂，在得失上作种种表示。

离开了大街，转到市政府和教堂时，就可使人想到这是历史上种种得失竞争的象征。或用文字制作经典，或用木石造作虽庞大却极不雅观的建筑物，共同支撑一部分前人的意见，而照例更支撑了多数后人的衣禄。……不知如何一来，一切人事在我眼前都变成了漫画，既虚伪，又俗气，而且反复继续下去，不知到何时为止。但觉人生百年长勤，所得于物虽不少，所得于己实不多。

我俨然就休息到这种对人事的感慨上，虽累而不十分疲倦。我在那座教堂石阶上面对大海坐了许久。

回来时，我想除去那些漫画印象和不必要的人事感慨，就重新使用这支笔，来把佛经中小故事放大翻新，注入我生命中属于情绪散步的种种纤细感觉和荒唐想象。我认为，人生为追求抽象原则，应超越功利得失和贫富等级，去处理生命与生活。我认为，人生至少还容许用将来重新安排一次，就那么试来重作安排，因此又写成一本《月下小景》。

两年后，《八骏图》和《月下小景》结束了我的教书生活，也结束了我海边孤寂中的那种情绪生活。两年前偶然写成的一个小说，损害了他人的尊严，使我无从和甲乙丙丁专家同在一处继续共事下去。偶然拾起的一些螺蚌，连同一个短信，寄到另外一处时，却装饰了另外一个人的青春生命，我的幻想已证实了一部分，原来我和一个素朴而沉默的女孩子，相互间在生命中都保留一种势力，无从去掉了。我到了北平。

有一天，我走入北平城一个人家的阔大华贵客厅里，猩红丝绒垂地的窗帘，猩红丝绒四丈见方的地毯，把我愣住了。

我就在一套猩红丝绒旧式大沙发中间，选了靠近屋角一张沙发坐下来，观看对面高大墙壁上的巨幅字画。莫友芝斗大的分隶屏条，斗大的红桃立轴，这一切竟像是特意为配合客厅而准备，并且还像是特意为压迫客人而准备。一切都那么壮大，我于是似乎缩得很小。来到这地方是替一个亲戚带个小礼物，应当面把礼物交给女主人的。等了一会儿，女主人不曾出来，从客厅一角却出来了个“偶然”。

问问才知道是这人家的家庭教师，和青岛托带礼物的亲戚也相熟，和我好些朋友都相熟。虽不曾见过我，可是却读过我作的许多故事。因为那女主人出了门，等等方能回来，所以用电话要她和我谈谈。我们谈到青岛的四季，两年前她还到过青岛看樱花，以为樱花和别的花都并不比北平的花好，倒是那个海有意思。女主人回来时，正是我们谈到海边一切，和那个本来俨然海边的主人麻兔时。我们又谈了些别的事方告辞。“偶然”给我一个幽雅而脆弱的印象，一张白白的小脸，一堆黑而光柔的头发，一点陌生羞怯的笑。当发后的压发翠花跌落到地毯上，躬身下去寻找时，我仿佛看到一条素色的虹霓。虹霓失去了彩色，究竟还有什么，我并不知道。“偶然”给我保留一种印象，我给了“偶然”一本书，书上第一篇故事，原可说就是两年前为抵抗“偶然”而写成的。

一个月以后，我又在另外一个素朴而美丽的小客厅中见到了“偶然”。她说一点钟前还看过我写的那个故事，一面说一面微笑。且把头略偏，眼中带点羞怯之光，想有所探询，可不便启齿。

仿佛有斑鸠唤雨声音从远处传来。小庭园玉兰正盛开。我们说了些闲话，到后“偶然”方问我：“你写的可是真事情？”

我说：“什么叫作真？我倒不大明白真和不真在文学上的区别，也不能分辨它在情感上的区别。文学艺术只有美和不美。精卫衔石，杜鹃啼血，情真事不真，并不妨事。你觉得对不对？”

“我看你写的小说，觉得很美，当真很美，但是，事情真不真——

可未必真！”

这种怀疑似乎已超过了文学作品的欣赏，所要理解的是作者的人生态度。

我稍稍停了一会儿：“不管是故事还是人生，一切都应当美一些！丑的东西虽不是罪恶，可是总不能令人愉快。我们活到这个现代社会中，被官僚、政客、银行老板、理发师和成衣师傅，共同弄得到处是丑陋，可是人应当还有个较理想的标准，也能够达到那个标准，至少容许在文学艺术上创造那标准。因为不管别的如何，美应当是善的一种形式！”

正像是这几句空话说中了“偶然”另外某种嗜好，“偶然”轻轻的叹了一口气：“美的有时也令人不愉快！譬如说，一个人刚好订婚，又凑巧……”我说：“呵！我知道了。你看了我写的故事一定难过起来了。不要难受，美丽总使人忧愁，可是还受用。那是我在海上受水云教育产生的幻影，并非实有其事！”

“偶然”于是笑了。因为心被个故事已浸柔软，忽然明白这为古人担忧弱点已给客人发现，自然觉得不大好意思。因此不再说什么，把一双白手拉拉衣角，裹紧了膝头。那天穿的衣服，恰好是件绿地小黄花绸子夹衫，衣角袖口缘了一点紫。也许自己想起这种事，只是不经意的和我那故事巧合，也许又以为客人并不认为这是不经意，且认为是成心。所以在应对间不免用较多微笑作为礼貌的装饰，与不安情绪的盖覆。

结果另外又给了我一种印象。我呢，我知道，上次那本小书给人甘美的忧愁已够多了。

离开那个素朴小客厅时，我似乎遗失了一点什么东西。在开满了马樱花和洋槐的长安街大路上，试搜寻每个衣袋，不曾发现失去的是什么。后来转入中南海公园，在柳堤上绕了一个大圈子，见到水中的云影，方骤然觉悟失去的只是三年前独自在青岛大海边向虚空凝眸，作种种辩论时那一点孩子气主张。这点自信若不是掉落到一堆时间后边，就是前不久掉在那个小客厅中了。

我坐在一株老柳树下休息，想起“偶然”穿的那件夹衫，颜色花朵如何与我故事上景物巧合。当这点秘密被我发现时，“偶然”所表示的那种轻微不安，是种什么分量。我想起我向“偶然”说的话，这些话，在“偶然”生命中，可能发生的那点意义，又是种什么分量，心似乎有点跳得不大正常。“美丽总使人忧愁，然而还受用。”

一个小小金甲虫落在我的手背上，捉住了它看看时，只见六只小脚全缩敛到带金属光泽的甲壳下面。从这小虫生命完整处，见出自然之巧和生命形式的多方。手轻轻一扬，金虫即振翅飞起，消失在广阔的湖面莲叶间了。我同样保留了一点印象在记忆里。原来我的心尚空阔得很，为的是过去曾经装过各式各样的梦，把梦腾挪开时，还装得上许多事事物物。然而我想这个泛神倾向若用之与自然对面，很可给我对现世光色有更多理解机会；若用之于和人事对面，或不免即成为我一种弱点，尤其是在当前的情形下，决不能容许弱点抬头。

因此我有意从“偶然”给我的印象中，搜寻出一些属于生活习惯上的缺点，用作保护我性情上的弱点。

……生活在一种不易想象的社会中，日子过得充满脂粉气。这种脂粉气既成为生活一部分，积久也就会成为生命中不可少的一部分。一切不外乎装饰，只重在增加对人的效果，毫无自发的较深较远的理想。性情上的温雅，和文学爱好，也可说是足为装饰之一种。脂粉气邻于庸俗，知识也不免邻于虚伪。一切不外乎时髦，然而时髦得多浅多俗气！……

我于是觉得安全了。倘若没有别的时间下偶然发生的事情，我应当说实在是十分安全的。因为我所体会到的“偶然”生活性情上的缺点，一直都还保护到我，任何情形下尚有作用。不过保护得我更周到的，也许还是另外一种事实，即一种幸福的婚姻，或幸福婚姻的幻影，我正准备去接受它，证实它。这也可说是种偶然，为的是由于两年前在海上拾来那点螺蚌，无意中寄到南方时所得的结果。然而关于这件事，我却认为是意志和理性作成的。恰恰如我一切用笔写成的故事，内容虽近于传奇，由我个人看来，却产生于一种计划中。

时间流过去了，带来了梅花、丁香、芍药和玉兰，一切北方色香悦人的花朵，在冰冻渐渐融解风光中逐次开放。另外一种温柔的幻影已成为实际生活。一个小小院落中，一株槐树和一株枣树，遮蔽了半个院子，从细碎树叶间筛下细碎的明净秋阳日影，铺在砖地，映照在素净纸窗间，给我对于生命或生活一种新的经验和启示。一切似乎都安排对了。我心想："我要的，已经得到了。名誉或认可，友谊和爱情，全部到了我的身边。我从社会和别人证实了存在的意义。可是不成，我似乎还有另外一种幻想，即从个人工作上证实个人希望所能达到的传奇。我准备创造一点纯粹的诗，与生活不相粘附的诗。情感上积压下来的一点东西，家庭生活并不能完全中和它消耗它，我需要一点传奇，一种出于不巧的痛苦经验，一份从我'过去'负责所必然发生的悲剧。换言之，即完美爱情生活并不能调整我的生命，还要用一种温柔的笔调来写爱情，写那种和我目前生活完全相反，然而与我过去情感又十分相近的牧歌，方可望使生命得到平衡。"

因此每天大清早，就在院落中一个红木八条腿小小方桌上，放下一叠白纸，一面让细碎阳光洒在纸上，一面将我某种受压抑的梦写在纸上。故事中的人物，一面从一年前在青岛崂山北九水旁见到的一个乡村女子，取得生活的必然，一面就用身边新妇作范本，取得性格上的素朴式样。一切充满了善，然而到处是不凑巧。既然是不凑巧，因之素朴的善终难免产生悲剧。故事中充满五月中的斜风细雨，以及那点六月中夏雨欲来时闷人的热，和闷热中的寂寞。这一切其所以能转移到纸上，倒可说全是从两年来海上阳光得来的能力。这一来，我的过去痛苦的挣扎，受压抑无可安排的乡下人对于爱情的憧憬，在这个不幸故事上，才得到了排泄与弥补。

一面写一面总仿佛有个生活上陌生、情感上相当熟习的声音在招呼我：“你这是在逃避一种命定。其实一切努力全是枉然。你的一支笔虽能把你带向‘过去’，不过是用故事抒情作诗罢了。真正在等待你的却是‘未来’。你敢不敢向更深处想一想，笔下如此温柔的原因？你敢不敢仔仔细细认识一下你自己，是不是个能够在小小得失悲欢上满足的人？”

“我用不着作这种分析和研究。我目前的生活很幸福，这就够了。”

“你以为你很幸福，为的是你尊重过去，当前是照你过去理性或计划安排成功的。但你何尝真正能够在自足中得到幸福？或用他人缺点保护，或用自己的幸福幻影保护，二而一，都可作为你害怕‘偶然’浸入生命中时所能发生的变故。因为‘偶然’能破坏你幸福的幻影。你怕事实，所以自觉宜于用笔捕捉抽象。”

“我怕事实？”

“是的，你害怕明天的事实。或者说你厌恶一切事实，因之极力想法贴近过去，有时并且不能不贴近那个抽象的过去，使它成为你稳定生命的碇石。”

我好像被说中了，无从继续申辩。我希望从别的事情上找寻我那点业已失去的自信，或支持自信的观念；没有得到，却得到许多容易破碎的古陶旧瓷。由于耐心和爱好换来的经验，使我从一些盘盘碗碗形体和花纹上，认识了这些艺术品的性格和美术上特点，都恰恰如一个中年人自各样人事关系上所得的经验一般。久而久之，对于清代瓷器中的盘碗，我几乎用手指去摸抚它的底足边缘，就可判断作品的相对年代了。然而这一切却只能增加我耳边另外一种声音的调讽。

“你打量用这些容易破碎的东西稳定平衡你奔放的生命，到头还是毫无结果。这消磨不了你三十年积压的幻想。你只有一件事情可作，即从一种更直接有效的方式上，发现你自己，也发现人。什么地方有些年青温柔的心在等待你，收容你的幻想，这个你明明白白。为的是你怕事，你于是名字叫作好人。”声音既来自近处，又像来自远方，却十分明白的存在，不易消失。

试去搜寻从我生活上经过的人事时，才发现这个那个“偶然”都好像在控制我支配我。因此重新在所有“偶然”给我的印象上，找出每个“偶然”的缺点，保护到我自己的弱点。只因为这些声音从各方面传来，且从不同时间不同地点传来。

我的新书《边城》出版了。这本小书在读者间得到些赞美，在朋友间还得到些极难得的鼓励。可是没有一个人知道我是在什么情绪下写成这个作品，也不大明白我写它的意义。

即以极细心朋友刘西渭先生批评说来，就完全得不到我何如用这个故事填补我过去生命中一点哀乐的原因。唯其如此，这个作品在我抽象感觉上，我却得到一种近乎严厉讥刺的责备。

“这是一个胆小而知足且善逃避现实者最大的成就。将热情注入故事中，使他人得到满足，而自己得到安全，并从一种友谊的回声中证实生命的意义。可是生命真正意义是什么？是节制还是奔放？是矜持还是疯狂？是一个故事还是一种事实？”

“这不是我要回答的问题，他人也不能强迫我答复。”

不过这件事在我生命中究竟已经成为一个问题。庭院中枣子成熟时，眼看到缀系在细枝间被太阳晒得透红的小小果实，心中不免有一丝儿对时序的悲伤。一切生命都有个秋天，来到我身边却是那个“秋天的感觉”。这种感觉可以使一个浪子缩手皈心，也可以使一个君子糊涂堕落，为的是衰落预感刺激了他，或恼怒了他。

天气渐冷，我已不能再在院中阳光下写什么，且似乎也并无什么故事可写。心手两闲的结果，使我起始坠入故事里乡下女孩子那种纷乱情感中。我需要什么？不大明白，又正像不敢去思索明白。总之情感在生命中已抬了头。这比我真正去接近某个“偶然”时还觉得害怕。因为它虽不至于损害人，事实上却必然会破坏我——我的工作理想和一点自信心，都必然将如此而毁去。最不妥当处是我还有些预定的计划，这类事与我“性情”虽不甚相合，对我“生活”却近于必需。情感若抬了头，一群“偶然”听其自由浸入我生命中，就什么都完事了。当时若能写个长篇小说，照《边城题记》中所说来写崩溃了的乡村一切，来消耗它，归纳它，也许此后可以去掉许多困难。但这种题目和我当时心境都不相合。我只重新逃避到字帖赏玩中去。我想把写字当成一束草，一片破碎的船板，俨然用它为我下沉时有所准备。我要和生命中一种无固定性的势能继续挣扎，尽可能去努力转移自己到一种无碍于人我的生活方式上去。

不过我虽能将生命逃避到艺术中，可无从离开那个环境。

环境中到处是年青生命，到处是“偶然”。也许有些是相互逃避到某种问题中，有些又相互逃避到礼貌中，更有些说不定还近于“挹彼注此”的情形，因之各人都可得到一种安全感或安全事实。可是这对于我，自然是不大相宜的。我的需要在压抑中，更容易见出它的不自然处。岁暮年末时，因之“偶然”中之某一个，重新有机会给了我一点更离奇印象。依然那么脆弱而羞怯，用少量言语多量微笑或沉默来装饰我们的晤面。其时白日的阳光虽极稀薄，寒风冻结了空气，可是房中炉火照例极其温暖，火炉边柔和灯光中，是能生长一切的，尤其是那个名为“感情”或“爱情”的东西。可是为防止附于这个名词的纠纷性和是非性，我们却把它叫作“友谊”。总之，“偶然”之一和我的友谊越来越不同了。一年余以来努力的退避，在十分钟内即证明等于精力白费。“偶然”的缺点依旧尚留在我印象中，而且更加确定，然而却不能保护我什么了。其他“偶然”的长处，也不能保护我什么了。

我于是逐渐进入到一个激烈战争中，即理性和情感的取舍。但事极显明，就中那个理性的我终于败北了。当我第一次给了“偶然”一种败北以后的说明时，一定使“偶然”惊喜交集，且不知如何来应付这种新的问题。因为这件事若出于另一“偶然”，则准备已久，恐不过是“我早知如此”轻轻的回答，接着也不过是由此必然而来的一些给和予。然而这事情却临到一个无经验无准备的“偶然”手中，在她的年龄和生活上，是都无从处理这个难题，更毫无准备应付这种问题的技术。因此当她感觉到我的命运是在她手中时，不免茫然失措。

我呢，俨然是在用人教育我。我知道这恰是我生命的两面，用之于编排故事，见出被压抑热情的美丽处，用之于处理人事，即不免见出性情上的弱点，不特苦恼自已也苦恼人。

我真业已放弃了一切可由常识来应付的种种，一任自己沉陷到一种情感漩涡里去。十年后温习到这种“过去”时，我恰恰如在读一本属于病理学的书籍，这本书名应当题作：《情感发炎及其治疗》，作者是一个疯子同时又是一个诗人。书中毫无故事，唯有近乎抽象的印象拼合。到客厅中红梅与白梅全已谢落时，“偶然”的微笑已成为苦笑。因为明白这事得有个终结，就装作为了友谊的完美，和个人理想的实证，带着一点悲伤，一种出于勉强的充满痛苦的笑，好像说：“我得到的已够多了”，就到别一地方去了。走时的神气，和事前心情上的纷乱，竟与她在某一时写的一个故事完全相同。不同处只是所要去的方向而已。

我于是重新得到了稳定，且得到用笔的机会。可是我不再写什么传奇故事了，因为生活本身即为一种动人的传奇。我读过一大堆书，再无什么故事比我情感上的哀乐得失经验更离奇动人。我读过许多故事，好些故事到末后，都结束到“死亡”和一个“走”字上，我却估想这不是我这个故事的结局。

第二个“偶然”因为在我生命中用另外一种形式存在，我读了另外一本书。这本书正如出于一个极端谨慎的作者，中间从无一个不端重的句子，从无一段使他人读来受刺激的描写，而且从无离奇的变故与纠纷，然而且真是一种传奇。为的是在这故事背后，保留了一切故事所必需的回目，书中每一章每一节都是对话，与前一个故事微笑继续沉默完全相反。

故事中无休止的对话与独白，却为的是沉默即会将故事组织完全破坏而起，从独白中更可见出“偶然”生命取予的形式。

因为预防，相互都明白一沉默即将思索，一思索即将究寻名词，一究寻名词即可能将“友谊”和“爱情”分别其意义。这一来，情形即发生变化，不窘人将不免自窘。因此这故事就由对话起始，由独白结束。书中人物俨然是在一种战争中维持了十年友谊。形式上都得了胜利，事实上也可说都完全败北。因为装饰过去的生命，本容许有一点妩媚和爱娇，以及少许有节制的疯狂，故事中却用对话独白代替了。

第三个“偶然”浸入我生命中时，初初即给我一种印象，是上海成衣匠和理发匠等等在一个年青肉体上所表现的优美技巧。我觉得这种技巧只合给第二等人增加一点风情上的效果，对于“偶然”

实不必要。因此我在沉默中为除去了这些人为的技巧，看出自然所给予一个年青肉体完美处和精细处。

最奇异的是这里并没有情欲，竟可说毫无情欲，只有艺术。我所处的地位完全是一个艺术鉴赏家的地位。我理会的只是一种生命的形式，以及一种自然道德的形式。没有冲突，超越得失，我从一个人的肉体认识了神与美，且即此为止，我并不曾用其他方式破坏这种神与美的印象。正可说是一本完全图画的传奇，就中无一个文字。唯其如此，这个传奇也庄严到使我不能用文字来叙述。唯一可重现人我这种崇高美丽情感应当是音乐。但是一个轻微的叹息，一种目光的凝注，一点混和爱与怨的退避，或感谢与崇拜的轻微接近，一种象征道德极致的素朴，一种表示惊讶的呆，音乐到此亦不免完全失去了意义。这个传奇是……我在用人教育我，俨然陆续读了些不同体裁的传奇。这点机会，大多数却又是我先前所写的一堆故事为证明，我是诚实而细心，且奇特的能辨别人生理解人心，更知道庄严和粗俗的细微分量界限，不至于错用或滥用，因此能翻阅这些奇书。

不过度量这一切，自然用的是我从乡下随身带来的尺和秤。若由一般社会所习惯的权衡来度量我的弱点和我的坦白，则我存在的意义存在的价值早已失去了。因为我也许在“偶然”中翻阅了些不应道及的篇章。

然而正因为弱点和坦白共同在性格或人格上表现，如此单纯而明朗，使我在婚姻上见出了奇迹。在连续而来的挫折中，作主妇的始终能保留那个幸福的幻影，而且还从其他方式上去证实它。这种事由别人看来为不可解，恰恰如我为这个问题写的一个短篇所描写到的情形：“当两人在熟人面前被人称为‘佳偶’时，就用微笑表示‘也像冤家’；又或在熟人神气间被目为‘冤家’时，仍用微笑表示‘实是佳偶’”，由自己说来，也极自然。只因为理解到“长处”和“弱点”原是生命使用方式上的不同，情形必然就会如此。一切基于理解。我是个云雀，经常向碧空飞得很高很远，到一定程度，终于还是直向下坠，归还旧窠。

再过了四年，战争把世界地图和人类历史全改变了过来，同时从极小处，也重造了人与人的关系，以及这个人在那个人心上的位置。

一个聪明善感的女孩子，年纪大了点时，自然都乐意得到一个朋友的信托，更乐意从一个朋友得到一点有分际的、混合忧郁和热忱所表示的轻微疯狂，用作当前剩余青春的点缀，以及明日青春消逝温习的凭证。如果过去一时，还保留一些美好印象，印象的重叠，使人在取予上自然都不能不变更一种方式，见出在某些事情上的宽容为必然，在某种事情上的禁忌为不必要，无形中都放弃了过去一时的那点警惧心和防卫心。因此虹和星都若在望中，我俨然可以任意去伸手摘取，可是我所注意摘取的，应当说，却是自己生命追求抽象原则的一种形式。我只希望如何来保留这种热忱到文字中。对于爱情或友谊本身，已不至于如何惊心动魄来接近它了。我懂得“人”多了一些，懂得自己也多了些。在“偶然”之一过去所以自处的“安全”方式上，我发现了节制的美丽。在另外一个“偶然”目前所以自见的“忘我”方式上，我又发现了忠诚的美丽。在第三个“偶然”所希望于未来“谨慎”方式上，我还发现了谦退中包含勇气与明智的美丽。……生命取舍的多方，因之使我不免有点“老去方知读书少”的自觉。

我还需要学习，从更多陌生的书以及少数熟习的人学习点“人生”。

因此一来，“我”就重新又成为一个毫无意义的字眼，因为很快即完全消失到一些“偶然”的颦笑中和这类颦笑取舍中了。

失去了“我”后却认识了“神”，以及神的庄严。墙壁上一方黄色阳光，庭院里一点花草，蓝天中一粒星子，人人都有机会见到的事事物物，多用平常感情去接近它。对于我，却因为和“偶然”某一时的生命同时嵌入我记忆中印象中，它们的光辉和色泽，就都若有了神性，成为一种神迹了。不仅这些与“偶然”间一时浸入我生命中的东西，含有一种神性，即对于一切自然景物，到我单独默会它们本身的存在和宇宙微妙关系时，也无一不感觉到生命的庄严。一种由生物的美与爱有所启示，在沉静中生长的宗教情绪，无可归纳，我因之一部分生命，竟完全消失在对于一切自然的皈依中。这种简单的情感，很可能是一切生物在生命和谐时所同具的，且必然是比较高级生物所不能少的。然而人若保有这种情感时，却产生了伟大的宗教，或一切形式精美而情感深致的艺术品。

对于我呢，我什么也不写，亦不说。我的一切官能都似乎在一种崭新教育中，经验了些极纤细微妙的感觉。

我用这种“从深处认识”的情感来写故事，因之产生了《长河》，这个作品的被扣留无从出版，不是偶然了。因为从普通要求说来，对战事描写，是不必要如此向深处掘发的。

我住在一个乡下，因为某种工作，得常常离开了一切人，单独从一个宽约七里的田坪通过。若跟随引水道曲折走去，可见到长年活鲜鲜的潺潺流水中，有无数小鱼小虫，随流追逐，悠然自得，各有其生命之理。平流处多生长了一簇簇野生慈菇，箭头形叶片虽比田中生长的较小，开的小白花却很有生气。花朵如水仙，白瓣黄蕊，成一小串，从中心挺起。路旁尚有一丛丛刺蓟科野草，开放翠蓝色小花，比毋忘我草形体尚清雅脱俗，使人眼目明爽，如对无云碧穹。花谢后却结成无数小小刺球果子，便于借重野兽和家犬携带到另一处繁殖。

若从其他几条较小路上走去，蚕豆和麦田中，照例到处生长浅紫色樱草，花朵细碎而妩媚，还带上许多白粉。采摘来时不过半小时即枯萎，正因为生命如此美丽脆弱，更令人感觉生物中求生存与繁殖的神性。在那两旁铺满彩色绚丽花朵细小的田塍上，且随时可看到成对的羽毛黑白分明异常清洁的鹡鸰，见人时微带惊诧，一面飞起一面摇颠着小小长尾，在豆麦田中一起一伏，似乎充满了生命的悦乐。还有那个顶戴大绒冠的戴胜鸟，披负一身杂毛，一对小眼睛骨碌碌的对人痴看，直到来人近身时，方微带匆促展翅飞去。本地秧田照习惯不作他用。除三月时育秧，此外长年都浸在一片浅水里，另外几方小田种上慈菇莲藕的，也常是一片水。不问晴雨这种田中照例有三两只缩肩秃尾白鹭鸶，清癯而寂寞，在泥沼中有所等待，有所寻觅。又有种鸥形水鸟，在田中走动时，肩背毛羽全是一片美丽桃灰色，光滑而带丝网光泽，有时数百成群在空中翻飞游戏，因翅翼下各有一片白，便如一阵光明的星点，在蓝穹下动荡。小村子有一道流水穿过，水面人家土壤边，都用带刺木香花作篱笆，带雨含露成簇成串的小白花，常低垂到人头上，得一面撩拨方能通过。树下小河沟中，常有小孩子捉鳅拾蚌，或精赤身子相互浇水取乐。村子中老妇人坐在满是土蜂窠的向阳土墙边取暖，屋角隅可听到有人用大石杵缓缓的捣米声，景物人事相对照，恰成稀奇动人景象。过小村落后又是一片平田，菜花开时，眼中一片黄，鼻底一片香。土路不十分宽，驮麦粉的小马和驮烧酒的小马，与迎面来人擦身而过时，赶马押运货物的，却远远的在马后喊“让马”，从不在马前牵马让人。因此行人必照规矩下到田塍上去，等待马走过时再上路。菜花一片黄的平田中，还可见到整齐成行的细枯胡麻，竟像是完全为装饰用，一行一行栽在中间，在瘦小脆弱的本端，开放一朵朵翠蓝色小花，花头略略向下低垂，张着小嘴如铃兰样子，风姿娟秀而明媚，在阳光下如同向小蜂小虫微笑，“来，吻我，这里有蜜！……”

眼目所及都若有神迹在其间，且从这一切都可发现有“偶然”的友谊的笑语和爱情芬芳。

在另一方面，人事上自然也就生长了些看不见的轻微的妒忌，无端的忧虑，有意的间隔，和那种无边无际累人而又闷人的白日梦。尤其是一点眼泪，来自爱怨交缚的一方，一点传说，来自得失未明的一方，就在这种人与人，“偶然”与“偶然”的取舍分际上，我似乎重新接受了一种人生教育。矢来有向或矢来无向，我却一例听之直中所欲中心上某点，不逃避，不掩护。我处在一种极端矛盾情形中，然而到用自己那个尺寸来衡量时，却感觉生命实复杂而庄严。尤其是从一个“偶然”的眩目景象中离开，走到平静自然下见到一切时，生命的庄严有时竟完全如一个极虔诚的教徒。谁也想象不到我生命是在一种什么形式下燃烧。即以这个那个“偶然”而言，所知道的似乎就只是一些片断，不完全的一体。

我写了无数篇章，叙述我的感觉或印象，结果却不曾留下。正因为各种试验，都证明它无从用文字保存。或只合保存在生命中，且即同一回事，在人我生命中，意义上也完全不同。

我那点只用自己尺寸度量人事得失的方式，不可免要反应到对“偶然”的缺点辨别上。这种细微感觉在普通人我关系上决体会不到，在比较特殊的一种情形上，便自然会发生变化。恰如甲状腺在水中的情形，分量即或极端稀少，依然可以测出。在这个问题上，我明白我泛神的思想，即曾经损害到这个或那个“偶然”的幽微感觉是种什么情形。我明知语言行为都无补于事实，便用沉默应付了一些困难，尤其是应付轻微的妒忌，以及伴同那个人类弱点而来的一点埋怨，一点责难，一点不必要的设计。我全当作“自然”。我自觉已尽了一个朋友所能尽的力，来在友谊上用最纤细感觉接受纤细反应。而且在诚实外还那么谨慎小心，从不曾将“乡下人”的方式，派给一个城中朋友，一切有分际的限制，即所以保护到情感上的安全。然而问题也许就正在此。“你口口声声说是一个乡下人，却从不用乡下人的坦白来说明友谊，却装作绅士。然而在另外一方面，你可能又完全如一个乡下人。”我就用沉默将这种询问所应有的回声，逼回到“偶然”耳中去。于是“偶然”走了。

其次是正在把生活上的缺点从习惯中扩大的“偶然”，当这种缺点反应到我感觉上时，她一面即意识到在过去一时某些稍稚过分行为中，失去了些骄傲，无从收回，一面即经验到必须从另外一种信托上，方能取回那点自尊心，或更换一个生活方式，方可望产生一点自信心。正因为热情是一种教育，既能使人疯狂湖涂，也能使人明彻深思。热情使我对于“偶然”感到惊讶，无物不“神”，却使“偶然”明白自己只是一个“人”，乐意从人的生活上实现个人的理想与个人的梦。

到“偶然”思索及一个人的应得种种名分与事实时，当然有了痛苦。因为发觉自己所得到虽近于生命中极纯粹的诗，然而个人所期待所需要的还只是一种具体生活。纯粹的诗虽能作一个女人青春的装饰，华美而又有光辉，然而并不能够稳定生命，满足生命。再经过一些时间的澄滤，便得到如下的结论："若想在他人生命中保有'神'的势力，即得牺牲自己一切'人'的理想。若希望证实'人'的理想，即必须放弃当前唯'神'方能得到的一切。热情能给人兴奋，也给人一种无可形容的疲倦。尤其是在'纯粹的诗'和'活鲜鲜的人'愿望取舍上，更加累人。""偶然"就如数年前一样，用着无可奈何的微笑，掩盖到心中受伤处，离开了我。临走时一句话不说。我却从她沉默中，听到一种申诉："我想去想来，我终究是个人，并非神，所以我走了。若以为这是我一点私心，这种猜测也不算错误。因为我还有我做一个人的希望。并且我明白离开你后，在你生命中保有的印象。那么下去，不说别的，即这种印象在习惯上逐渐毁灭，对于我也受不了。若不走，留到这里算是什么？在时间交替中我能得到些什么？我不能尽用诗歌生存下去，恰恰如你说的不能用好空气和好风景活下去一样。我是个并不十分聪明的女人，这也许正是使我把一首抒情诗当作散文去读的真正原因。我的行为并不求你原谅，因为给予的和得到的已够多，不需用这种泛泛名词来自解了。说真话，这一走，这个结论对于你也不十分坏！有个幸福的家庭，有一个——应当说有许多的'偶然'，都在你过去生活中保留一些印象。你得到所能得到的，也给予所能给予的。尤其是在给予一切后，你反而更丰富更充实的存在。”

于是“偶然”留下一排插在发上的玉簪花，摇摇头，轻轻的开了门，当真就走去了。其时天落了点微雨，雨后有彩虹在天际。

我并不如一般故事上所说的身心崩毁，反而变得非常沉静。因为失去了“偶然”，我即得回了理性。我向虹起处方向走去，到了一个小小山头上。过一会儿，残虹消失到虚无里去了，只剩余一片在变化中的云影。那条素色的虹霓，若干年来在我心上的形式，重新明明朗朗在我眼前现出。我不由得不为“人”的弱点和对于这种弱点挣扎的努力，感到一点痛苦。

“‘偶然’，你们全走了，很好。或为了你们的自觉，或为了你们的弱点，又或不过是为了生活上的习惯，既以为一走即可得到一种解放，一些新生的机缘，且可从另外人事上收回一点过去一时在我面前快乐行为中损失的尊严和骄傲，尤其是生命的平衡感和安全感的获得，在你认为必需时，不拘用什么方式走出我生命以外，我觉得都是必然的。可是时间带走了一切，也带走了生命中最光辉的青春，和附于青春而存在的羞怯的笑，优雅的礼貌，微带矜持的应付，极敏感的情分取予，以及那个肉体的完整形式，华美色泽和无比芳香。消失的即完全消失到不可知的‘过去’里了。然而却有一个朋友能在印象中保留它，能在文字中重现它，……你如想寻觅失去的生命，是只有从这两方面得到，此外别无方法。你也许以为失去了我，即可望得到‘明天’，但不知生命真正失去了我时，失去了‘昨天’，活下来对于你是种多大的损失！”

自从“偶然”离开了我后，云南就只有云可看了。黄昏薄暮时节，天上照例有一抹黑云，那种黑而秀的光景，不免使我想起过去海上的白帆和草地上黄花，想起种种虹影和淡白星光，想起灯光下的沉默继续沉默，想起墙壁上慢慢的移动那一方斜阳，想起瓦沟中的绿苔和细雨，微风中轻轻摇头的狗尾草……想起一堆希望和一点疯狂，终于如何又变成一片蓝色的火焰，一撮白灰。这一切如何教育我认识生命最离奇的遇合与最高的意义。

当前在云影中恰恰如过去在海岸边，我获得了我的单独。

那个失去了十年的理性，回到我身边来了。

“你这个对政治无信仰对生命极关心的乡下人，来到城市中‘用人教育我’，所得经验已经差不多了。你比十年前稳定得多也进步得多了。正好准备你的事业，即用一支笔来好好的保留最后一个浪漫派在二十世纪生命取予的形式，也结束了这个时代这种情感发炎的症候。你知道你的长处，即如何好好的善用长处。成功或胜利在等待你，嘲笑和失败也在等待你；但这两件事对于你都无多大关系。你只要想到你要处理的也是一种历史，属于受时代带走行将消灭的一种人我关系的历史，你就不至于迟疑了。”

“成功与幸福，不是智士的目的，就是俗人的期望，这与我全不相干。真正等待我的只有死亡。在死亡来临以前，我也许还可以作点小事，即保留这些‘偶然’浸入一个乡下人生命中所具有的情感冲突与和谐程序。我还得在‘神’之解体的时代，重新给神作一种赞颂。在充满古典庄严与雅致的诗歌失去光辉和意义时，来谨谨慎慎写最后一首抒情诗。我的妄想在生活中就见得与社会隔阂，在写作上自然更容易与社会需要脱节。不过我还年青，世故虽能给我安全和幸福，一时还似乎不必来到我身边。我已承认你十年前的意见，即将一切交给‘偶然’和‘情感’为得计。我好像还要受另外一种‘偶然’所控制，接近她时，我能从她的微笑和皱眉中发现神，离开她时，又能从一切自然形式色泽中发现她。这也许正如你所说，因为我是个对一切无信仰的人，却只信仰‘生命’。这应当是我一生的弱点，但想想附于这个弱点下的坦白与诚实，以及对于人性细致感觉理解的深致，我知道，你是第一个就首先对于我这个弱点加以宽容了。我还需要回到海边去，回到‘过去’那个海边。至于别人呢，我知道她需要的倒应当是一个‘抽象’的海边。两个海边景物的明丽处相差不多，不同处其一或是一颗孤独的心的归宿处，其一却是热情与梦结合而为一使‘偶然’由‘神’变‘人’的家。……”

“唉，我的浮士德，你说得很美，或许也说得很对。你还年青，至少当你被这种黯黄黄灯光所诱惑时，就显得相当年青。我还相信这个广大的世界，尚有许多形体、颜色、声音、气味，都可以刺激你过分灵敏的官觉，使你变得真正十分年青。不过这是不中用的。因为时代过去了。在过去时代能激你发狂引你入梦的生物，都在时间漂流中消失了匀称与丰腴，典雅与清芬。能教育你的正是从过去时代培植成功的典型。时间在成毁一切，都行将消灭了。代替而来的将是无计划无选择随同海上时髦和政治需要繁殖的一种简单范本。在这个新的时代进展中，你是个不必要的人物了。在这个时代中，你的心即或还强健而坚韧，也只合为‘过去’而跳跃，不宜于用在当前景象上了。你需要休息休息了，因为在这个问题上徘徊实在太累。你还有许多事情可作，纵不乐成也得守常。有些责任，即与他人或人类幸福相关的责任。你读过那本题名《情感发炎及其治疗》的奇书，还值得写成这样一本书。且不说别的，即你这种文字的格式，这种处理感觉和思想的方法，也行将成为过去，和当前体例不合了！”

“是不是说我老了？”

没有得到任何回答。

天气冷了些，桌前清油灯加了个灯头，两个灯头燃起两朵青色小小火焰，好像还不够亮。灯光总是不大稳定，正如一张发抖的嘴唇，代替过去生命吻在桌前一张白纸上。十年前写《边城》时，从槐树和枣树枝叶间滤过的阳光如何照在白纸上，恍惚如在目前。灯光照及油瓶、茶杯、银表、书脊和桌面遗留的一小滴油时，曲度相当处都微微返着一点光。我心上也依稀返着一点光影，照着过去，又像是为过去所照彻。

小房中显得宽阔，光影照不及处全是一片黑暗。

我应当在这一张白纸上写点什么？一个月来因为写“人”，作品已第三回被扣，证明我对于大事的寻思，文字体例显然当真已与时代不大相合。因此试向“时间”追究，就见到那个过去。然而有些事，已多少有点不同了。

“时间带走了一切，天上的虹或人间的梦，或失去了颜色，或改变了式样。即或你自以为有许多事尚好好保留在心上，可是，那个时间在你不大注意时，却把你的心变硬了，变钝了，变得连你自己也不大认识自己了。时间在改造一切，星宿的运行，昆虫的触角，你和人，同样都在时间下失去了固有的位置和形体。尤其是美，不能在风光中静止。人生可悯。”

“温习过去，变硬了的心也会柔软的！到处地方都有个秋风吹上人心的时候，有个灯光不大明亮的时候，有个想向‘过去’伸手，若有所攀援，希望因此得到一点助力，方能够生活得下去时候。”

“这就更加可悯！因为印象的温习，会追究到生活之为物，不过是一种连续的负心。凡事无不说明忘掉比记住好。‘过去’分量若太重，心子是载不住它的。忘不掉也得勉强。这也正是一种战争！败北且是必然的结果。”

是的，这的确也是一种战争。我始终对面前那两个小小青色火焰望着。灯头不知何时开了花，“在火焰中开放的花，油尽灯熄时，才会谢落的”。

“你比拟得好。可是人不能在美丽比喻中生活下去。热情本身并不是象征，它燃烧了自己生命时，即可能燃烧别人的生命。到这种情形下，只有一件事情可作，即听它燃烧，从相互燃烧中有更新生命产生（或为一个孩子，或为一个作品）。那个更新生命方是象征热情。人若思索到这一点，为这一点而痛苦，痛苦在超过忍受能力时，自然就会用手去剔剔你所谓要在油尽灯熄时方谢落的灯花。那么一来，灯花就被剔落了。多少人即如此战胜了自己的弱点，虽各在撤退中救出了自己，也正可见出爱情上的勇气和决心。因为不是件容易事，虽损失够多，作成功后还将感谢上帝赐给他的那点勇气和决心。”

“不过，也许在另外一时，还应当感谢上帝给了另外一个人的弱点，即凭灯光引带他向过去的弱点。因为在这种弱点上，生命即重新得到了意义。”

“既然自己承认是弱点，你自己到某一时也会把灯花剔落的。”

我当真就把灯花剔落了。重新添了两个灯头，灯光立刻亮了许多。我要试试看能否有四朵灯花在深夜中同时开放。

一切都沉默了，只远处有风吹树枝，声音轻而柔。

油慢慢的燃尽时，我手足都如结了冰，还没有离开桌边。

灯光虽渐渐变弱，还可以照我走向过去，并辨识路上所有和所遭遇的一切。情感似乎重新抬了头，我当真变得好像很年青，不过我知道，这只是那个过去发炎的反应，不久就会平复的。

屋角风声渐大时，我担心院中那株在小阳春十月中开放的杏花，会被冷风冻坏。“我关心的是一株杏花还是几个人？是几个在过去生命中发生影响的人，还是另外更多数未来的生存方式？”等待回答，没有回答。

作于 1942 年

03

走过无数的桥，看过无数的云

聪明人要理解生活，愚蠢人要习惯生活。聪明人以为目前并不完全好，一切应比目前更好，且竭力追求那个理想。愚蠢人对习惯完全满意，安于现状，保证习惯。

小草与浮萍

小萍儿被风吹着停止在一个陌生的岸旁。他打着旋身睁起两个小眼睛察看这新天地。他想认识他现在停泊的地方究竟还同不同以前住过的那种不惬意的地方。他还想：——这也许便是诗人告给我们的那个虹的国度里！

自然这是非常容易解决的事！他立时就知道所猜的是失望了。他并不见什么玫瑰色的云朵，也不见什么金刚石的小星。既不见到一个生银白翅膀，而翅膀尖端还蘸上天空明蓝色的小仙人，更不见一个坐在蝴蝶背上，用花瓣上露颗当酒喝的真宰。他看见的世界，依然是骚动，骚动像一盆泥鳅那么不绝地无意思骚动的世界。天空苍白灰颓同一个病死的囚犯脸子一样，使他不敢再昂起头去第二次注视。

他真要哭了！他于是唱着歌诉说自己凄惶的心情：“侬是失家人，萍身伤无寄。江湖多风雪，频送侬来去。风雪送侬去，又送侬归来；不敢识旧途，恐乱侬行迹，……”

他很相信他的歌唱出后，能够换取别人一些眼泪来。在过去的时代波光中，有一只折了翅膀的蝴蝶堕在草间，寻找不着它的相恋者，曾在他面前流过一次眼泪，此外，再没有第二回同样的事情了！这时忽然有个突如其来的声音止住了他：“小萍儿，漫伤嗟！同样漂泊有杨花。”

这声音既温和又清婉，正像春风吹到他肩背时一样，是一种同情的爱抚。他很觉得惊异，他想：——这是谁？为甚认识我？莫非就是那只许久不通消息的小小蝴蝶吧？或者杨花是她的女儿，……但当他抬起含有晶莹泪珠的眼睛四处探望时，却不见一个小生物。他忙提高嗓子：“喂！朋友，你是谁？你在什么地方说话？”

“朋友，你寻不到我吧？我不是那些伟大的东西！虽然我心在我自己看来并不很小，但实在的身子却同你不差什么。你把你视线放低一点，就看见我了。……是，是，再低一点，……对了！”

他随着这声音才从路坎上一间玻璃房子旁发见了一株小草。她穿件旧到将退色了的绿衣裳。看样子，是可以做一个朋友的。当小萍儿小眼睛转到身上时，她含笑说：“朋友，我听你唱歌，很好。什么伤心事使你唱出这样调子？倘若你认为我够得上做你一个朋友，我愿意你把你所有的痛苦细细的同我讲讲。我们是同在这靠着做一点梦来填补痛苦的寂寞旅途上走着呢！”

小萍儿又哭了，因为用这样温和口气同他说话的，他还是初次入耳呢。

他于是把他往时常同月亮诉说而月亮却不理他的一些伤心事都一一同小草说了。他接着又问她是怎样过活。

“我吗？同你似乎不同了一点。但我也不是少小就生长在这里的。我的家我还记着：从不见到什么冷得打战的大雪，也不见什么吹得头痛的大风，也不像这里那么空气干燥，时时感到口渴，——总之，比这好多了。幸好，我有机会傍在这温室边旁居住，不然，比你还许不如！”

他曾听过别的相识者说过，温室是一个很奇怪的东西。凡是在温室中打住的，不知道什么叫作季节，永远过着春天的生活。虽然是残秋将尽的天气，碧桃同樱花一类东西还会恣情的开放。这之间，卑卑不足道的虎耳草也能开出美丽动人的花朵，最无气节的石菖蒲也会变成异样的壮大。但他却还始终没有亲眼见到过温室是什么样子。

“呵！你是在温室旁住着的，我请你不要笑我浅陋可怜，我还不知道温室是怎么样一种地方呢。”

从他这问话中，可以见他略略有点羡慕的神气。

“你不知道却是一桩很好的事情。并不巧，我——”

小萍儿又抢着问：“朋友，我听说温室是长年四季过着春天生活的！为甚你又这般憔悴？你莫非是闹着失恋的一类事吧？”

“一言难尽！”小草叹了一口气。歇了一阵，她像在脑子里搜索得什么似的，接着又说，“这话说来又长了。你若不嫌烦，我可以从头一一告诉你。我先前正是像你们所猜想的那么愉快，每日里同一些姑娘们少年们有说有笑的过日子。什么跳舞会啦，牡丹与芍药结婚啦……你看我这样子虽不什么漂亮，但筵席上少了我她们是不欢的。有一次，真的春天到了，跑来了一位诗人。她们都说他是诗人，我看他那样子，同不会唱歌的少年并没有什么不同。我一见他那尖瘦有毛的脸嘴，就不高兴。嘴巴尖瘦并不是什么奇怪事，但他却尖的格外讨厌。又是长长的眉毛，又是崭新的绿森森的衣裳，又是清亮的嗓子，直惹得那一群不顾羞耻的轻薄骨头发癫！就口尤其是小桃——”

“那不是莺哥大诗人吗？”照小草所说的那诗人形状，他想，必定是会唱赞美诗的莺哥了。但穿绿衣裳又会唱歌的却很多，因此又这样问。

“嘘！诗人？单是口齿伶便一点，简直一个儇薄儿罢了！我分明看到他弃了他居停的女人，飞到园角落同海棠偷偷的去接吻。”

她所说的话无非是不满意于那位漂亮诗人。小萍儿想：或者她对于这诗人有点妒意吧！

但他不好意思将这疑问质之于小草，他们不过是新交。他只问：

“那么，她们都为那诗人轻薄了！”

“不。还有——”

“还有谁？”

“还有玫瑰。她虽然是常常含着笑听那尖嘴无聊的诗人唱情歌，但当他嬉皮涎脸的飞到她身边，想在那鲜嫩小嘴唇上接一个吻时，她却给他狠狠的刺了一下。”

“以后，——你？”

“你是不是问我以后怎么又不到温室中了吗？我本来是可以在那里住身的。因为秋的饯行筵席上，大众约同开一个跳舞会，我这好动的心思，又跑去参加了。在这当中，大家都觉到有点惨沮，虽然是明知春天终不会永久消逝。”

“诗人呢？”

“诗人早不知到什么地方去了。有些姐妹们也想，因为无人唱诗，所以弄得满席抑郁不欢。不久就从别处请了一位小小跛脚诗人来。他小得可怜，身上还不到一粒白果那么大。穿一件黑油绸短袄子，行路一跳一跳——”

“那是蟋蟀吧？”其实小萍儿并不与蟋蟀认识，不过这名字对他很熟罢了！

“对。他名字后来我才知道的。那你大概是与他认识了！他真会唱。他的歌能感动一切，虽然调子很简单。——我所以不到温室中过冬，愿到这外面同一些不幸者为风雪暴虐下的牺牲者一道，就是为他的歌所感动呢。——看他样子那么渺小，真不值得用正眼刷一下。但第一句歌声唱出时，她们的眼泪便一起为挤出来了！他唱的是‘萧条异代不同时’。这本是一句旧诗，但请想，这样一个饯行的筵席上，这种诗句如何不敲动她们的心呢？就中尤其感到伤心的是那位密司柳。她原是那绿衣诗人的旧居停。想着当日‘临流顾影，婀娜丰姿’，真是难过！到后又唱到‘姣艳芳姿人阿谀，断枝残梗人遗弃……’把密司荷又弄得嚎啕大哭了。……还有许多好句子，可惜我不能一一记下，到后跛脚诗人便在我这里住下了。我们因为时常谈话，才知道他原也是流浪性成了随遇而安的脾气。——”

他想，这样诗人倒可以认识认识，就问：“现在呢？”

“他因性子不大安定，不久就又走了！”

小萍儿听到他朋友的答复，怃然若有所失，好久好久不作声。他末后又问她唱的“小萍儿，漫伤嗟，同样漂泊有杨花！”那首歌是什么人教给她的时，小草却掉过头去，羞涩的说，就是那跛脚诗人。

作于1925年2月14日

夜渔

这已是谷子上仓的时候了。

年成的丰收，把茂林家中似乎弄得格外热闹了一点。在一天夜饭桌上，坐着他四叔两口子，五叔两口子，姨婆，碧霞姑妈同小娥姑妈，以及他爹爹；他在姨婆与五婶之间坐着，穿着件紫色纺绸汗衫。中年妇人的姨婆，时时停了她的筷子为他扇背。茂儿小小的圆背膊已有了两团湿痕。

桌子上有一大钵鸡肉，一碗满是辣子拌着的牛肉，一碗南瓜，一碗酸粉辣子，一小碟酱油辣子；五叔正夹了一只鸡翅膀放到碟子里去。

“茂儿，今夜敢同我去守碾房罢？”

“去，去，我不怕！我敢！”

他不待爹的许可就忙答应了。

爹刚放下碗，口里含着那枝“京八寸”小潮丝烟管，呼得喷了一口烟气，不说什么。那烟气成一个小圈，往上面消失了。

他知道碾子上的床是在碾房楼上的，在近床边还有一个小小窗口。从窗口边可以见到村子里大院坝中那株夭矫矗立的大松树尖端，又可以见到田家寨那座灰色石碉楼。看牛的小张，原是住在碾房；会做打笼装套捕捉偷鸡的黄鼠狼，又曾用大茶树为他削成过一个两头尖的线子陀螺。他刚才又还听到五叔说溪沟里有人放堰，碾坝上夜夜有鱼上罾了……所以提到碾房时，茂儿便非常高兴。

当五叔同他说到去守碾房时，他身子似乎早已在那飞转的磨石边站着了。

“五叔，那要什么时候才去呢？……我不要这个。……吃了饭就去罢？”

他靠着桌边站着，低着头，一面把两只黑色筷子在那画有四个囍字的小红花碗里“要扬不紧”的扒饭进口里去。左手边中年妇人的姨婆，捡了一个鸡肚子朝到他碗里一掼。

“茂儿，这个好呢。”

“我不要。那是碧霞姑妈洗的，……不干净，还有——糠皮儿……”他说到糠字时，看了他爹一眼。

“你也是吃饱了！糠皮儿在哪里？……不要，就送把我罢。”

“真的，不要就送把你姑妈。我帮你泡汤吃。”五婶说。

茂儿把鸡肚子一扔丢到碧霞碗里去。他五婶却从他手里抢过碗去倒了大半碗鸡汤。但到后依然还是他姨婆为他把剩下的半碗饭吃完。

天上的彩霞，做出各样惊人的变化。满天通黄，像一块其大无比的金黄锦缎；倏而又变成淡淡的银红色，稀薄到像一层蒙新娘子粉脸的面纱；倏而又成了许多碎锦似的杂色小片，随着淡宕的微风向天尽头跑去。

他们照往日样，各据着一条矮板凳，坐在院坝中说笑。

茂儿搬过自己那张小小竹椅子，紧紧的傍着五叔身边坐下。

“茂儿，来！让我帮你摩一下肚子——不然，半夜会又要嚷肚子痛。”

“不，我不胀！姨婆。”

“你看你那样子。……不好好推一下，会伤食。”

“不得。（他又轻轻的挨五叔）五叔，我们去罢！不然夜了。”

“小孩子怎不听话？”

姨婆那副和气样子养成了他顽皮娇恣的性习，不管姨婆如何说法，他总不愿离开五叔身边。到后还是五叔用“你不听姨婆话就不同你往碾房……”为条件，他才忙跑到姨婆身边去。

“您要快一点！”

“噢！这才是乖崽！”姨婆看着茂儿胀得圆圆的像一面小鼓的肚子，用大指蘸着唾沫，在他肚皮上一推一赶，口里轻轻哼着：“推食赶食……你自己瞧看，肚子胀到什么样子了，还说不要紧！……今夜太吃多了。推食赶食……莫挣！慌什么，再推几下就好了。……推食赶食……”

院坝中坐着的人面目渐渐模糊，天空由曙光般淡白而进于黑暗……只日影没处剩下一撮深紫了。一切皆渐次消失在夜的帷幕下。

在四围如雨的虫声中，谈话的声音已抑下了许多了。

凉气逼人，微风拂面，这足证明残暑已退，秋已将来到人间了。茂儿同他五叔，慢慢的在一带长蛇般黄土田塍上走着。在那远山脚边，黄昏的紫雾迷漫着，似乎雾的本身在流动又似乎将一切流动。天空的月还很小，敌不过它身前后左右的大星星光明。田塍两旁已割尽了禾苗的稻田里，还留着短短的白色根株。田中打禾后剩下的稻草，堆成大垛大垛，如同一间一间小屋。身前后左右一片繁密而细碎的虫声，如一窸窣队音乐师奏着庄严凄清的秋夜之曲。金铃子的“叮……”像小铜钲般清越，尤其使人沉醉。经行处，间或还听到路旁草间小生物的窸窣。

“五叔，路上莫有蛇罢？”

“怕什么。我可以为你捉一条来玩，它是不会咬人的。”

“那我又听说乌梢公同烙铁头（皆蛇名）一咬人便准毒死。这个小张以前曾同我说过。”

“这大路哪来乌梢公？你怕，我就背你走罢。”

他又伏在他五叔背上了。然而夜枭的喊声，时时像一个人在他背后咳嗽，依然使他不安。

“五叔，我来拿麻藁。你一只手背我；一只手又要打火把，实在不大方便。”他想若是拿着火把，则可高高举着，照烛一切。

“你莫拿，快要到了！”

耳朵中已听到碾房附近那个小水车咿咿呀呀的喊叫了。

碾房那一点小小红色灯火，已在眼前闪烁，不过，那灯光，还只是天边当头一颗小星星那么大小罢了！

转过了一个山嘴，溪水上流一里多路的溪岸通通出现在眼前了。足以令他惊呼喝嚷的是沿溪有无数萤火般似的小火星在闪动。隐约中更闻有人相互呼唤的声音。

“咦！五叔，这是怎么？”

“嗨！今夜他们又放鱼！我还不知道。若早点，我们可以叫小张把网去整一下，也好去打点鱼做早饭菜。”

……假使能够同到他们一起去溪里打鱼，左手高高的举着通明的葵藁或旧缆子做的火把，右手拿一面小网，或一把镰刀，或一个大篾鸡笼，腰下悬着一个鱼篓，裤脚扎得高高到大腿上头，在浅浅齐膝令人舒适的清流中，溯着溪来回走着，溅起水点到别个人头脸上时——或是遇到一尾大鲫鱼从手下逃脱时，那种“怎么的！……你为甚那么冒失慌张呢？”“老大！得了，得了！……”“啊呀，我的天！这么大！”“要你莫慌，你偏偏不听话，看到进了网又让它跑脱了。……”带有吃惊，高兴，怨同伴不经心的嚷声，真是多么热闹的玩意事啊！……

茂儿想到这里，心已略略有点动了。

“那我们这时要小张转家去取网不行吗？”

“算了！网是在楼上，很难取，并且有好几处要补半天才行。”五叔说，“左右他们上头一放堰坝时，罶上也会有鱼的。我们就守着罶罢。”

关于照鱼的事，五叔似乎并不以为有什么趣味，这很令不知事的茂儿觉得稀奇。

……

1925年3月21日于窄而霉小斋

街

有个小小的城镇，有一条寂寞的长街。

那里住下许多人家，却没有一个成年的男子。因为那里出了一个土匪，所有男子便都被人带到一个很远很远的地方去，永远不再回来了。他们是五个十个用绳子编成一连，背后一个人用白木梃子敲打他们的腿，赶到别处去作军队上搬运军火的伕子的。他们为了“国家”应当忘了“妻子”。

大清早，各个人家从梦里醒转来了。各个人家开了门，各个人家的门里，皆飞出一群鸡，跑出一些小猪，随后男女小孩子出来站在门限上撒尿，或蹲到门前撒尿，随后便是一个妇人，提了小小的木桶，到街市尽头去提水。有狗的人家，狗皆跟着主人身前身后摇着尾巴，也时时刻刻照规矩在人家墙基上抬起一只腿撒尿，又赶忙追到主人前面去。这长街早上并不寂寞。

当白日照到这长街时，这一条街静静的像在午睡，什么地方柳树桐树上有新蝉单纯而又倦人声音，许多小小的屋里，湿而发霉的土地上，头发干枯脸儿瘦弱的孩子们，皆蹲在土地上或伏在母亲身边睡着了。作母亲的全按照一个地方的风气，当街坐下，织男子们束腰用的板带过日子。用小小的木制手机，固定在房角一柱上，伸出憔悴的手来，敏捷地把手中犬骨线板压着手机的一端，退着粗粗的棉线，一面用一个棕叶刷子为孩子们拂着蚊蚋。带子成了，便用剪子修理那些边沿，等候每五天来一次的行贩，照行贩所定的价钱，把已成的带子收去。

许多人家门对着门，白日里，日头的影子正正的照到街心不动时，街上半天还无一个人过身。每一个低低的屋檐下人家里的妇人，各低下头来赶着自己的工作，做倦了，抬起头来，用疲倦忧愁的眼睛，张望到对街的一个铺子，或见到一条悬挂到屋檐下的带样，换了新的一条，便仿佛奇异的神气，轻轻的叹着气，用犬骨板击打自己的下颌，因为她一定想起一些事情，记忆到由另一个大城里来的收货人的买卖了。她一定还想到另外一些事情。

有时这些妇人把工作停顿下来，遥遥的谈着一切。最小的孩子饿哭了，就拉开衣的前襟，抓出枯瘪的乳头，塞到那些小小的口里去。她们谈着手边的工作，谈着带子的价钱和棉纱的价钱，谈到麦子和盐，谈到鸡的发瘟，猪的发瘟。

街上也常常有穿了红绸子大裤过身的女人，脸上抹胭脂擦粉，小小的髻子，光光的头发，都说明这是一个新娘子。到这时，小孩子便大声喊着看新娘子，大家完全把工作放下，站到门前望着，望到看不见这新娘子的背影时才重重的换了一次呼吸，回到自己的工作凳子上去。

街上有时有一只狗追一只鸡，便可以看见到一个妇人持了一长长的竹子打狗的事情，使所有的孩子们都觉得好笑。长街在日里也仍然不寂寞。

街上有时什么人来信了，许多妇人皆争着跑出去，看看是什么人从什么地方寄来的。她们将听那些识字的人，念信内说到的一切。小孩子们同狗，也常常凑热闹，追随到那个人的家里去，那个人家便不同了。但信中有时却说到一个人死了的这类事，于是主人便哭了。于是一切不相干的人，围聚在门前，过一会，又即刻走散了。这妇人，伏在堂屋里哭泣，另外一些妇人便代为照料孩子，买豆腐，买酒，买纸钱，于是不久大家都知道那家男人已死掉了。

街上到黄昏时节，常常有妇人手中拿了小小的筐箩，放了一些米，一个蛋，低低地喊出了一个人的名字，慢慢的从街这端走到另一端去。这是为不让小孩子夜哭发热，使他在家中安静的一种方法，这方法，同时也就娱乐到一切坐到门边的小孩子。长街上这时节也不寂寞的。

黄昏里，街上各处飞着小小的蝙蝠。望到天上的云，同归巢还家的老鸹，背了小孩子们到门前站定了的女人们，一面摇动背上的孩子，一面总轻轻的唱着忧郁凄凉的歌，娱悦到心上的寂寞。

“爸爸晚上回来了，回来了，因为老鸹一到晚上也回来了！”

远处山上全紫了，土城擂鼓起更了，低低的屋里，有小小油灯的光，为画出屋中的一切轮廓，听到筷子的声音，听到碗盏磕碰的声音……但忽然间小孩子又哇的哭了。

爸爸没有回来。有些爸爸早已不在这世界上了，但并没有信来。有些临死时还忘不了家中的一切，便托便人带了信回来。得到信息哭了一整夜的妇人，到晚上便把纸钱放在门前焚烧。红红的火光照到街上下人家的屋檐，照到各个人家的大门。见到这火光的孩子们，也照例十分欢喜。长街这时节也并不寂寞。

阴雨天的夜里，天上漆黑，街头无一个街灯，狼在土城外山嘴上嗥着，用鼻子贴近地面，如一个人的哭泣，地面仿佛浮动在这奇怪的声音里。什么人家的孩子在梦里醒来，吓哭了，母亲便说："莫哭，狼来了，谁哭谁就被狼吃掉。"

卧在土城上高处木棚里老而残废的人，打着梆子。这里的人不须明白一个夜里有多少更次，且不必明白半夜里醒来是什么时候。那梆子声音，只是告给长街上人家，狼已爬进土城到长街，要他们小心一点门户。

一到阴雨的夜里，这长街更不寂寞，因为狼的争斗，使全街热闹了许多。冬天若夜里落了雪，则早早的起身的人，开了门，便可看到狼的脚迹，同糍粑一样印在雪里。

作于 1931 年 5 月 10 日

潜渊

一

黄昏极美丽悦人。光景清寂，极静，独坐小蒲团上，望窗口微明，欧战从一日起始，至今天为止，已三十天。此三十天中波兰即已灭亡。一国家养兵至一百万，一月中即告灭亡，何况一人心中所信所守，能有几许力量，抗抵某种势力侵入？一九三九之九月，实一值得记忆的月份。人类用双手一头脑创造出一个惊心动魄文明世界，然此文明不旋踵立即由人手毁去。人之十指，所成所毁，亦已多矣。

二

读《人与技术》《红百合》二书各数章。小楼上阳光甚美，心中茫然，如一战败武士，受伤后独卧荒草间，武器与武力已全失。午后秋阳照铜甲上炙热。手边有小小甲虫爬行，耳畔闻远处尚有落荒战马狂奔，不觉眼湿。心中实充满作战雄心，又似觉一切已成过去，生命中仅残余一种幻念，一种陈迹的温习。

心若翻腾，渴想海边，及海边可能见到的一切。沙滩上为浪潮漂白的一些螺蚌残壳，泥路上一朵小小蓝花，天末一片白帆，一片紫。

房中静极。面对窗上三角形夕阳黄光，如有所悟，亦如有所惑。

三

晴。六时即起。甚愿得在温暖阳光下沉思，使肩背与心同在朝阳炙晒中感到灼热。灼热中回复清凉，生命从疲乏得到新生。久病新瘥一般新生。所思者或为阳光下生长一种造物（精巧而完美，秀与壮并之造物），并非阳光本身。或非造物，仅仅造物所遗留之一种光与影，形与线。

人有为这种光影形线而感兴激动的，世人必称之为“痴汉”。因大多数人都“不痴”，知从“实在”上讨生活，或从“意义”“名分”上讨生活。捕蚊捉虱，玩牌下棋，在小小得失上注意关心，引起哀乐，即可度过一生。生活安适，即已满足。活到末了，倒下完毕。多数人所需要的是“生活”，并非对于“生命”具有何种特殊理解，故亦不必追寻生命如何使用，方觉更有意思。因此若有一人，超越习惯的心与眼，对于美特具敏感，自然即被称为痴汉。此痴汉行为，若与多数人庸俗利害观念相冲突，且成为罪犯，为恶徒，为叛逆。换言之，即一切不吉名词无一不可加诸其身，对此符号，消极意思为“沾惹不得”，积极企图为“与众弃之”。然一切文学美术以及人类思想组织上巨大成就，常惟痴汉有份，与多数无涉，事情显明而易见。

四

金钱对“生活”虽好像是必需的，对“生命”似不必需。生命所需，惟对于现世之光影疯狂而已。因生命本身，从阳光雨露而来，即如火焰，有热有光。

我如有意挫折此奔放生命，故从一切造形小物事上发生嗜好，即不能挫折它，亦可望陶冶它，羁縻它，转变它。不知者以为留心细物，所志甚小。见闻不广，无多大价值物事，亦如宝贝，加以重视，未免可笑。这些人所谓价值，自然不离金钱，意即商业价值。

美固无所不在，凡属造形，如用泛神情感去接近，即无不可以见出其精巧处和完整处。生命之最大意义，能用于对自然或人工巧妙完美而倾心，人之所同。惟宗教与金钱，或归纳，或消灭。因此令多数人生活下来都庸俗呆笨，了无趣味。某种人情感或被世务所阉割，淡漠如一僵尸，或欲扮道学，充绅士，作君子，深深惧怕被任何一种美所袭击，支撑不住，必致误事。又或受佛教“不净观”影响，默会《诃欲经》本意，以爱与欲不可分，惶恐逃避，惟恐不及。像这些人，对于“美”，对于一切美物、美行、美事、美观念，无不漠然处之，竟若毫无反应。

不过试从文学史或美术史（以至于人类史）上加以清查，却可得一结论，即伟人巨匠，千载宗师，无一不对于美特具敏锐感触，或取调和态度，融汇之以成为一种思想，如经典制作者对于经典文学符号排比的准确与关心。或听其撼动，如艺术家之与美对面时从不逃避某种光影形线所感印之痛苦，以及因此产生失智失理之疯狂行为。举凡所谓活下来“四平八稳”人物，生存时自己无所谓，死去后他人对之亦无所谓。但有一点应当明白，即“社会”一物，是由这种人支持的。

五

饭后倦极。至翠湖土堤上一走。木叶微脱，红花萎悴，水清而草乱。猪耳莲尚开淡紫花，静贴水面。阳光照及大地，随阳光所及，举目临眺，但觉房屋人树，及一池清水，无不如相互之间，大有关系。然个人生命，转若甚感单独，无所皈依，亦无附丽。上天下地，粘滞不住。过去生命可追寻处，并非一堆杂著，只是随身记事小册三五本，名为记事，事无可记，即记下亦无可观。惟生命形式，或可于字句间求索得到一二，足供温习。生命随日月交替，而有新陈代谢现象，有变化，有移易。生命者，只前进，不后退，能迈进，难静止。到必需“温习过去”，则目前情形可想而知。沉默甚久，生悲悯心。

我目前俨然因一切官能都十分疲劳，心智神经失去灵明与弹性，只想休息。或如有所规避，即逃脱彼噬心嚼知之“抽象”。由无数造物空间时间综合而成之一种美的抽象。然生命与抽象固不可分，真欲逃避，唯有死亡。是的，我的休息，便是多数人说的死。

六

在阳光下追思过去，俨然整个生命俱在两种以及无数种力量中支撑抗拒，消磨净尽，所得惟一种知识，即由人之双手所完成之无数泥土陶瓷形象，与由上帝双手抟泥所完成之无数造物灵魂有所会心而已。令人痛苦也就在此。人若欲贴近土地，呼吸空气，感受幸福，则不必有如此一份知识。多数人或具有一种浓厚动物本性，如猪如狗，或虽如猪如狗，惟感情被种种名词所阉割，皆可望从日常生活中感到完美与幸福。譬如说“爱”，这些人爱之基础或完全建筑在一种“情欲”事实上，或纯粹建筑在一种“道德”名分上，异途同归，皆可得到安定与快乐。若将它建筑在一抽象的“美”上，结果自然到处见出缺陷和不幸。因美与“神”近，即与“人”远。生命具神性，生活在人间，两相对峙，纠纷随来。情感可轻翥高飞，翱翔天外，肉体实呆滞沉重，不离泥土。

髢说：“髢年前死得其所，是其时。”即“人”对“神”的意见，亦即神性必败一个象征。髢实死得其时，因为救了一个“人”，一个贴近地面的人。但髢若不死，未尝不可以使另外若干人增加其神性。

有些人梦想生翅膀一双，以为若生翅翼，必可轻举，向日飞去。

事实上即背上生出翅膀，亦不宜高飞。如鬃。有些人从不梦想。惟时时从地面踊跃升腾，作飞起势，飞起计。虽腾空不过三尺，旋即堕地。依然永不断念，信心特坚。如鬃。前者是艺术家，后者是革命家。但一个文学作家，似乎必需兼有两种性格。

时间

一切存在严格地说都需要“时间”。时间证实一切，因为它改变一切。气候寒暑，草木荣枯，人从生到死，都不能缺少时间，都从时间上发生作用。

常说到“生命的意义”或“生命的价值”。其实一个人活下去真正的意义和价值，不过占有几十个年头的时间罢了。生前世界没有他，他无意义和价值可言的；活到不能再活死掉了，他没有生命，他自然更无意义和价值可言。

正仿佛多数人的愚昧与少数人的聪明，对生命下的结论差不多都以为是“生命的意义同价值是活个几十年”，因此都肯定生活，那么吃，喝，睡觉，吵架，恋爱，……活下去等待死，死后让棺木来装殓他，黄土来掩埋他，蛆虫来收拾他。生命的意义解释的即如此单纯，“活下去，活着，倒下，死了”，未免太可怕了。因此次一等的聪明人，同次一等的愚人，对生命的意义同价值找出第二种结论，就是“怎么样来耗费这几十个年头”。虽更肯定生活，那么吃，喝，睡觉，吵架，恋爱，……然而生活得失取舍之间，到底就有了分歧。这分歧一看就明白的。大别言之，聪明人要理解生活，愚蠢人要习惯生活。聪明人以为目前并不完全好，一切应比目前更好，且竭力追求那个理想。愚蠢人对习惯完全满意，安于现状，保证习惯。（在世俗观察上，这两种人称呼常常相反，安于习惯的被称为聪明人，怀抱理想的人却成愚蠢家伙。）

两种人即同样有个“怎么来耗费这几十个年头”的打算，要从人与人之间寻找生存的意义和价值，即或择业相同，成就却不相同。同样想征服颜色线条作画家，同样想征服乐器音声作音乐家，同样想征服木石铜牙及其他材料作雕刻家，甚至于同样想征服人身行为作帝王，同样想征服人心信仰作思想家或教主，一切结果都不会相同。因此世界上有大诗人，同时也就有蹩脚诗人，有伟大革命家，同时也有虚伪革命家。至于两种人目的不同，择业不同，即就更容易一目了然了。

看出生命的意义同价值，原来如此如此，却想在生前死后使生命发生一点特殊意义和永久价值，心性绝顶聪明，为人却好像傻头傻脑，历史上的释迦、孔子、耶稣，就是这种人。这种人或出世，或入世，或革命，或复古，活下来都显得很愚蠢，死过后却显得很伟大。屈原算得这种人另外一格，历史上这种人可并不多。可是每一时间或产生一个两个，就很像样子了。这种人自然也只能活个几十年，可是他的观念，他的意见，他的风度，他的文章，却可以活在人类的记忆中几千年。一切人生命都有时间的限制，这种人的生命又似乎不大受这种限制。

话说回来，事事物物要时间证明，可是时间本身却又像是个极其抽象的东西，从无一个人说得明白时间是个什么样子。时间并不单独存在。时间无形，无声，无色，无臭。要说明时间的存在，还得回过头来从事事物物去取证。从日月来去，从草木荣枯，从生命存亡找证据。正因为事事物物都可为时间作注解，时间本身反而被人疏忽了。所以多数人提问到生命意义同价值时，没有一个人敢说“生命意义同价值，只是一堆时间”。“前不见古人，后不见来者”，这是一个真正明白生命意义同价值的人所说的话。老先生说这话时心中的寂寞可知！能说这话的是个伟人，能理解这话的也不是个凡人。目前的活人，大家都记得这两句话，却只有那些从日光下牵入牢狱，或从牢狱中牵上刑场的倾心理想的人，最了解这两句话的意义。因为说这话的人生命的耗费，同懂这话的人生命的耗费，异途同归，完全是为事实皱眉，却胆敢对理想倾心。

他们的方法不同，他们的时代不同，他们的环境不同，他们的遭遇也不相同；相同的是他们的心，同样为人类向上向前而跳跃。

作于 1935 年 10 月

沉默

读完一堆从各处寄来的新刊物后，仿佛看完了一场连台大戏，留下种热闹和寂寞混和的感觉。为一个无固定含义的名词争论的文章，占去刊物篇幅不少，留给我的印象却不深。

我沉默了两年，这沉默显得近于有点自弃，有点衰老。是的。古人说，“玩物丧志”，两年来我似乎就在用某种癖好系住自己。我的癖好近于压制性灵的碇石，铰残理想的剪子。需要它，我的存在才能够贴近地面，不至于转入虚无。我们平时见什么作家搁笔略久时，必以为“这人笔下枯窘，因为心头业已一无所有”。我这支笔一搁下就是两年。我并不枯窘。泉水潜伏在地底流动，炉火闷在灰里燃烧，我不过不曾继续使用它到那个固有工作上罢了。一个人想证明他的存在，有两个方法：其一从事功上由另一人承认而证明；其一从内省上由自己感觉而证明。我用的是第二种方法。我走了一条近于一般中年人生活内敛以后所走的僻路。寂寞一点，冷落一点，然而同别人一样是“生存”。或者这种生存从别人看来叫作“落后”，那无关系。两千年前的庄周，仿佛比当时多少人都落后一点。那些善于辩论的策士，长于杀人的将帅，人早死尽了，到如今，你和我读《秋水》《马蹄》时，仿佛面前还站有那个落后的衣着敝旧，神气落拓，面貌平常的中年人。

我不写作，却在思索写作对于我们生命的意义，以及对于这个社会明天可能产生的意义。我想起三千年来许多人，想起这些人如何使用他那一只手。有些人经过一千年或三千年，那只手还依然有力量能揪住多数人的神经或感情，屈抑它，松弛它，绷紧它，完全是一只有魔力的手。每个人都是同样的一只手，五个指头，尖端缀覆个淡红色指甲，关节处有一些微涡和小皱，背面还萦绕着一点隐伏在皮肤下的青色筋络。然而有些人的手却似乎特有魔力。是不是我们每个人都可以把自己的手变成一只魔手？是不是只要我们愿意，就可以把自己一只手成为光荣的手？

我知道我们的手不过是人类一颗心走向另一颗心的一道桥梁，作成这桥梁取材不一，也可以用金玉木石（建筑或雕刻），也可以用颜色线条（绘画），也可以用看来简单用来复杂的符号（音乐），也可以用文字，用各种不同的文字。也可以单纯进取，譬如说，当你同一个青年女子在一处，相互用沉默和微笑代替语言犹有所不足时，它的小小活动就能够使一颗心更靠近一颗心。既然是一道桥梁，借此通过的自然就贵贱不一。将军凯旋由此通过，小贩贸易也由此通过，既有人用它雕凿大同的石窟，和阗的碧玉，也就有人用它编织芦席，削刮小挖耳子。故宫所藏宋人的《雪山图》《洞天山堂》等等伟大画幅，是用手作成的。《史记》是一个人写的。《肉蒲团》也是一个人写的。既然是一道桥梁，通过的当然有各种各色的人性，道德可能通过，罪恶也无从拒绝。只看那个人如何使用它，如何善于用心使用它。

提起道德和罪恶，使我感到一点迷惑。我不注意我这只手是否能够拒绝罪恶。倒是对于罪恶或道德两个名词想仔细把它弄清楚些，平时以于这两个名词显得异常关心的人，照例却是不甚追究这两个名词意义的人。我们想认识它；如制造米焦饼人认识米焦饼，到具体认识它的无固定性时，这两个名词在我们个人生活上，实已等于消灭无多意义了。文学艺术历史总是在“言志”和“载道”意义上，人人都说艺术应当有一个道德的要求，这观念假定容许它存在，创作最低的效果，应当是给自己与他人以把握得住共通的人性达到交流的满足，由满足而感觉愉快，有所启发，形成一种向前进取的勇气和信心。这效果的获得，可以说是道德的。但对照时下风气，造一点点小谣言，俜张为幻，通常认为不道德，然而倘若它也能给某种人以满足，也间或被一些人当作“战略运用”，看来又好像是道德的了。道德既随人随事而有变化，它即或与罪恶是两个名词，事实上就无时不可以对调或混淆。一个牧师对于道德有特殊敏感，为道德的理由，终日手持一本《圣经》，到同夫人勃谿，这勃谿且起源于两人生理上某种缺陷时，对于他最道德的书，他不能不承认，求解决问题，倒是一本讨论关于两性心理如何调整的书。一个律师对于道德有它一定的提法，当家中孩子被沸水烫伤时，对于他最道德的书，倒是一本新旧合刊的《丹方大全》。若说道德邻于人类向上的需要，有人需要一本《圣经》，有人需要一本《太上感应篇》，但我的一个密友，却需要我写一封甜蜜蜜充满了温情与一点轻微忧郁的来信，因为他等待着这个信，我知道！如没多数需要是道德的，事实上多数需要的却照例是一个作家所不可能照需要而给与的。大多数伟大作品，是因为它“存在”，成为多数需要。并不是因为多数“需要”，它因之“产生”。我的手是来照需要写一本《圣经》，或一本《太上感应篇》，还是好好的回我那个朋友一封信，很明显的是我可以在三者之间随意选择。我在选择。但当我能够下笔时，我一定已经忘掉了道德和罪恶，也同时忘了那个多数。我始终不了解一个作者把“作品”与为“多数”连缀起来，努力使作品庸俗，雷同，无个性，无特性，却又希望它长久存在，以为它因此就能够长久存在，这一个观念如何能够成立。溪面群飞的蜻蜓够多了，倘若有那么一匹小生物，倦于骚扰，独自休息有一个岩石上或一片芦叶上，这休息，且是准备看一种更有意义的振翅，这休息不十分坏。我想，沉默两年不是一段长久的时间，若果事情能照我愿意作的作去，我还必需把这份沉默延长一点。

这也许近于逃遁，一种对于多数骚扰的逃遁。人到底比蜻蜓不同，生活复杂得多，神经发达得多。也必然有反应，被刺激过后的反应。也必然有直觉，基于动物求生的直觉。但自然既使人脑子进化得特别大，好像就是凡事多想一想，许可人向深处走，向远处走，向高处走。思索是人的权利，也是人其所能生存能进步的工具。什么人自愿抛弃这种权利，那是个人的自由，正如一个酒徒用剧烈酒精燃烧自己的血液，是酒徒的自由。可是如果他放下了那个生存进步的工具，以为用另外一种简单方式可以生存，尤其是一个作者，一个企图用手作为桥梁，通过一种理想，希望作品存在，与肉体脱离而还能独立存在若干年，与事实似乎不合。自杀不是求生的方式，谐俗其实也不尽是求生的方式。作品能存在，仰赖读者，然对读者在乎启发，不在乎媚悦。通俗作品能够在读者间存在的事实正多，然“通俗”与“庸俗”却又稍稍不同。无思索的一唱百和，内容与外形的一致摹仿，不可避免必陷于庸俗，庸俗既不能增人气力，也不能益人智慧。在行为上一个人若带着教训神气向旁人说：人应当用手足同时走路，因为它合乎大多数的动物本性或习惯。说这种话的人，很少不被人当作疯子。然而在文学创作上，类似的教训对作家却居然大有影响。原因简单，就是大多数人知道要出路，不知道要脑子。随波逐流容易见好，独立逆风需要魄力。

我觉得我应当努力来写一本《圣经》，这经典的完成，不在增加多数人对于天国的迷信，却在说明人力的可信，使一些有志从事写作者，对于作品之生长，多有一分知识。希望个人作品成为推进历史的工具，这工具必需如何造作，方能结实牢靠，像一个理想的工具。我预备那么写下去，第一件事每个作家先得有一个能客观看世界的脑子。可是当我想起不是这世界每个人都自愿有一个凡事能独立思考的脑子，都觉得必需有个这样脑子，进行写作才不必依靠任何权势而依旧能存在时，我依然把笔搁下了。人间广泛，万汇难齐。沮洳是水作成的，江河也是水作成的；桔柚宜于南国，枣梨生长北方。万物各适其性，各有其宜。应沉默处得沉默，古人名为“顺天体道”。雄鹰只偶尔一鸣，麻雀却长日叽喳，效果不同，容易明白。各适其性，各取所需，如果在当前还许可时，我的沉默是不会妨碍他人进步，或许正有助于别一些伟大成就的。

1936 年 10 月 8 日北平作

遥夜

一

我似乎不能上这高而危的石桥，不知是哪一个长辈曾像用嘴巴贴着我耳朵这样说过："爬得高，跌得重！"究竟这句话出自什么地方，我实不知道。

石桥美丽极了。我不曾看过大理石，但这时我一望便知道除了大理石以外再没有什么石头可以造成这样一座又高大、又庄严、又美丽的桥了！这桥搭在一条深而窄的溪涧上，桥两头都有许多石磴子；上去的那一边石磴是平斜好走的，下去的那边却陡峻笔直。我不知不觉就上到桥顶了。我很小心地扶着那用黑色明角质做成的空花栏杆向下望，啊，可不把我吓死了！三十丈，也许还不止。下面溪水大概是涸了，看着有无数用为筑桥剩下的大而笨的白色石块，懒懒散散睡了一溪沟。石罅里，小而活泼的细流在那里跳舞一般的走着唱着。

我又仰了头去望空中，天是蓝的，蓝得怕人！真怪事！为甚这样蓝色天空会跳出许许多多同小电灯一样的五色小星星来？它们满天跑着，我眼睛被它光芒闪花了。

这是什么世界呢？这地方莫非就是通常人们说的天宫一类的处所吧？我想要找一个在此居住的人问问，可是尽眼力向各方望去，除了些葱绿参天的树木，柳木根下一些嫩白色水仙花在小剑般淡绿色叶中露出圆脸外，连一个小生物——小到麻雀一类东西也不见！……或是过于寒冷了吧！不错，这地方是有清冷冷的微风，我在战栗。

但是这风是我很愿意接近的，我心里所有的委屈当第一次感受到风时便通给吹掉了！我这时绝不会想到二十年来许多不快的事情。

我似乎很满足，但并不像往日正当肚中感到空虚时忽然得到一片满涂果子酱的烤面包那么满足，也不是像在月前一个无钱早晨不能到图书馆去取暖时，忽然从小背心第三口袋里寻出一枚两角钱币那么快意，我简直并不是身心的快适，因为这是我灵魂遨游于虹的国，而且灵魂也为这调和的伟大世界溶解了！

——我忘了买我重游的预约了，这是如何令人怅惘而伤心的事！

二

当我站在靠墙一株洋槐背后，偷偷的展开了心的网幕接受那银筝般歌声时，我忘了这是梦里。

她是如何的可爱！我虽不曾认识她的面孔便知道了。她是又标致、又温柔、又美丽的一个女人，人间的美，女性的美，她都一人占有了。她必是穿着淡紫色的旗袍，她的头发必是漆黑有光，……我从她那拂过我耳朵的微笑声，攒进我心里清歌声，可以断定我是猜想的一点不错。

她的歌是生着一对银白薄纱般翅膀的：不止能跑到此时同她在一块用一块或两三块洋钱买她歌声的那俗恶男子心中去，并且也跑进那个在洋槐背后胆小腼腆的孩子心里去了！……也许还能跑到这时天上小月儿照着的一切人们心里，借着这清冷有秋意夹上些稻香的微风。

歌声停了。这显然是一种身体上的故障，并非曲的终止。我依然靠着洋槐，用耳与心极力搜索从白花窗幕内漏出的那种继歌声以后而起的窸窣。

“口很……！”这是一种多么悦耳的咳嗽！可怜啊！这明是小喉咙倦于紧张后一种娇惰表示。想着承受这娇惰表示以后那一瞬的那个俗恶厌物，心中真似乎有许多小小花针在刺。但我并不即因此而跑开，骄傲心终战不过妒忌心呢。

“再唱个吧！小鸟儿。”像老鸟叫的男子声撞入我耳朵。这声音正是又粗暴又残忍惯于用命令式使对方服从他的金钱的玩客口中说的。我的天！这是对于一个女子，而且是这样可爱可怜的女子应说的吗？她那银筝般歌声就值不得用一点温柔语气来恳求吗？一块两三块洋钱把她自由尊贵践踏了，该死的东西！可恶的男子！

她似乎又在唱了！这时歌声比先前的好像生涩了一点，而且在每个字里，每一句里，以及尾音，都带了哭音；这哭音很易发见。继续的歌声中，杂着那男子满意高兴奏拍的掌声；歌如下：

可怜的小鸟儿啊！
你不必再歌了吧！
你歌咏的梦已不会再实现了。
一切都死了！
一切都同时间死去了！
使你伤心的月姐姐披了大氅，
不会为你歌声而甩去了，
同你目语的星星已嫁人了，
玫瑰花已憔悴了——为了失恋，
水仙花已枯萎了——为了失恋。
可怜的鸟儿啊！
你不必——请你不必再歌了吧！
我心中的温暖，

为你歌取尽了！

可怜的鸟儿啊！

为月，为星，为玫瑰，为水仙，为我，为一切，为爱而莫再歌了吧！

我实在无勇气继续的听下去了。我心中刚才随歌声得来一点春风般暖气，已被她以后歌声追讨去了！我知道果真再听下去，定要强取我一汪眼泪去答复她的歌意。

我立刻背了那用白花窗幔幕着的窗口走去，渺渺茫茫见不到一丝光明。心中的悲哀，依然挤了两颗热泪到眼睛前来……被角的湿冷使我惊醒，歌声还在心的深处长颤。

1924 年圣诞节后一日北京作

月下

“求你将我放在你心上如印记，带在你臂上如戳记。”我念诵着雅歌来希望你，我的好人。

你的眼睛还没掉转来望我，只起了一个势，我早惊乱得同一只听到弹弓弦子响中的小雀了。我是这样怕与你灵魂接触，因为你太美丽了的缘故。

但这只小雀它愿意常常在弓弦响声下惊惊惶惶乱窜，从惊乱中它已找到更多的舒适快活了。

在青玉色的中天里，那些闪闪烁烁的星群，有你的眼睛存在：因你的眼睛也正是这样闪烁不定，且不要风吹。

在山谷中的溪涧里，那些清莹透明的出山泉，也有你的眼睛存在：你眼睛我记着比这水还清莹透明，流动不止。

我侥幸又见到你一度微笑了，是在那晚风为散放的盆莲旁边。这笑里有清香，我一点都不奇怪，本来你笑时是有种比清香还能沁人心脾的东西！

我见到你笑了，还找不出你的泪来。当我从一面篱笆前过身，见到那些嫩紫色牵牛花上负着的露珠，便想：倘若是她有什么不快事缠上了心，泪珠不是正同这露珠一样美丽，在凉月下会起虹彩吗？

我是那么想着，最后便把那朵牵牛花上的露珠用舌子舔干了。

怎么这人哪，不将我泪珠穿起？你必不会这样来怪我，我实在没有这种本领。我头发白的太多了，纵使我能，也找不到穿它的东西！

病渴的人，每日里身上疼痛，心中悲哀，你当真愿意不愿给渴了的人一点甘露喝？

这如像做好事的善人一样，可怜路人的渴涸，济以茶汤。

恩惠将附在这路人心上，做好事的人将蒙福至于永远。

我日里要做工，没有空闲。在夜里得了休息时，便沿着山涧去找你。我不怕虎狼，也不怕伸着两把钳子来吓我的蝎子，只想在月下见你一面。

碰到许多打起小小火把夜游的萤火，问它："朋友朋友，你曾见过一个人吗？"它说："你找那个人是个什么样子呢？"

我指那些闪闪烁烁的群星："哪，这是眼睛。"

我指那些飘忽白云："哪，这是衣裳。"

我要它静心去听那些涧泉和音："哪，她声音同这一样。"

我末了把刚从花园内摘来那朵粉红玫瑰在它眼前晃了一下：

“哪，这是脸。”

这些小东西，虽不知道什么叫作骄傲，还老老实实听我所说的话。但当我问它听清白没有，只把头摇了摇就想跑。

“怎么，究竟见不见到呢？”——我赶着它追问。“我这灯笼照我自己全身还不够！先生，放我吧，不然，我会又要绊倒在那些不忠厚的蜘蛛设就的圈套里……虽然它也不能奈何我，但我不愿意同它麻烦。先生，你还是问别个吧，再扯着我会赶不上她们了。”——它跑去了。

我行步迟钝，不能同它们一起遍山遍野去找你——但凡是山上有月色流注到的地方我都到了，不见你的踪迹。

回过头去，听那边山下有歌声飘扬过来，这歌声出于日光只能在墙外徘徊的狱中。我跑去为他们祝福：你那些强健无知的公绵羊啊！

神给了你强健却吝了知识：每日和平守分地咀嚼主人给你们的窝窝头，疾病与忧愁永不凭附于身；你们是有福了——阿们！

你那些懦弱无知的母绵羊啊！

神给了你温柔却吝了知识：每日和平守分地咀嚼主人给你们的窝窝头，失望与忧愁永不凭附于身；你们也是有福了——阿们！

世界之霉一时侵不到你们身上，你们但和平守分的生息在圈牢里：能证明你主人的恩惠——同时证明了你主人的富有；你们都是有福了——阿们！

当我起身时，有两行眼泪挂在脸上。为别人流还是为自己流呢？我自己还要问他人。但这时除了中天那轮凉月外，没有能做证明的人。

我要在你眼波中去洗我的手，摩到你的眼睛，太冷了。

倘若你的眼睛真是这样冷，在你鉴照下，有个人的心会结成冰。

作于 1925 年

04

我明白你会来，所以我等

我就这样一面看水一面想你。我快乐，就想应当同你快乐，我闷，就想要你在我必可以不闷……山水美得很，我想你一同来坐在舱里，从窗口望那点紫色的小山。我想让一个木筏使你惊讶，因为那木筏上面还种菜……

小船上的信

船在慢慢的上滩，我背船坐在被盖里，用自来水笔来给你写封长信。这样坐下写信并不吃力，你放心。这时已经三点钟，还可以走两个钟头，应停泊在什么地方，照俗谚说："行船莫算，打架莫看"，我不过问。大约可再走廿里，应歇下时，船就泊到小村边去，可保平安无事。

船泊定后我必可上岸去画张画。你不知见到了我常德长提那张画不？那张窄的长的。这里小河两岸全是如此美丽动人，我画得出它的轮廓，但声音、颜色、光，可永远无本领画出了。你实在应当来这小河里看看，你看过一次，所得的也许比我还多，就因为你梦里也不会想到的光景，一到这船上，便无不朗然入目了。这种时节两边岸上还是绿树青山，水则透明如无物，小船用两个人拉着，便在这种清水里向上滑行，水底全是各色各样的石子。

舵手抿起个嘴唇微笑，我问他，"姓什么？""姓刘。""在这河里划了几年船？”“我今年五十三，十六岁就划船。”天，三三，请你为我算算这个数目。这人厉害得很，四百里的河道，涨水干涸河道的变迁，他无不明明白白。他知道这河里有多少滩，多少潭。看那样子，若许我来形容形容，他还可以说知道这河中有多少石头！是的，凡是较大的，知名的石头，他无一不知！水手一共是三个，除了舵手在后面管蓬管纤索的伸缩，前面舱板有两个人。其中一个是小孩子，一个是大人。两个人的职务是船在滩上时，就撑急水篙，左边右边下篙，把钢钻打得水中石头作出好听的声音。到长潭时则荡桨，躬起个腰推扳长桨，把水弄得哗哗的，声音也很幽静温柔。到急水滩时就伏在石滩上，手足并用的爬行上去。

船是只新船，油得黄黄的干净得可以作为教堂的神龛。我卧的地方较低一些，可听得出水在船底流过的细碎声音。前舱用板隔断，故我可以不被风吹。我坐的是后面，凡为船后的天、地、水，我全可以看到。

我就这样一面看水一面想你。我快乐，就想应当同你快乐，我闷，就想要你在我必可以不闷。我同船老板吃饭，我盼望你也在一角吃饭。我至少还得在船上过七个日子，还不把下行的计算在内。你说，这七个日子我怎么办？天气又不是很好，并无太阳，天是灰灰的，一切较远的边岸小山同树木，皆裹在一层轻雾里，我又不能照相，也不宜画画。看看船走动时的情形，我还可以在上面写文章，感谢天，我的文章既然提到的是水上的事，在船上实在太方便了。倘若写文章得选择一个地方，我如今所在的地方是太好了一点的。不过我离得你那么远，文章如何写得下去。“我不能写文章，就写信。”我这么打算，我一定做到。我每天可以写四张，若写完四张事情还不说完，我再写。这只手既然离开了你，也只有来折磨它了。

我来再说点船上事情吧。船现在正在上滩，有白浪在船旁奔驰，我不怕，船上除了寂寞，别的是无可怕的。我只怕寂寞，但这也可训练一下我自己。我知道对我这人不宜太好，到你身边，我有时真会使你皱眉，我疏忽了你，使我疏忽的原因便只是你待我太好，纵容了我。但你一生气，我即刻就不同了。现在则用一件人事把两人分开，用别离来训练我，我明白你如何在支配我管领我！为了只想同你说话，我便钻进被盖中去，闭着眼睛。你瞧，这小船多好！你听，水声多优雅！你听，船那么轧轧响着，它在说话！它说：“两个人尽管说笑，不必担心那掌舵人。他的职务在看水，他忙着。”船真轧轧的响着。可是我如今同谁去说？我不高兴！

梦里来赶我吧，我的船是黄的，船主名字叫作“童松柏”，桃源县人。尽管从梦里赶来，沿了我所画的小堤一直向西走，沿河的船虽千千万万，我的船你自然会认识的。这里地方狗并不咬人，不必在梦里为狗吓醒！

你们为我预备的铺盖，下面太薄了点，上面太硬了点，故我很不暖和，在旅馆已嫌不够，到了船上可更糟了。盖的那床被大而不暖，不知为什么独选着它陪我旅行。我在常德买了一斤腊肝，半斤腊肉，在船上吃饭很合适……莫说吃的吧，因为摇船歌又在我耳边响着了，多美丽的声音！

我们的船在煮饭了，烟味儿不讨人嫌。我们吃的饭是粗米饭，很香很好吃。可惜我们忘了带点豆腐乳，忘了带点北京酱菜。想不到的是路上那么方便，早知道那么方便，我们还可带许多宝贝来上面，当“真宝贝”去送人！

你这时节应当在桌边做事的。

山水美得很，我想你一同来坐在舱里，从窗口望那点紫色的小山。我想让一个木筏使你惊讶，因为那木筏上面还种菜！我想要你来使我的手暖和一些……

二哥

滩上挣扎

我不说除了掉笔以外还掉了一支……吗？我知道你算得出那是一支牙骨筷子的。我真不快乐，因为这东西总不能单独一支到北平的。我很抱歉。可是，你放心，我早就疑心这筷子即或有机会掉到河中去，它若有小小知觉，就一定不愿意独自落水。事不出我所料，在舱底下我又发现它了。

今天我小船上的滩可特别多，河中幸好有风，但每到一个滩上，总仍然很费事。我伏卧在前舱口看他们下篙，听他们骂野话。现在已十二点四十分，从八点开始只走了卅多里，还欠七十里，这七十里中还有两个大滩，一个长滩，看情形又不会到地的。这条河水坐船真折磨人，最好用它来作性急人犯罪以后的处罚。我希望这五点钟内可以到白溶下面泊船，那么明天上午就可到辰州了。这时船又在上一个滩，船身全是侧的，浪头大有从前舱进自后舱出的神气，水流太急，船到了上面又复溜下，你若到了这些地方，你只好把眼睛紧紧闭着。这还不算大滩，大滩更吓人！海水又大又深，但并不吓人，仿佛很温和。这里河水可同一股火样子，太热情了一点。好像只想把人攫走，且好像完全凭自己意见做去。但古怪，却是这些弄船人。他们逃避急流同漩水的方法可太妙了，不管什么情形他们总有办法避去危险。到不得已时得往浪里钻，今天已钻三回，可是又必有方法从浪里找出路。他们逃避水的方法，比你当年避我似乎还高明。他们明白水，且得靠水为生，却不让水把他们攫去。他们比我们平常人更懂得水的可怕处，却从不疏忽对于水的注意。你实在还应当跟水手学两年，你到之江避暑，也就一定有更多情书可看了。

我离开北京时，还计划到，每天用半个日子写信，用半个日子写文章。谁知到了这小船上，却只想为你写信，别的事全不能做。从这里看来我就明白没有你，一切文章是不会产生的。先前不同你在一块儿时，因为想起你，文章也可以写得很缠绵，很动人。到了你过青岛后，却因为有了你，文章也更好了。但一离开你，可不成了。倘若要我一个人去生活，作什么皆无趣味，无意思。我简直已不像个能够独立生活下去的人。你已变成我的一部分，属于血肉、精神一部分。

我人并不聪明，一切事情得经过一度长长的思索，写文章如此，爱人也如此，理解人的好处也如此。

你不是要我写信告爸爸吗？我在常德写了个信，还不完事，又因为给你写信把那信搁下不写了。我预备到辰州写，辰州忙不过来，我预备到本乡写。我还希望在本乡为他找得出点礼物送他。不管是什么小玩意儿，只要可能，还应当送大姐点。大姐对我们好处我明白，二姐的好处被你一说也明白了。我希望在家中还可以为她们两人写个信去。

三三，又上了个滩。不幸得很……差点儿淹坏了一个小孩子，经验太少，力量不够，下篙不稳，结果一下子为篙子弹到水中去了。幸好一个年长水手把他从水中拉起，船也侧着进了不少的水。小孩子被人从水中拉起来后，抱着桅子荷荷的哭，看到他那样子真有使人说不出的同情。这小孩就是我上次提到一毛钱一天的候补水手。这时已两点四十五分，我的小船在一个滩上挣扎，一连上了五次皆被急流冲下，船头全是水，只好过河从另一方拉上去。船过河时，从白浪里钻过，篷上也沾了浪。但不要为我着急，船到这时业已安全过了河。最危险时是我用号时，纸上也全是水，皮袍也全弄糟了。这时船已泊在滩下等待力量的恢复，再向白浪里弄去。

这滩太费事了，现在我小船还不能上去。另外一只大船上了将近一点钟，还在急流中努力，毫无办法。风篷、纤手、篙子，全无用处。拉船的在石滩上皆伏爬着，手足并用的一寸一寸向前。但仍无办法。滩水太急；我的小船还不知如何方能上去。这时水手正在烤火说笑话，轮到他们出力时，他们不会吝惜气力的。

三三，看到吊脚楼时，我觉得你不同我在一块儿上行很可惜，但一到上滩，我却以为你幸好不同来，因为你若看到这种滩水，如何发吼，如何奔驰，你恐怕在小船上真受不了。

我现在方明白住在湘西上游的人，出门回家家中人敬神的理由。从那么一大堆滩里上行，所依赖的固然是船伕，船伕的一切，可真靠天了。

我写到这里时，滩声正在我耳边吼着，耳朵也发木。时间已到三点，这船还只有两个钟头可走，照这样延长下去，明天也许必须晚上方可到地。若真得晚上到辰州，我的事情又误了一天，你说，这怎么成。

小船已上滩了，平安无事，费时间约廿五分。上了滩问问那落水小水手，方知道这滩名“骂娘滩”（说野话的滩），难怪船上去得那么费事。再过廿分钟我的小船又得上个名为“白溶”的滩，全是白浪，吉人天相，一定不有什么难处。今天的小船全是上滩，上了白溶也许天就夜了，则明天还得上九溪同横石。横石滩任何船只皆得进点儿水，劣得真有个样子。我小船有四妹的相片，也许不至于进水。说到四妹的相片，本来我想让它凡事见识见识，故总把它放在外边……可是刚才差点儿它也落水了，故现在已把它收到箱子里了。

小船这时虽上了最困难的一段，还有长长的急流得拉上去。眼看到那个能干水手一个人爬在河边石滩上一步一步的走，心里很觉得悲哀。这人在船上弄船时，便时时刻刻骂野话，动了风，用不着他做事时，就摹仿麻阳人唱橹歌，风大了些，又摹仿麻阳人打呵贺，大声的说："要来就快来，莫在后面捱，呵贺风快发，风快发，吹得满江起白花，呵贺。"他一切的摹仿，就因为桃源人弄小船的连唱歌喊口号也不会！这人也有不高兴时节，且可以说时时刻刻皆不高兴，除了骂野话以外，就唱："过了一天又一天，心中好似滚油煎。"

心中煎熬些什么不得而知，但工作折磨到他，实在是很可怜的。这人曾当过兵，今年还在沅州方面打过四回仗，不久逃回来的。据他自己说，则为人也有些胡来乱为。赌博输了不少的钱，还很爱同女人胡闹，花三块钱到一块钱，胡闹一次。他说："姑娘可不是人，你有钱，她同你好，过了一夜钱不完，她仍然同你好，可是钱完了，她不认识你了。"他大约还胡闹过许多次数的。他还当过两年兵，明白一切作兵士的规矩。身体结实如二小的哥哥，性情则天真朴质。每次看到他，总很高兴的笑着。即或在骂野话，问他为什么得骂野话，就说："船上人作兴这样子！"便是那小水手从水中爬起以后，一面哭一面也依然在骂野话的。看到他们我总感动得要命。我们在大城里住，遇到的人即或有学问，有知识，有礼貌，有地位，不知怎么的，总好像这人缺少了点成为一个人的东西。真正缺少了些什么又说不出。但看看这些人，就明白城里人实实在在缺少了点人的味儿了。我现在正想起应当如何来写个较长的作品，对于他们的做人可敬可爱处，也许让人多知道些，对于他们悲惨处，也许在另一时多有些人来注意。但这里一般的生活皆差不多是这样子，便反而使我们哑口了。

你不是很想读些动人作品吗？其实中国目前有什么作品值得一读？作家从上海培养，实在是一种毫无希望的努力。你不怕山险水险，将来总得来内地看看，你所看到的也许比一生所读过的书还好。同时你想写小说，从任何书本去学习，也许还不如你从旅行生活中那么看一次，所得的益处还多得多！

我总那么想，一条河对于人太有用处了。人笨，在创作上是毫无希望可言的。海虽俨然很大，给人的幻想也宽，但那种无变化的庞大，对于一个作家灵魂的陶冶无多益处可言。

黄河则沿河都市人口不相称，地宽人少，也不能教训我们什么。长江还好，但到了下游，对于人的兴感也仿佛无什么特殊处。我赞美我这故乡的河，正因为它同都市相隔绝，一切极朴野，一切不普遍化，生活形式生活态度皆有点原人意味，对于一个作者的教训太好了。我倘若还有什么成就，我常想，教给我思索人生，教给我体念人生，教给我智慧同品德，不是某一个人，却实实在在是这一条河。

我希望到了明年，我们还可以得到一种机会，一同坐一次船，证实我这句话。

我这时耳朵热着，也许你们在说我什么的。我看看时间，正下午四点五十分。你一个人在家中已够苦的了，你还得当家，还得照料其他两个人，又还得款待一个客人，又还得为我做事。你可以玩时应得玩玩。我知道你不放心……我还知道你不愿意我上岸时太不好看，还知道你愿意我到家时显得年轻点，我的刮脸工总摆在箱子里最当眼处。一万个放心……若成天只想着我，让两个小妮子得到许多取笑你的机会，这可不成的。

我今天已经写了一整天了，我还想写下去。这样一大堆信寄到你身边时，你怎么办。你事忙，看信的时间恐怕也不多，我明天的信也许得先写点提要……这次坐船时间太久，也是信多的原因。我到了家中时，也就是你收到这一大批信件时。你收到这信后，似乎还可发出三两个快信，写明“寄常德杰云旅馆曾芹轩代收存转沈从文亲启”。我到了常德无论如何必到那旅馆看看。

我这时有点发愁，就是到了家中，家中不许我住得太短。

我也愿意多住些日子，但事情在身上，我总不好意思把一月期限超过三天以上。一面是那么非走不可，一面又非留不可，就轮到我为难时节了。我倒想不出个什么办法，使家中人催促我早走些。也许同大哥故意吵一架，你说好不好？地方人事杂，也不宜久住！

小船又上滩了，时间已五点廿分。这滩不很长，但也得湿湿衣服被盖。我只用你保护到我的心，身体在任何危险情形中，原本是不足惧的。你真使我在许多方面勇敢多了。

二哥

横石和九溪

我七点前就醒了，可是却在船上不起身。我不写信，担心这堆信你看不完。起来时船已开动，我洗过了脸，吃过了饭，就仍然作了一会儿痴事……今天我小船无论如何也应当到一个大码头了。我有点慌张，只那么一点点。我晚上也许就可以同三弟从电话中谈话的。我一定想法同他们谈话。我还得拍发给你的电报，且希望这电报送到家中时，你不至于吃惊，同时也不至于为难。你接到那电报时若在十九，我的船必在从辰州到泸溪路上，晚上可歇泸溪。这地方不很使我高兴，因为好些次数从这地方过身皆得不到好印象。风景不好，街道不好，水也不好。但廿日到的浦市，可是个大地方，数十年前极有名，在市镇对河的一个大庙，比北京碧云寺还好看。地方山峰同人家皆雅致得很。那地方出肥人，出大猪，出纸，出鞭炮。造船厂规模很像个样子。大油坊长年有油可打，打油人皆摇曳长歌，河岸晒油篓时必百千个排列成一片。

河中且长年有大木筏停泊，有大而明黄的船只停泊，这些大船船尾皆高到两丈左右，渡船从下面过身时，仰头看去恰如一间大屋。那上面一定还用金漆写得有一个“福”字或“顺”字！地方又出鱼，鱼行也大得很。但这个码头却据说在数十年前更兴旺，十几年前我到那里时已衰落了的。衰落的原因为的是河边长了沙滩，不便停船，水道改了方向，商业也随之而萧条了。正因为那点“旧家子”的神气，大屋、大庙、大船、大地方，商业却已不相称，故看起来尤其动人。我还驻扎在那个庙里半个月到廿天，属于守备队第一团，那庙里墙上的诗好像也很多，花也多得很，还有个“大藏”（注：即转轮藏，设于浦峰寺内），样子如塔，高至五丈，在一个大殿堂里，上面用木砌成，全是菩萨。合几个人力量转动它时，就听到一种吓人的声音，如龙吟太空。这东西中国的庙里似乎不多，非敕建大庙好像还不作兴有它的。

我船又在上一个大滩了，名为“横石”，船下行时便必需进点水，上行时若果是只大船，也极费事，但小船倒还方便，不到廿分钟就可以完事的。这时船已到了大浪里，我抱着你同四丫头的相片，若果浪把我卷去，我也得有个伴！

三三，这滩上就正有只大船碎在急浪里，我小船挨着它过去，我还看得明明白白那只船中的一切。我的船已过了危险处，你只瞧我的字就明白了。船在浪里时是两面乱摆的。如今又在上第二段滩水，拉船人得在水中弄船，支持一船的又只是手指大一根竹缆，你真不能想象这件事。可是你放心，这滩又拉上了……我想印个选集了（注：这是作者第一次提到印选集的想法，两年后《从文小说习作选》才由上海良友图书公司出版），因为我看了一下自己的文章，说句公平话，我实在是比某些时下所谓作家高一筹的。我的工作行将超越一切而上。我的作品会比这些人的作品更传得久，播得远。我没有方法拒绝。我不骄傲，可是我的选集的印行，却可以使些读者对于我作品取精摘尤得到一个印象。你已为我抄了好些篇文章，我预备选的仅照我记忆到的，有下面几篇：柏子、丈夫、夫妇、会明（全是以乡村平凡人物为主格的，写他们最人性的一面的作品）。龙朱、月下小景（全是以异族青年恋爱为主格，写他们生活中的一片，全篇贯串以透明的智慧，交织了诗情与画意的作品）。都市一妇人、虎雏（以一个性格强的人为主格，有毒的放光的人格描写）。黑夜（写革命者的一片段生活）。爱欲（写故事，用天方夜谭风格写成的作品）。应当还有不少文章还可用的，但我却想至多只许选十五篇。也许我新写些，请你来选一次。我还打量作个《我为何创作》，写我如何看别人生活以及自己如何生活，如何看别人作品以及自己又如何写作品的经过。你若觉得这计划还好，就请你为我抄写《爱欲》那篇故事。这故事抄时仍然用那种绿格纸，同《柏子》差不多的。这书我估计应当有购者，同时有十万读者。

船去辰州已只有三十里路，山势也大不同了，水已较和平，山已成为一堆一堆黛色浅绿色相间的东西。两岸人家渐多，竹子也较多，且时时刻刻可以听到河边有人做船补船，敲打木头的声音。山头无雪，虽无太阳，十分寒冷，天气却明明朗朗。我还常常听到两岸小孩子哭声，同牛叫声。小船行将上个大滩，已泊近一个木筏，筏上人很多。上了这个滩后，就只差一个长长的急水，于是就到辰州了。这时已将近十二点，有鸡叫！这时正是你们吃饭的时候，我还记得到，吃饭时必有送信的来，你们一定等着我的信。可是这一面呢，积存的信可太多了。到辰州为止。似乎已有了卅张以上的信。这是一包，不是一封。你接到这一大包信时，必定不明白先从什么看起。你应得全部裁开，把它秩序弄顺，再订个小册子来看。你不怕麻烦，就得那么做。有些专利的痴话，我以为也不妨让四妹同九妹看看，若绝对不许她们见到，就用另一纸条粘好，不宜裁剪……船又在上一个大滩了，名为“九溪”。等等我再告你一切。

……

好厉害的水！吉人天佑，上了一半。船头全是水，白浪在船边如奔马，似乎只想攫你们的相片去，你瞧我字斜到什么样子。但我还是一手拿着你的相片，一手写字。好了，第一段已平安无事了。

小船上滩不足道，大船可太动人了。现在就有四只大船正预备上滩，所有水手皆上了岸，船后掌梢的派头如将军，拦头的赤着个膊子，到水中不动了，一下子就跃到水中了。我小船又在急水中了，还有些时候方可到第二段缓水处。

大船有些一整天只上这样一个滩，有些到滩上弄碎了，就收拾船板到石滩上搭棚子住下。三三，这斗争，这和水的争斗，在这条河里，至少是有廿万人的！三三，我小船第二段危险又过了，等等还有第三段得上。这个滩共有九段麻烦处，故上去还需些时间。我船里已上了浪，但不妨的，这不是要远人担心的……我昨晚上睡不着时，曾经想到了许多好像很聪明的话……今天被浪一打，现在要写却忘掉了。这时浪真大，水太急了点，船倒上得很好。今天天明朗一点，但毫无风，不能挂帆。船又上了一个滩，到一段较平和的急流中了。还有三五段。小船因拦头的不得力，已加了个临时纤手，一个老头子，白须满腮，牙齿已脱，却如古罗马人那么健壮。先时蹲到滩头大青石上，同船主讲价钱，一个要一千，一个出九百，相差的只是一分多钱，并且这钱全归我出，那船主仍然不允许多出这一百钱。但船开行后，这老头子却赶上前去自动加入拉纤了。这时船已到了第四段。

小船已完全上滩了，老头子又到船边来取钱，简直是个托尔斯泰！眉毛那么浓，脸那么长，鼻子那么大，胡子那么长，一切皆同画上的托尔斯泰相同。这人秀气一些，因为生长在水边，也许比那一个同时还干净些。他如今又蹲在一个石头上了。看他那数钱神气，人那么老了，还那么出力气，为一百钱大声的嚷了许久，我有个疑问在心："这人为什么而活下去？他想不想过为什么活下去这件事？"

不止这人不想起，我这十天来所见到的人，似乎皆并不想起这种事情的。城市中读书人也似乎不大想到过。可是，一个人不想到这一点,还能好好生存下去,很稀奇的。三三，一切生存皆为了生存，必有所爱方可生存下去。多数人爱点钱，爱吃点好东西，皆可以从从容容活下去的。这种多数人真是为生而生的。但少数人呢，却看得远一点，为民族为人类而生。这种少数人常常为一个民族的代表，生命放光，为的是他会凝聚精力使生命放光！我们皆应当莫自弃，也应当得把自己凝聚起来!

三三，我相信你比我还好些，可是你也应得有这种自信，来思索这生存得如何去好好发展!

我小船已到了一个安静的长潭中了。我看到了用鸬鹚咬鱼的渔船了，这渔船是下河少见的。这种船同这种黑色怪鸟，皆是我小时节极欢喜的东西，见了它们同见老友一样。我为它们照了个相，希望这相还可看出个大略。我的相片已照了四张，到辰州我还想把最初出门时，军队驻扎的地方照来，时间恐不大方便。我的小船正在一个长潭中滑走，天气极明朗，水静得很，且起了些风，船走得很好。只是我手却冻坏了，如果这样子再过五天，一定更不成事了的。在北方手不肿冻，到南方来却冻手，这是件可笑的事情。

我的小船已到了一个小小水村边，有母鸡生蛋的声音，有人隔河喊人的声音，两山不大而翠色迎人，有许多待修理的小船皆斜卧在岸上，有人正在一只船边敲敲打打，我知道他们是在用麻头同桐油石灰嵌进船缝里去的，一个木筏上面还有小船，正在平潭中溜着，有趣得很！我快到柏子停船的岸边了，那里小船多得很，我一定还可以看到上千的真正柏子！

我烤烤手再写。这信快可以付邮了，我希望多写些，我知道你要许多，要许多。你只看看我的信，就知道我们离开后，我的心如何还在你的身边！

手一烤就好多了。这边山头已染上了浅绿色，透露了点春天的消息，说不出它的秀。我小船只差上一个长滩，就可以用桨划到辰州了。这时已有点风，船走得更快一些。到了辰州，你的相片可以上岸玩玩，四丫头的大相却只好在箱子里了。我愿意在辰州碰到几个必须见面的人，上去时就方便些。辰州到我县里只二百八十里，或二百六或二百廿里，若坐轿三天可到，我改坐轿子。一到家，我希望就有你的信，信中有我们所照的相片！

船已在上我所说最后一个滩了，我想再休息一会，上了这长滩，我再告你一切。我一离开你，就只想给你写信，也许你当时还应当苛刻一点，残忍一点，尽挤我写几年信，你觉得更有意思！

……

二哥

历史是一条河

我小船已把主要滩水全上完了，这时已到了一个如同一面镜子的潭里。山水秀丽如西湖，日头已出，两岸小山皆浅绿色。到辰州只差十里，故今天到地必很早。我照了个相，为一群拉纤人照的。现在太阳正照到我的小船舱中，光景明媚，正同你有些相似处。我因为在外边站久了一点，手已发了木，故写字也不成了。我一定得戴那双手套的，可是这同写信恰好是鱼同熊掌，不能同时得到。我不要熊掌，还是做近于吃鱼的写信吧。这信再过三四点钟就可发出，我高兴得很。记得从前为你寄快信时，那时心情真有说不出的紧处，可怜的事，这已成为过去了。现在我不怕你从我这种信中挑眼儿了，我需要你从这些无头无绪的信上，找出些我不必说的话……

我已快到地了，假若这时节是我们两个人，一同上岸去，一同进街且一同去找人，那多有趣味！我一到地见到了有点亲戚关系的人，他们第一句话，必问及你！我真想凡是有人问到你，就答复他们“在口袋里”！

三三，我因为天气太好了一点，故站在船后舱看了许久水，我心中忽然好像彻悟了一些，同时又好像从这条河中得到了许多智慧。三三，的的确确，得到了许多智慧，不是知识。我轻轻地叹息了好些次。山头夕阳极感动我，水底各色圆石也极感动我，我心中似乎毫无什么渣滓，透明烛照，对河水、对夕阳、对拉船人同船，皆那么爱着，十分温暖地爱着！我们平时不是读历史吗？一本历史书除了告我们些另一时代最笨的人相斫相杀以外有些什么？但真的历史却是一条河。从那日夜长流千古不变的水里，石头和砂子，腐了的草木，破烂的船板，使我触着平时我们所疏忽了若干年代若干人类的哀乐！我看到小小渔船，载了它的黑色鸬鹚向下流缓缓划去，看到石滩上拉船人的姿势，我皆异常感动且异常爱他们。我先前一时不还提到过这些人可怜的生，无所为的生吗？不，三三，我错了。这些人不需我们来可怜，我们应当来尊敬来爱。他们那么庄严忠实的生，却在自然上各担负自己那份命运，为自己、为儿女而活下去。不管怎么样活，却从不逃避为了活而应有的一切努力。他们在他们那份习惯生活里、命运里，也依然是哭、笑、吃、喝，对于寒暑的来临，更感觉到这四时交递的严重。三三，我不知为什么，我感动得很！我希望活得长一点，同时把生活完全发展到我自己这份工作上来。我会用我自己的力量，为所谓人生，解释得比任何人皆庄严些与透入些！三三，我看久了水，从水里的石头得到一点平时好像不能得到的东西，对于人生，对于爱憎，仿佛全然与人不同了。我觉得惆怅得很，我总像看得太深太远，对于我自己，便成为受难者了。这时节我软弱得很，因为我爱了世界，爱了人类。三三，倘若我们这时正是两人同在一处，你瞧我眼睛湿到什么样子！

三三，船已到关上了，我半点钟就会上岸的。今晚上我恐怕无时间写信了，我当说声再见！三三，请把这信用你那体面温和眼睛多吻几次！我明天若上行，会把信留到浦市发出的。

这里全是船了！

二哥